UN NUOVO INIZIO A CORAL COTTAGE

CORAL COTTAGE
LIBRO 2

JAN MORAN

Traduzione di
JESSICA RAVERA

SUNNY PALMS
PRESS

HANNO DETTO DEI LIBRI DI JAN MORAN, AUTRICE BESTSELLER DI USA TODAY E WALL STREET JOURNAL

Serie *Seabreeze Inn* e *Coral Cottage*

"Una storia meravigliosa... vi farà sentire come se la brezza marina vi scorresse tra i capelli". – Laura Bradbury, autrice bestseller

"Un romanzo che offre agli appassionati di storie romantiche una voce avvincente da seguire". – *Booklist*

"Una divertente lettura da spiaggia, con un contesto e un umorismo multigenerazionale". – Rivista *Ind'Tale*

"Personaggi meravigliosi e una storia dolcissima". – Kellie Coates Gilbert, autrice di best seller

"Una lettura divertente che ti cattura fin dall'inizio". – Tina Sloan, autrice e attrice pluripremiata

"Jan Moran è la regina dei romanzi contemporanei". – Rebecca Forster, autrice bestseller di *USA Today*

"Donne intelligenti e forti. Al centro, una famiglia forte e affiatata". – Recensione di Betty

La piccola bottega del cioccolato

"Un romanzo delizioso, che vi farà venire voglia di cioccolato". – *Ciao Tutti*

"Scritto in modo scorrevole... pieno di intrighi, amore, segreti e romanticismo". – *Lekker Lezen*

La casa dei profumi dimenticati

"I lettori divoreranno questo libro, pagina a pagina, man mano che il mistero e le passioni si dipanano". – *Library Journal*

"Come ha fatto in *Il giardino dei profumi perduti*, la Moran intreccia la conoscenza del vino e della vinificazione con questo intenso dramma familiare". – *Booklist*

Il giardino dei profumi perduti

"Straziante, evocativo e stimolante, questo libro è un viaggio potente". – Allison Pataki, autrice di "*Sissi: la solitudine di un'imperatrice*", bestseller *del NYT.*

"Una saga travolgente, che narra il viaggio di una donna attraverso la Seconda guerra mondiale e della sua riluttanza ad arrendersi anche di fronte alle sfide più dure". – Anita Abriel, autrice di "*The Light after the War*".

"Una storia avvincente di amore, determinazione e rinnovamento". – Karen Marin, *Givenchy Parigi*

"Un'elegante e avvincente storia familiare. Ciò che la contraddistingue è il tema della profumeria sullo sfondo, che permea la storia di deliziosi aromi – un risultato notevole!" – Liz Trenow, autrice di *The Forgotten Seamstress*, bestseller del *NYT.*

"Una coraggiosa eroina, amanti dal destino avverso, uno splendido senso di tempo e luogo che cattura l'inquietudine e il tumulto degli anni '40; un lieto fine". – *Eroi e rubacuori*

LIBRI DI JAN MORAN

ITALIANO

Ritorno a Coral Cottage

Un nuovo inizio a Coral Cottage

Natale a Coral Cottage

Matrimoni a Coral Cottage

Grande festa a Summer Beach

La casa dei profumi dimenticati

Il giardino dei profumi perduti

La piccola bottega del cioccolato

INGLESE

Summer Beach Series

Seabreeze Inn

Seabreeze Summer

Seabreeze Sunset

Seabreeze Christmas

Seabreeze Wedding

Seabreeze Book Club

Seabreeze Shores

Seabreeze Reunion

Seabreeze Honeymoon

Seabreeze Gala

Coral Cottage

Library of Congress Cataloging-in-Publication Data

Moran, Jan.

/ di Jan Moran

ISBN 978-1-64778-145-3 (ebook epub)

ISBN 978-1-64778-176-7 (copertina rigida)

ISBN 978-1-64778-146-0 (brossura)

Pubblicato da Sunny Palms Press. Design di copertina: Sleepy Fox. Copyright delle immagini in copertina: Depositphotos.

Sunny Palms Press

9663 Santa Monica Blvd STE 1158

Beverly Hills, CA 90210 USA

www.sunnypalmspress.com

www.JanMoran.com

UN NUOVO
INIZIO A

JAN
MORAN

USA TODAY BESTSELLING AUTHOR

RINGRAZIAMENTI

I miei più sinceri ringraziamenti a Jessica Ravera ed Emiliano Riva per il loro meticoloso lavoro nel tradurre questo libro. È davvero un piacere lavorare con voi a questo romanzo e agli altri della serie! Sono molto felice di poter condividere questa storia con i miei lettori italiani nella loro meravigliosa lingua.

1

Summer Beach, California

*L*a brezza proveniente dal mare era frizzante, ma il sole del mattino scaldava le spalle di Marina mentre sistemava il pane appena sfornato su un tavolo della sua bancarella di specialità alimentari. Salutò una coppia di pensionati che si facevano strada verso di lei attraverso l'affollato mercato agricolo. Anne e Charles erano stati i suoi primi clienti, grazie a sua sorella Kai, che quel giorno aveva insistito per distribuire degli assaggi.

Benché la decisione iniziale di trasformarsi professionalmente, passando dall'essere la conduttrice di un telegiornale della zona di San Francisco ad una imprenditrice non fosse stata totalmente una sua scelta, Marina non poteva immaginare di tornare al lavoro stressante che aveva svolto per anni.

"Ho qui la focaccia all'aglio e rosmarino che avete ordinato", disse Marina, salutando la coppia. Con i loro eleganti capelli argentei, le scarpe da ginnastica e i maglioni di cotone blu marino drappeggiati intorno al collo, Anne e Charles sembravano appena usciti da una pubblicità per la gestione patrimoniale di alto livello. *Quasi troppo perfetti per il ruolo.*

Marina una volta li aveva chiamati "la coppia dello yacht", e aveva ragione. Il loro scintillante panfilo bianco, troppo grande per la maggior parte dei posti barca di Summer Beach, si trovava all'estremità del porticciolo, oltre la modesta imbarcazione del sindaco Bennett. Le avevano detto di essere amici di Carol Reston, la celebrità locale, e avevano attraccato lì per far visita a lei e ad altri amici provenienti da Los Angeles, che erano in zona per trascorrere l'estate.

Marina aveva lavorato fino a tarda notte per completare quel grosso ordine, assicurandosi di offrire ai suoi migliori clienti niente di meno che la perfezione.

Quell'estate doveva avere successo a tutti i costi, non solo per se stessa, ma anche per i suoi figli. I gemelli avrebbero presto compiuto diciannove anni. Heather stava finendo il college e Ethan stava cercando di capire cosa fare della sua vita. Erano giovani adulti, forse, ma per molti aspetti, ancora bambini. E lei era l'unico genitore che avevano.

Ma Marina aveva un piano. Non era la prima volta che affrontava una sfida difficile.

"Posso sempre contare su di te", disse Anne. Gli orecchini di diamante scintillavano ai lobi delle orecchie della donna più anziana, mentre controllava il suo ordine. "Ha tutto un profumo meraviglioso, mia cara. Lo chef pensa che sia perfetto per la nostra festa".

Kai sollevò un piatto di assaggi. "Quest'estate Marina aggiungerà al menù la Quiche Lorraine. Comfort food raffinato, lo chiamerei. Assaggiatene un boccone".

Marina e Kai avevano discusso parecchio sulla quiche. In un mondo di cavoli, quinoa e toast all'avocado, una torta salata all'uovo sembrava quasi banale. "Non sono d'accordo", disse la sorella. "Se i Martini sono tornati in auge, lo farà anche la quiche".

E così, la quiche era diventata la specialità del giorno.

Anne ne assaggiò una. "Marina, tesoro, è divina. Hai colpito ancora nel segno". L'anziana donna fece un cenno al marito. "Charles, devi provare la quiche di Marina. Mi ricorda quel piccolo caffè sulla Croisette, con vista sul Mediterraneo".

"Lasciamene un boccone", disse Charles, mentre il suo telefono squillava. Rispondendo, si mise di lato nel viottolo.

Kai diede un colpetto a Marina e sussurrò: "Te l'avevo detto che la quiche sarebbe stata un successo. La gente ama concedersi degli sfizi, in vacanza".

"Si vendono in fretta", disse Marina, allungando un po' la verità. "L'ho creata basandomi su un'altra ricetta classica di Julia Child, anche se l'ho alleggerita un po'. È comunque altrettanto gustosa". Mentre porgeva ad Anne un tovagliolo di carta, ricordò come aveva imparato a preparare quella ricetta.

Quando la loro nonna, Ginger Delavie, da giovane, viveva a Boston, era diventata amica di Julia Child, la famosa chef e autrice di libri di cucina, grazie al lavoro svolto insieme in ambito governativo. Alcuni dei ricordi più belli di Marina erano quelli di Ginger che riuniva lei e le sue sorelle in cucina per insegnare loro a preparare le ricette della sua amica.

Questa era una delle preferite di Julia, avrebbe detto Ginger. Oppure, *questa era l'omelette speciale di Julia, la prima che ha fatto in televisione.* Dopo la morte dei genitori, gli incontri in cucina erano diventati ancora più importanti per Marina, Kai e Brooke. Da sempre brillante in matematica, Ginger aveva insegnato a Marina e alle sue sorelle le misure e le frazioni in cucina ancor prima che iniziassero la prima elementare.

Il marito di Anne la raggiunse, e lei gli porse un assaggio della quiche di Marina. "È la più buona che abbia mai mangiato", disse lui, annuendo.

"Non dimenticare i biscotti", disse Charles, anche se il suo sorriso non era così evidente.

"Dovremmo entrambi lasciarli stare", ribatté Anne. "Ma proprio non ce la facciamo. Ne prendiamo una dozzina. Metà ai fiocchi d'avena e metà al cioccolato". Fece una pausa, spostando lo sguardo sul marito, che era insolitamente silenzioso. "Chi era al telefono?"

"Jean-Luc", disse Charles. "Sua madre ha avuto un incidente. Deve partire subito".

"Oh, no". Anne aggrottò la fronte. "È una cosa seria?"

"Temo di sì".

Anne annuì. "Bé, allora, deve sicuramente partire all'istante. E così, la festa che avevamo organizzato è finita ancora prima di cominciare. Chiamerò i nostri ospiti per disdire. Senza uno chef, non possiamo fare altrimenti. A meno di non servire cocktail e focaccia", aggiunse, posando lo sguardo sul pane che Marina aveva preparato per la festa. Anne si illuminò. "E, tra l'altro, abbiamo caviale in abbondanza".

"Non c'è motivo di disdire", disse Charles. "Possiamo portare tutti fuori al ristorante".

"Non è questo lo scopo della cena. Inoltre, dubito che riusciremo a trovare posto per così tante persone stasera". Anne sospirò. "Che peccato. È stata una faticaccia trovare una data che andasse bene per tutti. Odio deludere le persone".

Marina non voleva origliare, ma la coppia era lì in piedi, a un braccio di distanza da lei. *Una festa, proprio quella sera.* Lanciò un'occhiata a Kai, che inclinò la testa in direzione della coppia, inarcando un sopracciglio. Marina scosse la testa. Non avrebbe avuto molto tempo per prepararsi, e sarebbe stato un disastro. "Kai, puoi aiutare Anne e Charles con i biscotti mentre io confeziono la loro quiche?".

"Sono felice che siate venuti presto stamattina", disse loro Kai, entrando nel suo ruolo. "Spesso finiamo le scorte, ma cerchiamo di accontentare tutti. Anche con un preavviso molto breve".

Quella mattina, sul presto, Kai aveva lasciato il cottage sulla spiaggia della nonna per incontrare Shelly al Seabreeze Inn, e fare yoga. Indossava ancora la tuta leopardata sotto un top largo e i suoi folti capelli biondo fragola erano raccolti in una coda di cavallo. Che fosse sul palco con la sua compagnia di teatro musicale o al mercato degli agricoltori, riusciva sempre a farsi notare.

"Abbiamo imparato a battere sul tempo gli altri clienti", disse Anne. "La settimana scorsa Marina aveva esaurito le nostre cose preferite. Così abbiamo ordinato tutto in anticipo".

Kai prese i biscotti indicati da Anne. "Non ci vorrà molto prima che possiate visitare il nuovo caffè di Marina sulla spiaggia". Lanciò un altro sguardo pieno di significato a Marina.

"Ne ho sentito parlare da Mitch, a Java Beach", disse Charles, annuendo al logo sul suo nuovo grembiule. "Il Coral Café, immagino. Bel nome".

Marina sorrise mentre sistemava il loro ordine in un sacchetto. "I miei nonni hanno comprato il loro cottage sulla spiaggia decenni fa, non molto tempo dopo essersi sposati. L'hanno chiamato Coral Cottage. Probabilmente l'avrete visto dalla spiaggia".

"Non si può non notarlo", disse Kai. "Ha una mano di vernice fresca color corallo".

"Stiamo servendo delle cene informali su una nuova terrazza con vista sull'oceano", aggiunse Marina. Fece un rapido calcolo del tempo che le sarebbe servito. Forse avrebbe potuto preparare qualcosa di semplice per loro nel patio. Un'insalata e una pasta, anche per tante persone, non avrebbero richiesto molto.

Marina aveva pagato la nuova terrazza con il denaro proveniente dalla sua liquidazione dall'emittente televisiva. L'assicurazione di Ginger aveva coperto le spese di riparazione dopo che una tromba d'acqua si era abbattuta sulla costa poche settimane prima. Aveva divelto il tetto del cottage degli ospiti e messo a soqquadro il giardino, dove avevano appena finito di piantare nuovi arbusti e fiori. Fortunatamente il nuovo patio non aveva subito danni.

Jack Ventana, uno scrittore che aveva affittato il cottage da

Ginger per un breve periodo sabbatico, si era trasferito in una stanza del Seabreeze Inn con Scout, il suo cucciolo di labrador retriever troppo cresciuto. Per quanto Jack e Scout potessero essere fastidiosi, a Marina mancavano le passeggiate mattutine con loro sulla spiaggia.

Ma questo, prima che Jack sparisse. Dopo che si erano incontrati per quella che si era rivelata una romantica nuotata al Seabreeze Inn – la dimora storica che la sua vecchia amica Ivy Bay aveva restaurato – lui le aveva promesso di chiamarla. Si erano anche scambiati un bacio. Ma era passata una settimana, e poi un'altra, e lui non aveva fatto alcuno sforzo per ricontattarla.

Era comunque troppo impegnata per intraprendere una relazione.

Mentre Marina chiudeva il sacchetto con lo scotch, la sua mente era in subbuglio. Probabilmente aveva tempo per preparare qualcosa di più di insalate e pasta. Poteva farcela. "Non ho potuto fare a meno di ascoltare la vostra conversazione. Avete organizzato una cena per questa sera?"

"Esattamente", disse Anne, con un'aria triste.

"Potremmo ospitare voi e i vostri amici sul terrazzo", esordì Marina.

Anne scosse la testa. "Il punto era che i nostri amici volevano fare un giro in yacht". Quando il suo sguardo cadde sul grembiule di Marina, si premette un dito sulle labbra. "Charles, non credi che...".

Ecco la mia occasione, pensò Marina. Sollevando il mento, iniziò a fare una domanda, ma Kai la precedette.

"Per fortuna abbiamo avuto una disdetta per stasera, quindi siamo disponibili per il catering di una cena. Quanti ospiti avreste?". Kai si era occupata del marketing e delle prenotazioni per le cene pop-up.

"Ne avremmo dodici", disse Anne sorridendo. "Sì, penso che potrebbe andare bene. Carol mi ha detto che il tuo salmone ripieno di granchio e la tua cheesecake al mango sono da urlo".

"È perfetto", disse Charles, illuminandosi. "Jean-Luc mi ha detto che il cibo è stato consegnato, quindi non devi fare altro che mettere insieme il tutto". Charles fece degli ampi movimenti con le mani, come se bastasse un po' di giocoleria.

"Marina può fare qualsiasi cosa", disse Kai, volgendo gli occhi luccicanti in sua direzione.

Dodici persone, pensò Marina. Poteva farcela. E gli ingredienti erano già lì. "Sono sicura di potervi preparare la cena. Cosa aveva previsto il vostro chef?"

"Un'aragosta di qualche tipo", disse Anne. "Jean-Luc è un mago con i crostacei".

Marina sorrise. "Anche questa è una delle mie specialità". Con la nonna aveva preparato spesso l'aragosta alla Thermidor di Julia Child. Era una delle preferite di Ginger. *Vino bianco secco, parmigiano, funghi e cognac*. Poteva farlo.

"Abbiamo alcune commissioni da fare in città e torneremo a bordo alle 14", disse Anne. "Dovreste avere abbastanza tempo". Si rivolse a Marina. "Grazie al cielo, sei disponibile. Tutto quel lavoro per organizzare dodici coppie e le loro preferenze alimentari mi ha fatto quasi impazzire. Sono contenta che tutto quello sforzo non sia andato sprecato".

"Dodici *coppie*?". Chiese Marina, improvvisamente preoccupata. "Allora vuole dire ventiquattro *persone*?". Lanciò uno sguardo preoccupato a Kai, che le fece un sorriso coraggioso e un piccolo segno di pollice in su, dietro Anne e Charles.

"E anche noi, quindi, suppongo che siano ventisei, se vogliamo fare i conti", disse Charles. "Jean-Luc compra sempre del cibo in più per tenere conto degli ospiti che la gente porta con sé all'ultimo minuto. Diciamo una trentina. Dovrebbe essere bel tempo per poter cenare sul ponte".

Un brivido percorse Marina. Non aveva mai cucinato per così tante persone contemporaneamente. La maggior parte delle cene che aveva organizzato erano state per sei o otto. "Non è un problema. Kai sarà il mio *sous-chef* stasera".

Gli occhi di Kai si spalancarono in segno di protesta e scosse la testa, ma Marina la ignorò.

"Lo apprezziamo molto", disse Charles. "Vi pagheremo bene, soprattutto con così poco preavviso". Raccolse i loro acquisti.

Marina osservò la coppia che si muoveva tra la folla. La cena sarebbe stata un evento da ricordare. Da quando aveva dato il via ai brunch, ai pranzi e alle cene pop-up, qualche settimana prima, era stata molto impegnata, ma questo era un incarico importante.

Marina aveva bisogno di guadagnare – e, inoltre, ciò le avrebbe dato le credenziali necessarie per attirare altri ristoratori della città al nuovo evento a cui stava pensando, e che aveva chiamato *Taste of Summer Beach*. Con l'aumento della concorrenza delle grandi catene di ristoranti nella comunità vicina, avevano bisogno di attrarre nuova clientela.

Si rivolse alla sorella. "Conto su di te, Kai. Qualsiasi cosa tu abbia in mente, cancellala. Date le dimensioni di quella barca e il numero di persone, questa festa sarà molto impegnativa da gestire. Non posso farcela da sola".

"Va bene, non ho mica un appuntamento o altro", disse Kai, appoggiandosi al tavolo da esposizione che avevano rivestito con un nuovo panno color corallo, in tinta con il grembiule di Marina. "Inoltre, muoio dalla voglia di vedere com'è fatto quello yacht all'interno. Mi chiedo chi ci sia nella lista degli invitati".

"Non importa. Vorrei che potessimo dare prima un'occhiata alla cambusa. Dovremo organizzare il menù e gli ingredienti il più velocemente possibile". Marina affettò un altro pezzo della loro quiche per gli assaggi e lo posizionò su un tagliere. "A proposito di appuntamenti, hai notizie di Dmitri?"

"È impegnato a volare da una riunione all'altra", risponde

Kai. "New York, Chicago, Miami. Raccogliere fondi per una nuova produzione teatrale è molto impegnativo".

"Pensi che riuscirà a venire qui? A Ginger piacerebbe molto conoscere l'uomo che hai deciso di sposare". Marina tagliò la quiche in bocconcini, disponendoli sul piatto che usavano per gli assaggi. Mentre lo faceva, pensava al lavoro della sera, sperando che il menù di Jean-Luc non fosse troppo complicato.

"A proposito di quello…". La voce di Kai si spense e lei si attorcigliò le punte dei capelli intorno a un dito.

Marina percepì una nota di incertezza nella voce della sorella. "Detto così, non mi sembra un voto di fiducia".

"Voglio solo essere sicura".

"Posso capirlo. Vi conoscete solo da pochi mesi, e la metà di questo periodo l'hai passata qui". Marina era preoccupata anche per quello. Tuttavia, cercava di sostenere sua sorella.

Kai strinse le labbra. "Ho intenzione di rimandare il matrimonio".

"Pensavo l'avessi fatto. Non l'hai detto a Dmitri?". Marina posò sulla tavola un muffin alla cannella e mela con la copertura soffice sulla tavola e cominciò a spezzettarlo. Kai non aveva ancora indossato l'imponente anello che Dmitri le aveva regalato, dicendo che era troppo vistoso per essere portato in spiaggia.

"L'ho fatto, ma intendevo rimandarlo ancora più in là", disse Kai. "Abbiamo così tanto in comune, ma più Dmitri spinge, più io mi allontano. O forse è perché siamo distanti. È una cosa folle o normale?"

"Ginger ci dice sempre di ascoltare il nostro istinto", disse Marina, sistemando i muffin accanto alla quiche. "Dmitri sulla carta è perfetto, e il tuo orologio sta ticchettando. Ma dovete passare più tempo insieme. Kai, questo sarà un impegno a lungo termine, non una storiella del fine settimana a Cleveland. Imparate a conoscervi meglio, andate oltre la fase della prima cotta".

"E poi c'è un'altra cosa", disse Kai, riempiendo di biscotti le cupole di vetro che Marina aveva trovato nella cristalliera della nonna. "Dmitri vuole che lasci questa compagnia teatrale. Dice che mi sta stretta, e che devo ottenere dei ruoli più importanti a New York".

"Non è quello che volevi?". Sua sorella era in pausa dalla sua solita tournée estiva di teatro musicale.

"Lo è, quindi c'è del vero in quello che dice, ma voglio che sia una mia decisione". Kai strinse le mani e si appoggiò al tavolo. "La compagnia teatrale è come una famiglia. Tuttavia, Dmitri e io probabilmente vivremo a New York dopo il matrimonio, quindi forse è il momento di andare avanti con il nostro futuro". Un'espressione pensierosa ombreggiò il volto di Kai. "Però mi mancherà molto passare le estati qui".

Marina prese il piatto e fece una pausa. "Questo non ha niente a che fare con il nostro amico Axe, vero?". Il costruttore e la sua squadra stavano lavorando alla casetta degli ospiti danneggiata.

"Non è interessato a me", disse Kai, abbassando il mento. "Siamo solo amici".

"Molte delle relazioni più riuscite sono nate come amicizie".

"Come te e Jack?".

"Riprova", disse Marina, stringendo le labbra. Il brivido che provava nel petto quando pensava a lui ora era fastidioso. Marina non era pronta a sconvolgere la sua vita per un uomo qualsiasi. A quarantacinque anni, si sentiva ormai oltre tutto ciò. Probabilmente lui lo aveva percepito, il che spiegava perché non aveva avuto sue notizie. Tuttavia, avrebbe potuto chiamare. Avrebbe potuto essere lei a farlo, ma voleva che l'idea partisse da lui.

Pulì le impronte digitali da una cupola di vetro. Forse entrambi avevano avuto i classici ripensamenti, dopo quella sera.

A differenza di Kai, Marina sapeva come funzionava il

matrimonio. Aveva seguito suo marito da una base militare all'altra, prima che morisse. Ora la sua vita era in evoluzione e i suoi figli dipendevano ancora da lei. Per loro merito, Heather e Ethan si stavano preparando a essere più responsabili, vista la situazione. Dopo che Marina aveva perso il lavoro, avevano fatto un onesto discorso sulla situazione finanziaria della famiglia.

Ora, Marina non aveva molto tempo per dedicarsi ad una relazione, quindi stare insieme a qualcuno le avrebbe solo tolto tempo dal nuovo café. Doveva essere intelligente e mettere tutta se stessa in quella nuova impresa.

E poi c'era la situazione di Jack. Storse le labbra da un lato e aggrottò le sopracciglia.

"Ehi, cos'è quello sguardo?", chiese Kai.

"Quale sguardo?"

Kai piegò le braccia e annuì. "Uguale a quello di Jack".

"Non ho l'aspetto di Jack", disse Marina, pulendosi le mani su uno strofinaccio e infilandosi un nuovo paio di guanti da cucina. "E smettila di spostare la conversazione altrove".

Kai scrollò le spalle. "Ginger dice che il loro lavoro sul libro sta andando bene. E Jack sta passando molto tempo con Leo".

"Come un padre dovrebbe fare", disse Marina con calma. "Jack ha dieci anni da recuperare".

"E con la mamma di Leo".

Marina strinse le labbra. "Non è una gara. Jack dovrebbe godersi il tempo che può trascorrere con Vanessa prima che...". Fece una pausa, pensando ai problemi di salute di quella povera donna. "Ha bisogno di imparare molte cose su suo figlio. È giusto così".

Kai sospirò. "Pensi che ci sia qualche speranza per le condizioni di Vanessa?"

"Lo vorrei... per il bene di Leo". Marina non riusciva a capire perché Vanessa non avesse detto a Jack di Leo fino a quel momento. Dal modo in cui Vanessa guardava Jack, era evidente che lo adorava.

O, forse, il problema era Jack.

Altri segnali d'allarme.

Kai toccò la spalla di Marina. "Ehi, Grady era un idiota e non ti ha mai meritato. E sono passati diciotto anni dalla morte di Stan. Va anche bene lasciarsi attrarre da qualcuno e riprovarci".

"La situazione di Jack è troppo complicata per me", disse Marina. "Sono impegnata e lui può gestire la sua vita benissimo senza di me". Spinse il vassoio degli assaggi nelle mani di Kai. "Vai a fare i miracoli di cui sei capace. Abbiamo bisogno di clienti, ora. Prima vendiamo tutto, prima possiamo andarcene e pianificare la serata. E ho un ordine di cibo da ritirare".

Marina si passò una mano sugli occhi. Nonostante le sue parole, provava davvero affetto per ognuno di loro: Jack, Vanessa e soprattutto il giovane Leo. Jack doveva passare del tempo con loro. Non era gelosia quella che provava, vero?

Kai sorrise. "Finiremo tutto in un attimo". Canticchiando le note iniziali di una canzone da palcoscenico, sollevò il piatto e si avviò nel corridoio come se stesse entrando sotto i riflettori.

Guardando la sorella, Marina rise. Solo Kai poteva riuscirci. Pensò a quanto era passato dall'ultima volta che lei e Kai avevano trascorso del tempo insieme in quel modo. E se Kai si fosse sposata presto, quella sarebbe stata probabilmente la loro ultima estate, a parte qualche sporadica vacanza. Un nodo di malinconia le si formò in gola. Proprio mentre Marina stava trovando la sua libertà, Kai stava percorrendo la strada opposta. Marina strinse le labbra. *La loro ultima estate.*

"Delizie appena sfornate", annunciò Kai. "Assaggi gratuiti, proprio qui".

Marina apprezzava molto gli sforzi di Kai. Da quando era arrivata a Summer Beach, Marina stava curando il suo orgoglio, ferito per via di Grady. Non era passato molto da quando aveva scoperto che il suo fidanzato si era messo insieme ad una pop star, proprio mentre lei stava conducendo il notiziario del mattino alla KSFB, una stazione televisiva della baia di San Francisco. Aveva perso la calma in diretta e si era licenziata prima che il suo capo potesse farlo di fronte alla troupe.

Alla fine della giornata, la reazione scioccata e sconclusionata di Marina era diventata immediatamente un meme sui social media, mentre i talk show in seconda serata trasmettevano all'infinito quello spezzone, tra le risate scroscianti. E, peggio ancora, Grady era il primo uomo con cui era uscita seriamente dopo la morte di Stan.

Marina si sfiorò le mani e sollevò il mento. Tutto ciò era alle spalle, e aveva ben altro di cui preoccuparsi che non i vari Grady e i Jack Ventana in circolazione.

Trenta aragoste, ad esempio. E cosa voleva dire quel commento di Anne sulle preferenze alimentari? Probabilmente senza glutine o senza latticini. Forse c'erano degli ospiti vegani, o con allergie ai crostacei. O con particolari gusti.

Quello poteva gestirlo, ma finché non vedeva le scorte in dispensa dello chef Jean-Luc, non aveva idea di cosa avrebbe potuto sostituire. Aveva preso degli accordi specifici?

Marina trasse un respiro e considerò le varie opzioni.

Quando era la conduttrice del telegiornale del mattino, conosceva la sua routine. Dopo aver esaminato il notiziario scritto, letto il copione e confermato la pronuncia di nomi e luoghi, si truccava con cura, si vestiva e si acconciava i capelli: i commenti più frequenti riguardavano appunto il suo aspetto. Si metteva il microfono e regolava l'auricolare per ricevere le indicazioni del produttore o del regista. La cabina di regia poteva essere in preda al caos, ma lei rimaneva calma.

Marina sospirò. Ecco come avrebbe gestito la sua cucina. Si sarebbe preparata ai vari imprevisti. *Risotto*, pensò. *O pasta. Verdure al vapore.* Marina pensò a dei piatti facili che avrebbe potuto preparare e tenere a portata di mano in caso di richieste specifiche. Poteva farcela. Cosa poteva andare storto?

All'improvviso, qualcuno le strattonò i lacci del grembiule, facendole perdere l'equilibrio. Barcollò all'indietro. Sorpresa e arrabbiata, Marina si girò. "Ehi, chi ti dà il diritto di...".

Un labrador retriever giallo teneva in bocca i lacci del grembiule, inclinando la testa. La sua coda batteva contro i bidoni di plastica impilati su un lato. Dal collare al collo pendeva un guinzaglio e le sue zampe erano bagnate e piene di sabbia.

"No, Scout", gridò, tirando via la stoffa dalla bocca del cane, ma lui l'aveva interpretato come un segno per giocare e aveva stretto la mascella. Lei cercò di trattenersi dal ridere mentre quel cucciolo troppo cresciuto si chinava, tirandosi indietro. "Dov'è il tuo papà?"

Un uomo alto, in maglietta e jeans scoloriti, si precipitò tra la folla. "Ehi, bello, dacci un taglio". Scavalcando il cucciolone, Jack indicò i lacci umidi del grembiule. "Lasciali. Seduto".

Con gli occhi tristi, Scout obbedì, anche se il cane riusciva a malapena a contenere il suo entusiasmo. La lingua gli pendeva da un lato della bocca e la coda scodinzolava contro i polpacci di Marina. Marina si abbassò a massaggiare la testa e il collo di Scout. "È un po' che non ti vedo, bello".

"E anche tu". Jack si passò una mano sui folti capelli castani, che necessitavano di un taglio.

Marina alzò gli occhi e notò il suo sguardo, scintillante di interesse. O era la sua immaginazione? "Per colpa tua, devo andare ancora a lavarmi". Avrebbe potuto semplicemente cambiare i guanti, ma quella sarebbe stata una buona scusa per allontanarsi da Jack.

Si fermò un attimo. Perché voleva fuggire da lui?

Perché era pericoloso, ecco perché. Il suo cuore avrebbe potuto sopraffare il suo buon senso, quando c'era di mezzo Jack. E non aveva alcuna garanzia che lui non si sarebbe comportato come Grady e non si sarebbe presentato con una ventenne in bikini. Ce n'erano in abbondanza sulla spiaggia, e ovunque si guardasse intorno, in città. L'inconveniente di una località balneare era tutta quella concorrenza, giovane e tonica.

Non che fosse in competizione con qualcuno. Marina si alzò e fissò lo sguardo su Jack. Era ormai passato il periodo nel quale doveva rincorrere un marito, o difendersi dalla concorrenza di donne più giovani che ambivano al suo posto in redazione. E certamente, non aveva più bisogno di uomini che sparivano come ologrammi.

"Come va il libro?". Marina chiese con leggerezza.

"Ci stiamo lavorando. Ginger è incredibile".

"Lo abbiamo sempre pensato". Marina si spostò, cercando di non fissare quegli occhi così azzurri da toglierle il respiro. "E Leo?"

"Un bambino fantastico, tutto grazie a Vanessa, ovviamente. Non lo merito".

Seguì un silenzio imbarazzante.

Marina pensò alla situazione e si chiese se Vanessa avesse davvero esaurito tutte le possibili cure, anche se non erano affari suoi.

Scout si avvicinò al grembiule di Marina e scosse la testa.

"Ha il tuo sorriso strafottente", disse Marina, grattando Scout dietro le orecchie, che erano anch'esse umide e puzzavano di acqua salata. Scout si rotolò tra le sue braccia. Era irresistibile, soprattutto con quella sua incessante andatura goffa e ciondolante.

"Senti, sono stato molto occupato, ma ho pensato che forse ti sarebbe piaciuto cenare insieme, stasera...".

"Stasera? Mi dispiace, ho un impegno importante". Marina si irritò per quell'invito all'ultimo minuto, soprattutto considerando i suoi pessimi precedenti. Non aveva bisogno di quel tipo di distrazione.

"Allora che ne dici di...".

"Sono terribilmente occupata", disse Marina ripetendo la

scusa di Jack. Prese il guinzaglio di Scout e lo porse a Jack. "Dovresti usare questo. O è così che accalappi le ragazze?"

"Credo di essermelo meritato". Jack prese il guinzaglio. "Vieni, Scout. Abbiamo del lavoro da fare".

Forse era stata troppo brusca con lui, nonostante se lo meritasse. Dopo tutto, stava lavorando con sua nonna. Alzò le mani. "Jack", cominciò.

Si girò, con la speranza impressa sul volto.

"Dovresti passare del tempo con Vanessa".

Di nuovo bloccato, Jack sbatté pesantemente le palpebre e annuì prima di proseguire con Scout.

Marina si allontanò dalla sua postazione e si diresse verso Kai, che stava distribuendo degli assaggi in fondo al viottolo.

"Puoi occuparti del negozio? Devo andare a lavarmi". Marina tese le mani e inclinò il mento in direzione di Scout. *"Eau de wet dog"*.

Gli occhi di Kai si illuminarono. "Hai parlato con Jack?"

"Non c'è niente di nuovo. Torno subito". Marina si diresse verso il bagno pubblico sulla spiaggia, accanto al mercato agricolo. Anche se non avesse avuto impegni quella sera, non riusciva a credere alla faccia tosta di Jack, che le aveva chiesto di uscire. Forse era lei ad essere di vecchio stampo, ma non aveva intenzione di essere il riempitivo di nessuno.

Marina scosse la testa, cercando di scacciare Jack dalla sua mente. Quella sera aveva un lavoro importantissimo che avrebbe potuto consolidare – o distruggere – la sua reputazione a Summer Beach. Nessuno poteva dissuaderla dal portarlo a termine.

Di certo non Jack Ventana, maestro nell'arte della sparizione.

arina sollevò un sacco di farina di dimensioni industriali sul bancone della cucina vintage di Ginger. Lei e Kai avevano esaurito i prodotti da forno e la quiche al mercato contadino in tempo record, proprio come Kai aveva previsto. Poi, si fermarono a ritirare un ordine di cibo. Marina ora comprava le provviste all'ingrosso, migliorando il suo margine di profitto, per non parlare della sua forza nelle braccia.

Mentre stavano scaricando, Kai disse: "Dovremmo chiedere ad Anne e Charles di farci visitare la loro villa galleggiante prima di iniziare la cena".

"Non so se avremo tempo", disse Marina, accigliata. "Sono preoccupata per le forniture già a disposizione e per i lavori di preparazione, senza contare che dovremo trovare tutto ciò di cui avremo bisogno in una cucina sconosciuta".

Kai fece una smorfia. "Oh, andiamo. Potrebbe essere la nostra unica occasione per dare un'occhiata a una barca così grande".

"Yacht", disse Marina, correggendola. "C'è un'imbarcazione più piccola nascosta all'interno, quella sì che si può chiamare barca. Anche se, in realtà, è detta tender".

Marina aveva comprato del riso italiano per il risotto, insieme a della zucca butternut che avrebbe potuto conservare se non l'avesse usata tutta. Sperava che il cuoco dei suoi clienti avesse altro a portata di mano, ma almeno ci sarebbero stati gli ingredienti di base per preparare un piatto da poter servire a chi aveva restrizioni alimentari.

"Il riso lo lasciamo in macchina, ma le verdure portiamole dentro", disse Marina. "Non voglio che il caldo le rovini".

Kai portò un cartone di zucca e lo sistemò all'interno della cucina. "Questo è l'ultimo. Vado a farmi una doccia e a cambiarmi. Ci vediamo tra poco".

Marina si appoggiò al bancone per riprendere fiato. Non era stata così attiva fisicamente da quando i gemelli erano piccoli. Era una bella sensazione mettere all'opera i muscoli che non aveva usato granché, stando seduta dietro una scrivania. Ora si svegliava ogni mattina con l'emozione di affrontare un'altra giornata, invece di temerla. In questa fase della sua vita, significava tutto per lei.

"Stai creando una vera e propria linea di produzione", disse Ginger entrando in cucina.

Marina sorrise. Non conosceva più nessuno che si stirasse i jeans, ma con il suo portamento imperioso, a Ginger stavano molto bene.

Sua nonna aveva standard elevati, esigenti come i suoi calcoli matematici. Si vestiva spesso con camicie bianche e mocassini lucidi, anche se stava solo passeggiando in città. A volte indossava abiti comodi acquistati durante i suoi viaggi, oppure una tenuta da yoga con una giacca imbottita, per camminare sul fianco della scogliera durante la sua meditazione. Ginger aveva uno stile tutto suo, che poteva essere tanto sgargiante quanto classico, a seconda del suo umore. Quel giorno aveva aggiunto all'abbigliamento una collana e degli orecchini di corallo rosso, molto vistosi.

"Stiamo cercando di stare al passo con le richieste", disse

Marina. "Abbiamo avuto una giornata fantastica. Oggi abbiamo venduto tutto al mercato degli agricoltori e abbiamo preso un incarico per una cena di trenta persone a bordo di uno yacht gigante, nel porto turistico".

Ginger inarcò un sopracciglio. "Fai attenzione".

"Perché dici così?". Marina inclinò la testa a quel commento. "I proprietari sono clienti del mercato agricolo".

"La grande ricchezza a volte è sinonimo di pericolo. Non vi ho insegnato ad essere sempre consapevoli di ciò che fate?".

Sebbene alcuni avrebbero potuto pensare che fosse un commento strano, quello di Ginger, che aveva fatto frequentare a Marina e a sua sorella un corso di autodifesa in giovane età, non era fuori dal personaggio. Soprattutto perché Marina aveva recentemente appreso che era stata un'importante decifratrice di codici durante la Guerra Fredda. Ginger continuava a minimizzare il suo coinvolgimento, ma Jack aveva intervistato altre persone che avevano lodato i suoi sforzi.

Marina non aveva molto tempo per parlarne. Guardò la cucina, dove le provviste riempivano ogni superficie. "Kai è di sopra in bagno, ma tra poco avrò organizzato e messo via tutto".

"Ho riflettuto a lungo sull'idea di questo caffè", disse Ginger, appoggiando le mani sui fianchi.

"E mi piacerebbe sentirle, queste tue riflessioni". Marina si tolse un ciuffo di capelli dalla fronte mentre scaricava le provviste. "Più tardi, magari?"

"Possiamo parlare mentre ti aiuto a mettere via queste cose". Ginger aprì un altro armadietto per spostare gli oggetti e fare spazio, seguendo il ritmo della nipote.

"Non dirò di no". Marina sorrise tra sé e sé. Sua nonna era efficiente e persuasiva.

"Sebbene mi sia piaciuto avere ospiti veramente interessanti in questa residenza, ogni estate", esordì Ginger, "ho deciso di utilizzare meglio questa struttura. Sono sicura che

Bennett potrà aiutare Jack a trovare un altro posto dove vivere per il resto del suo anno sabbatico. Inoltre, ora che deve occuparsi del piccolo Leo, dovrebbe rimanere a Summer Beach. Accompagnarlo a scuola, ed essere un vero padre per lui".

Marina si morse il labbro a quel pensiero. Aveva pensato che stesse nascendo una relazione con Jack, ma si era sbagliata. Chi poteva sapere cosa passava per la testa degli uomini?

"A proposito di Jack…". Uno sguardo lontano riempì gli occhi di Ginger. "Quando Bertrand era nel corpo diplomatico, c'era un giovane irresponsabile che aveva accolto un nipote senza averlo mai conosciuto. Così, quel furfante era dovuto maturare in fretta. Persino lui ha detto che è stata la cosa migliore che gli potesse capitare. Non tanto per il ragazzo, ovviamente. Eppure, con Jack…".

"Scusami", disse Marina. Ginger amava perdersi nei ricordi e, anche se a Marina di solito piaceva ascoltare le sue storie, non aveva tempo né voglia di sentire la nonna parlare di Jack. Lei e Kai avevano programmato di essere al porticciolo prima di Anne e Charles, nel caso fossero arrivati in anticipo. Avrebbero avuto bisogno di ogni minuto per prepararsi.

"Hai detto che stavi pensando al locale", disse Marina. "Quest'estate posso cavarmela usando il patio, ma l'anno prossimo spero di trasferirmi in una struttura adeguata. Anche se ti ringrazio, non potrò usare la tua cucina per sempre".

Ginger sorrise. "Allora devo dirti che questa settimana sono stata in municipio e ho fatto una lunga chiacchierata con Boz, dell'ufficio urbanistica. Bertrand e io abbiamo acquistato prima questa casa e poi il lotto per il cottage degli ospiti, che abbiamo fatto costruire. Il lotto è al di fuori dei confini della città di Summer Beach e della sua suddivisione in zone. Tecnicamente, su quella proprietà posso fare quello che voglio. Per questo motivo ho intenzione di ampliare la cucina del cottage degli ospiti, per il locale. Potresti lavorare lì".

"Davvero?". Marina stentava a credere alle parole di

Ginger. Poteva essere la risposta al suo dilemma. L'emozione la attraversò, ma poi emerse il suo lato pragmatico. Marina corrugò la fronte con preoccupazione. "Avere più spazio non sarebbe male, ma che dire dei costi e dei disagi per voi?"

Ginger sollevò il mento. "Secondo i miei calcoli, i soldi dell'assicurazione copriranno la maggior parte delle spese. Tuttavia, potresti desiderare qualche miglioria per la cucina".

"Coprirò quel costo", disse rapidamente Marina, pensando alle attrezzature e alla maggiore capienza di cui avrebbe avuto presto bisogno per far crescere l'attività. Investire dei fondi limitati era rischioso, ma ogni nuova impresa non comportava forse una certa parte di rischio? Trasse un respiro per calmare i nervi. "Ho ancora i soldi della mia liquidazione".

Se Marina avesse realizzato un buon profitto quell'estate, avrebbe avuto il denaro necessario per la parte della retta di Heather non coperta dai prestiti scolastici alla Duke University. Investire in una nuova attività era necessario per rimpiazzare le sue vecchie entrate, dato che la sua agente non aveva avuto modo di trovarle un altro ingaggio come conduttrice.

Marina doveva essere realistica. Alla sua età, le sue possibilità davanti alle telecamere diventavano ogni anno più limitate, anche se si sentiva all'apice della carriera.

Tuttavia, un caffè era qualcosa più di un piano B: era ciò che sognava di fare da anni. E sarebbe stata lei il capo, non un hipster arricchito che giocava a fare il produttore televisivo in una delle acquisizioni del padre miliardario.

Hal, il suo ex capo, era più interessato a mandare bellezze in onda piuttosto che alle notizie. Tuttavia, essendo una mamma single con due figli, Marina aveva bisogno di un reddito fisso. Alla fine, quell'illusione di sicurezza era stata soggetta ai capricci di Hal. Forse le ci erano voluti anni per capirlo, ma ora Marina era determinata a crearsi da sola qualcosa di più sicuro e affidabile.

Aveva già fatto i primi passi verso il suo sogno: perfezionare le sue ricette, dare una visione d'insieme al tutto e trovarsi una clientela al mercato agricolo. A parte un paio di piccoli disastri, tra cui il debutto al Seabreeze Inn, la sua attività era partita abbastanza bene. Tuttavia, doveva stare attenta a non commettere errori o andare fuori strada.

"Possiamo discutere degli aspetti finanziari più tardi", disse Ginger, controllando l'orologio. "Diamo un'occhiata al cottage degli ospiti. Ho pensato che ti sarebbe piaciuto iniziare a pianificare il tuo spazio di lavoro prima di dover partire".

"Non ho molto tempo, Ginger". Proprio in quel momento, Marina sentì la voce soprano di Kai che si lanciava in melodie da spettacolo.

"Kai si sta facendo un bagno lungo. E ha appena iniziato *Tutti insieme appassionatamente*". Ginger controllò l'orologio. "Tra poco arriverà anche Axe Woodson".

"Fammi strada, allora".

Le due donne passarono accanto a delle bouganville appena piantate, che sostituivano le voluttuose viti dai fiori color rubino che il tornado aveva sradicato e distrutto. Quando raggiunsero la porta d'ingresso, un pick-up ultimo modello si fermò nel vialetto. Ne uscì un uomo alto e robusto con una camicia a quadri. I suoi stivali da cowboy si facevano senz'altro notare a Summer Beach, ma non probabilmente nel suo stato natale, il Montana.

"Siamo qui fuori, signor Woodson", disse Ginger con un gesto di saluto.

Con un rotolo di progetti sotto il braccio, Axe si diresse verso di loro. I suoi capelli color sabbia, sbiancati dal sole contrastavano con il viso segnato dalle intemperie. "Ho portato i progetti, così possiamo prendere nota di tutte le modifiche che volete".

La voce di Kai che proveniva dalla finestra aperta del bagno attirò l'attenzione di Axe. Si fermò, annuendo pensieroso. "Bella canzone".

"Vero?". Un sorriso pieno d'orgoglio sfiorò il volto di Ginger.

Lisciandosi una mano sul mento, disse: "Non sapevo che Kai avesse così tanto talento". La sua voce profonda rimbombò nel suo petto vigoroso.

"Con quella voce e il suo talento, potrebbe tranquillamente esibirsi a Broadway". Ginger fece un cenno verso i progetti, richiamando la sua attenzione. "Anche Marina darà il suo contributo a questo nuovo progetto".

Marina salutò Axe, la cui squadra stava riparando il tetto danneggiato. Entrarono nel cottage degli ospiti, che era stato sgomberato dagli arredi. Il vecchio divano imbottito era tutto inzuppato e la scrivania di legno completamente imbarcata. Nell'aria aleggiava un aroma di muschio.

"Era comunque ora di riarredare", disse Ginger, dando un colpetto con le dita alla scrivania danneggiata.

"Summer Beach ha bisogno di un ristorante così vicino alla spiaggia. Dovreste attirare parecchia gente".

"L'idea è quella", disse Marina. "Ma quando ho parlato con Boz qualche settimana fa, mi ha accennato che le catene di ristoranti nelle vicinanze stanno facendo un sacco di offerte speciali per attirare i visitatori di Summer Beach. Questo sta danneggiando molti ristoranti della città". Quell'aspetto sconosciuto della sua impresa la preoccupava. "Conosce Rosa del chiosco di tacos di pesce, in paese?"

Axe sorrise. "Prendo qualcosa da asporto da lei almeno un paio di volte a settimana. La mia squadra, anche più spesso. È buon cibo, fatto in casa".

"Sapeva che una grande catena di tacos, proprio in fondo alla spiaggia, sta danneggiando la sua attività? Ha dovuto ridurre le ore dei dipendenti".

Marina aveva parlato con Rosa, una proprietaria di lunga data di Summer Beach che era parte integrante del tessuto della comunità. Rosa acquistava pesce fresco ogni mattina dai pescherecci al molo, la sua famiglia coltivava verdure biologiche e produceva salsa e tortillas senza additivi. Proponevano anche molte specialità vegane. Marina pensava che i prodotti di Rosa fossero di gran lunga superiori, e meno costosi, degli aridi tacos delle catene di fast-food.

"Non lo sapevo, ma non mi sorprende", rispose Axe scuotendo la testa. "La gente spesso opta per ciò che conosce. Starà a voi e ai ristoratori di Summer Beach capire come convincere i visitatori a rimanere qui. Avrete bisogno di una buona strategia di marketing e di saperci fare con le relazioni pubbliche".

"Kai è abbastanza brava", disse Ginger.

"L'ho vista in azione al mercato agricolo". Axe si strofinò la nuca e ridacchiò.

"Dovremmo far conoscere Summer Beach come destinazione per i buongustai", disse Marina. "Ho intenzione di organizzare un evento annuale chiamato *Taste of Summer Beach* per attirare i visitatori. Con l'aiuto di Kai, naturalmente".

"Kai me l'ha accennato", disse Axe pensieroso. "È una buona idea, se si riesce a coinvolgere qualche ristoratore della città".

"Credo che siano già elettrizzati all'idea". Marina indicò la cucina. "Cominciamo da qui".

Dando un'occhiata all'ambiente, Marina immaginò l'attrezzatura di cui avrebbe avuto bisogno. "Dovrò pensarci meglio, ma come minimo avrò bisogno di molto più spazio sul bancone". Toccò una parete che separava la cucina da una piccola zona pranzo. "Se riusciamo a rimuoverla, possiamo aprire questo spazio e ampliare la cucina. Avrò bisogno di un piano cottura più grande, di più forni e di spazio per un frigorifero grande". Quello vecchio, da appartamento, non poteva contenere abbastanza provviste.

"È possibile, certo". Axe segnò quell'opzione sui progetti e scrisse qualcosa su un blocco che estrasse dalla tasca. "Ecco il nome di un negozio di forniture per ristoranti. Sono in grado di procurarsi molte buone attrezzature usate da ristoranti di alto livello che sono falliti. Si possono fare buoni affari, e a volte organizzano delle aste".

Marina si illuminò. "Vado subito a controllare". Fece un gesto per indicare l'esterno. "Ha fatto un ottimo lavoro con il terrazzo, così ho pensato di costruirne un altro per unirli. In questo modo raddoppieremmo lo spazio a sedere e miglioreremmo anche l'accessibilità". Poiché non pioveva quasi mai, soprattutto nei mesi estivi di alta stagione, avrebbe potuto risparmiare il costo per allestire uno spazio al chiuso. Molte persone preferivano mangiare all'aperto, sulla spiaggia.

"Buona idea. I posti a sedere all'aperto sono un'opzione più economica". Axe prese un altro appunto. "Più tardi prenderò le misure". Fece scattare la penna. "Che progetti ha per la zona giorno?".

Marina studiò lo spazio. Un grande camino in mattoni, che sapeva essere l'unica fonte di riscaldamento del cottage, era il cuore della stanza. In genere, il clima a Summer Beach era mite, anche se sapeva che potevano esserci delle giornate inaspettatamente fredde. Proprio l'inverno scorso, Ginger le aveva detto che a Natale c'era stata una rara spolverata di neve, anche se si era sciolta nel momento in cui aveva toccato la sabbia.

Marina passò la mano sul vecchio camino. "Voglio tenerlo, e potrei usare il soggiorno come spazio flessibile per un tavolo da chef o per dare lezioni di cucina". Con una disposizione aperta, sarebbe stato possibile servire amici e parenti e condividere i nuovi piatti che stava provando.

Ethan avrebbe potuto portare la sua compagnia di amici affamati, e Ginger e Heather chiacchierare mentre Marina cucinava e le serviva. Quel pensiero la riempiva di felicità e riusciva solo a immaginare come sarebbe stato.

"Un tavolo da chef è un'idea eccellente", disse Ginger, stringendo le mani.

"Sarebbe possibile sostituire il finestrone con delle porte

apribili? In questo modo si aprirebbe la cucina al patio". Sarebbe più facile da gestire ed entusiasmante per i clienti.

"Certo, possiamo farlo", rispose Axe.

Mentre Marina osservava, Axe ispezionò la stanza. Fece alcune domande e discussero delle misure di sicurezza e della necessità di un quadro elettrico più grande per gestire le nuove apparecchiature.

Una volta che Axe ebbe tutto ciò che gli serviva, tornò al suo furgone. Proprio mentre se ne stava andando, emerse Kai, fresca di bagno. Si era truccata con perizia e i suoi capelli erano perfetti per il palcoscenico. Si voltò verso il furgone di Axe, con l'aria affranta per averlo mancato. Axe salutò con la mano mentre se ne andava.

Kai si voltò verso Marina e Ginger. "Perché non mi avete detto che lui era qui?"

"Non sapevo che avremmo dovuto", rispose Marina.

Kai sgranò gli occhi. "Siete proprio di grande aiuto, voi due".

"Allora, quando Dmitri ci onorerà della sua presenza?". Chiese Ginger, alzando le sopracciglia.

"Glielo chiederò", rispose Kai, anche se sembrava vaga.

Ginger le toccò la spalla. "Se deve entrare a far parte della famiglia, è giusto così. Digli che non vedo l'ora di conoscerlo. Ho aspettato a lungo, non credi?".

Kai annuì, ma si guardò alle spalle, continuando a osservare Axe.

Marina sapeva che Kai stava vacillando tra la vita ideale che immaginava con Dmitri e l'attrazione che provava per Axe. Si chiedeva se avesse davvero un legame profondo con Dmitri o se la sua infatuazione si stesse affievolendo.

"Mi preparo", disse Marina. Non aveva idea di cosa l'aspettasse nella cucina della cambusa. Si rivolse a Ginger. "Anne e Charles mi hanno assicurato che il cibo è stato consegnato, quindi penso che a bordo avremo tutto ciò che ci serve.

E Kai, non dimenticare di metterti delle scarpe da barca. Assicurati che anche le suole siano pulite".

"Sì, sì", disse Kai.

Mentre Marina preparava le provviste e gli attrezzi che le sarebbero serviti per la serata, non poté fare a meno di chiedersi cosa li aspettasse a bordo della *Princess Anne*.

3

*S*eduto a un tavolo sul patio del Seabreeze Inn, in riva al mare, Jack fissava l'oceano al di là della spiaggia, cercando di trovare le parole giuste nella sua mente e sullo schermo. Le mani erano immobili sulla tastiera, in attesa di un segnale proveniente dal cervello.

Era abituato ai reportage investigativi, con le loro ricerche approfondite, le interviste e la scrittura ricca di dettagli. Scrivere e illustrare una serie di libri per bambini con Ginger Delavie – una leggenda nel suo campo, quello dei crittologi top-secret – richiedeva un ricablaggio della materia grigia.

Non era certo così che aveva immaginato di trascorrere i suoi sei mesi sabbatici.

d'altronde, Jack non aveva previsto di scoprire di avere un figlio. O addirittura di prendere un cane.

Accanto a lui, Scout uggiolò a un gabbiano che passava sopra di lui. Jack si abbassò per grattare il collo del cane.

Proprio in quel momento, il suo telefono sul tavolo vibrò. Aveva intenzione di spegnerlo mentre scriveva, cercando di modificare e aggiungere qualcosa al testo originale di Ginger e di prendere appunti per i suoi disegni. Con un sospiro, prese il telefono e notò il nome di un suo amico e collega giornalista apparire sullo schermo.

"Hank, che succede?". Jack sorrise. Era quel burlone che aveva detto all'organizzazione di salvataggio dei cuccioli che il loro ufficio offriva massaggi per cani e un parco per animali nel bel mezzo di Manhattan.

"Non sei ancora stufo di questo anno sabbatico?"

Jack tese il telefono verso l'oceano. "Senti le onde? Non c'è niente di meglio che lavorare a Summer Beach".

Hank rise. "Ho pensato che ti saresti annoiato. Non credo che troverai molte storie lì. Non ti manca schivare i proiettili che sfrecciano?"

"Solo qualche volta. Cosa c'è?"

"Mi hanno affidato un nuovo incarico. Mi farebbe comodo averti in squadra".

"Davvero?". A Jack si rizzarono i peli sulla nuca. Hank sembrava carico. Un familiare fremito di eccitazione si fece strada nel suo petto. Avrebbe dovuto dire di no, ma era curioso.

"Sto facendo le valigie per un volo notturno. Potresti imbarcare il tuo cane e raggiungermi domani. È una cosa grossa, Jack. Potrebbe essere un altro Pulitzer da sfoggiare sulla mensola del tuo caminetto".

"Non ho un caminetto".

"Questo potrebbe spingerti a fartene mettere uno".

Jack si mordicchiò il labbro e ci pensò su. "Dove sei diretto?"

Hank nominò un paese dove erano successe parecchie cose. Anche pericolose. Il battito cardiaco di Jack accelerò. "Hai delle fonti?"

"Abbastanza per iniziare. Jennifer può prenotare il tuo volo. Questa storia è sensazionale, Jack. Avremo un accesso a tutto, senza precedenti".

"Chi altro avete in squadra?"

"Nessuno bravo come te. Ci vediamo domani?"

"Devo pensarci su". Jack flettè le dita. "Devo prima controllare una cosa".

"Hai un'ora di tempo. Dovrò chiamare qualcun altro, se non ce la fai". Hank fece una pausa. "Che ti succede, lì? Di solito mi anticipi, quando si tratta di buttarti in prima linea. Non dirmi che ti stai rammollendo, che ti stai ritirando".

Jack non era pronto a confidarsi con Hank. "È complicato. Ti richiamo io".

Riattaccò e si premette la mano sul petto, che batteva forte per l'emozione. Diede un'occhiata alla terrazza. Alle sue spalle vide gli amici di Vanessa, Denise e John, con Leo e Samantha. Stavano parlando con Ivy Bay, la proprietaria della locanda.

Jack non aveva molto tempo.

Come Ginger avesse spostato la sua idea di scrivere un libro su di lei a quella di collaborare a storie per bambini, non lo capiva. Non che il nuovo progetto non gli piacesse, ma si chiedeva se Hank avesse ragione. Jack stava forse sprecando la reputazione professionale che si era guadagnato con tanta fatica?

Dopotutto, quella era la sua fonte di sostentamento.

Leo incrociò il suo sguardo e lo salutò. A dieci anni, il ragazzo era quasi una copia di Jack alla sua età. Non si poteva negare che Leo fosse suo figlio. Jack doveva ritenersi fortunato che il ragazzo non lo odiasse per non aver fatto parte della sua vita fino a quel momento. Era stata una scelta di Vanessa e, nelle sue condizioni, non poteva rimproverarle nulla.

"Ehi, papà", esclamò Leo. "Ho portato la mia roba". Leo aveva con sé un boccaglio, una maschera, delle pinne e un giubbotto galleggiante.

"Hai l'attrezzatura giusta". Jack si passò una mano tra i capelli. Aveva promesso a suo figlio che sarebbero andati a fare snorkeling quel pomeriggio, dopo aver finito di scrivere.

Suo figlio. Jack si chiese se a Leo parola *papà* venisse facile, o se gli sembrasse ancora estranea come a lui stesso.

Un'ora per decidere.

Avrebbe infranto la promessa fatta a Leo o non avrebbe mantenuto l'impegno nei confronti della sua professione?

Jack chiuse il portatile e lo infilò nello zaino. Di colpo, proprio come aveva sempre fatto. Fare le valigie all'ultimo momento e andare ovunque fosse necessario. È così che lui e Vanessa si erano conosciuti. Compagni di penna, pronti a far luce sulla verità e sui conflitti nel mondo.

Qualcuno doveva occuparsene.

Jack si caricò lo zaino in spalla e si alzò. Ci sarebbero stati altri giorni per fare snorkeling. Doveva trovare Denise e John prima che partissero. Loro avrebbero capito. Come Ginger, ne era sicuro.

Scout saltellava intorno a Leo mentre saliva sulla passerella. Il ragazzo si mise a correre e si scontrò con Jack, gettandogli le braccia al collo e facendo cadere a terra la sua attrezzatura.

"Ehi, ehi", disse Jack, sentendo un groppo in gola.

"Anche Samantha può venire a fare snorkeling? I suoi genitori devono andare a Los Angeles".

"A questo proposito...", iniziò Jack, mentre si sentiva invaso da un'ondata di senso di colpa.

Denise e suo marito si affrettarono verso di loro. Dopo aver salutato Jack, John lo tirò da una parte e abbassò la voce. "Vanessa non si è sentita bene. La portiamo a Los Angeles dal suo medico. Ti dispiace se lasciamo Samantha qui con Leo?"

Il cuore di Jack affondò. "Anch'io ho appena ricevuto una telefonata. In realtà, speravo che...". Lanciò uno sguardo in direzione di Leo. Jack si era detto che avrebbe capito, che ci sarebbero stati altri giorni. Ma non era sempre vero. E lui se ne era già persi molti, di quei giorni.

"Non te lo chiederemmo, se non fosse che...".

"Va bene", disse Jack, forse un po' troppo bruscamente. Deglutì la sua delusione.

John si accigliò. "Stavi dicendo che hai ricevuto una telefonata. Da parte di Vanessa, per caso?"

"Da un vecchio collega. Non è niente". Jack alzò le spalle. "Davvero. Vai pure. I bambini staranno bene con me".

"Potrebbe volerci qualche ora". John fece un cenno alla moglie. "Denise ha portato dei vestiti in più e degli spuntini per loro, per quando avranno finito di fare snorkeling".

"Mi occupo io dei bambini". A cosa aveva pensato Jack? Essere padre comportava delle responsabilità reali. Non si trattava solo di comprare a Leo una bicicletta nuova o di parlare di sport. Si era impegnato a essere presente per lui, e questo era il significato di quella promessa.

Forse Hank non avrebbe dovuto chiamare perché Jack si era preso del tempo per sé, ma Jack sapeva che avrebbe fatto la stessa cosa. Era nella natura del lavoro con i media.

John e Denise abbracciarono i bambini e si allontanarono in fretta, lasciando a Jack una borsa di tela piena di vestiti e provviste per i bambini.

"Aspettate qui con Scout", disse Jack a Leo e Samantha. "Mi cambio e poi andiamo a noleggiare l'attrezzatura. Conto su di voi per sapere cosa mi serve per lo snorkeling".

Jack tornò in camera sua, lasciò la borsa e il portatile e fece la telefonata. Si vedeva che anche Hank era deluso.

"Non è da te", disse Hank. "Non ti sei innamorato o altro, vero?"

"Non proprio, ma è importante", rispose Jack. Con un sussulto, si rese conto che quello che aveva appena detto era sbagliato. Si era innamorato. Di Leo, di Summer Beach... forse anche di una donna. "Te lo dico dopo, Hank. Buona fortuna là fuori, e tieni la testa bassa".

Avrebbe dovuto parlare prima con il suo capo. La realtà di essere diventato un genitore finalmente gli era chiara. Forse non sarebbe stato in grado di tornare al suo vecchio lavoro, una volta terminato l'anno sabbatico. Certo, avrebbe potuto portare Leo a New York con sé, ma Denise e John erano come una famiglia per lui. Non era il momento di rompere quei legami.

Bennett Dylan, il sindaco di Summer Beach che si occupava anche di vendite e affitti immobiliari, si era offerto di aiutarlo a trovare un'altra sistemazione in affitto per la stagione che gli avrebbe dato più spazio per Scout. E Ginger lo stava esortando ad accettare il posto di redattore nel piccolo giornale della città, che si trovava in difficoltà.

Jack considerò le varie opzioni a disposizione. Che fosse pronto o meno ad abbandonare le emozioni della grande città, si rese conto che Leo aveva bisogno di lui.

Non riusciva a ricordare l'ultima volta che aveva provato quella sensazione. Se avesse potuto continuare a scrivere storie come freelance insieme alla serie di libri di Ginger, forse sarebbe riuscito a rimanere a Summer Beach.

Anche se Leo poteva essere il motore di quella decisione, Jack non poteva negare un altro motivo per cui era particolarmente legato a Summer Beach. Dalla prima volta che aveva visto Marina, mentre zoppicava per via di una caviglia slogata al Seabreeze Inn, aveva sentito un'attrazione quasi indescrivibile per lei. Lui, un uomo di lettere, non riusciva a descrivere quel sentimento inspiegabile, se non ricorrendo al linguaggio del romanticismo, al quale faceva fatica a credere dopo aver scritto di tragedie tra persone che si professavano innamorate.

Eppure, quel crescente senso del destino, per quanto strano potesse apparire, sembrava essersi impadronito di lui. Scosse la testa.

No, per quanto Jack si stesse affezionando a Marina – ecco, lo aveva ammesso – non poteva permetterle di complicare la decisione che avrebbe dovuto prendere una volta terminato il suo anno sabbatico. Chiuse gli occhi. Eppure non poteva dimenticare la sensazione delle sue dita intrecciate alle sue nella piscina, il calore del suo bacio, né la promessa di richiamarla.

Quante volte l'aveva detto a una donna, e non lo aveva più fatto?

Diventare padre da un giorno all'altro era una cosa, ma intraprendere una relazione che poteva diventare seria, un'altra. Jack immaginava che Marina non fosse il tipo di donna che gli uomini frequentano occasionalmente: era troppo intelligente. Inoltre, era appena uscita da una brutta relazione. Sperava che quel meme offensivo su di lei sparisse presto.

A complicare la situazione c'era Leo, a cui Marina piaceva molto. Tuttavia, considerando la tragedia che incombeva sul figlio, Jack non poteva sopportare di spezzare il cuore di Leo due volte. Se la relazione con Marina non avesse funzionato – e i precedenti di Jack non erano certo incoraggianti – anche Leo avrebbe sentito il dolore per quella perdita.

Se Jack era fuggito dagli impegni sentimentali per la maggior parte della sua vita – i reportage importanti avevano sempre avuto la precedenza – dopo aver trovato un giovane volto che rispecchiava il suo, aveva deciso di non disattendere quell'impegno.

Dopo essersi messo il costume da bagno e aver preparato l'attrezzatura per lo snorkeling, Jack accompagnò Leo e Samantha al negozio per il noleggio. Armati di tutto punto, proseguirono fino a un'insenatura riparata a pochi chilometri di distanza, di cui gli aveva parlato Mitch di Java Beach. I bambini si divertirono a nuotare nell'acqua fresca e bassa e a guardare i pesci che guizzavano sotto la superficie. Scout sguazzava tra le onde e anche Jack si divertiva.

Scout corse da Jack e gli fece cadere ai piedi un pezzo di legno secco. "Ah, proprio davanti a me, stupidone". Scout ansimava, con la lingua a penzoloni dalla bocca che si incurvava in un sorriso perenne.

Leo e Samantha risero e salutarono, e Jack scagliò il legno verso di loro.

Scout si lanciò all'inseguimento. Correva così veloce che, invece di fermarsi, sbandò e ci ruzzolò sopra.

"Vecchio stupidone d'un cucciolo". Jack rise.

Quando prese il telefono per scattare delle foto di Leo da inviare a Vanessa, si accorse che Denise lo aveva chiamato. La richiamò, e lei rispose subito.

"Grazie al cielo, Vanessa starà bene", disse Denise. "Ma il medico vuole fare altri esami, quindi dobbiamo restare qui più a lungo. Puoi occuparti dei bambini per cena? A quell'ora il traffico sarà intenso, fuori Los Angeles".

"Rimanete e cenate lì. Non c'è bisogno di mettervi in strada". Jack avrebbe dovuto annullare la cena a cui era stato invitato. Con così poco preavviso, si sentiva in colpa, ma cosa poteva fare?

"Buona idea", disse Denise. "Avrei dovuto lasciarti le chiavi di casa".

"Non preoccupatevi. Possiamo fare un pigiama party, se i bambini si stancano".

Denise rise. "Possono stare svegli fino a tardi. Sono le vacanze estive. Probabilmente a Vanessa piacerebbe andare in uno dei suoi ristoranti preferiti, anche se non mangerà molto".

"Andateci", disse Jack, e il pensiero lo fece sentire bene. Era affezionato a Vanessa e aveva sempre ammirato il suo talento e il suo coraggio, ora più che mai.

Mentre Leo e Samantha giocavano, Jack chiamò gli amici che lo avevano invitato per cena. Aveva incontrato la coppia una mattina a Java Beach e Mitch li aveva presentati. Summer Beach era il tipo di città in cui la gente socializzava facilmente. Lo avevano subito invitato a una cena che avevano organizzato. Jack sapeva che quando un uomo della sua età era single e poteva intrattenere gli ospiti con storie da tutto il mondo, era spesso il benvenuto. Gli piaceva conoscere gente, ma poteva sopportare solo un paio di quelle feste all'anno.

E sì, era stato un idiota a pensare di poter invitare Marina all'ultimo minuto.

Jack sfiorò il telefono per effettuare la chiamata.

Quando Charles rispose, Jack disse: "Scusa se ti chiamo

così tardi, ma ho avuto un contrattempo". Sullo sfondo, Leo e Samantha urlavano mentre lanciavano bastoni per Scout.

"Spero che non sia nulla di grave", disse Charles. "È una donna, quella che urla?"

Jack ridacchiò. "Sono mio figlio piccolo e la sua amica. Non mi aspettavo di averli stasera, ma sua madre ha avuto un'emergenza".

"Portali con te", disse Charles con una risata cordiale. "È una serata informale e un'altra amica porterà la sua tata e la figlia. Abbiamo una sala giochi a bordo e cibo in abbondanza. Gli piacerà l'esercitazione con le scialuppe di salvataggio".

"Sei sicuro che non sia un problema?". Jack lanciò un'occhiata ai bambini. Erano un allegro pastrocchio di sabbia e acqua salata. In ogni caso, avrebbero dovuto darsi tutti una ripulita. Inoltre, dovevano mangiare e lui non vedeva l'ora che arrivasse la sera.

"Anne ama i bambini. Ci rimarremmo male, se non li porti".

Jack alla fine accettò e riattaccò. Non gli capitava spesso di salire su uno yacht di quelle dimensioni. Fece un cenno a Leo e Samantha. "I vostri genitori faranno un po' tardi stasera. Ma ho una sorpresa. Chi vuole esplorare un grande yacht stasera?"

"Forte", disse Leo. Si girò di scatto.

Gli occhi di Samantha si spalancarono. "Quello al porto? Mia madre e mio padre hanno detto che è uno dei più grandi che abbiano mai visto".

"Ceneremo a bordo con alcuni nuovi amici, ma dovremo fare prima la doccia. Samantha, tu sarai la prima. Ora, voi due aiutatemi con tutta l'attrezzatura. E qualcuno dovrà dare una sciacquata a quel cucciolo sudicio".

Come se avesse riconosciuto il segnale, Scout trotterellò verso di loro e si scrollò. I bambini urlarono e scapparono via.

Jack rise. "Fatti un po' vedere", disse a Scout.

Mentre caricavano il furgone, Jack pensò a quanto la sua

vita fosse cambiata in un paio di mesi. Per quanto fosse stato emozionante ricevere la chiamata di Hank e pensare a un nuovo incarico, doveva ammettere di essere contento di essere rimasto. Quanto a un cambiamento di vita a lungo termine, Jack non ne era ancora sicuro. In un'estate potevano succedere molte cose.

4

"Benvenuti sulla *Princess Anne*", disse Charles, guidando Marina e Kai sullo yacht ormeggiato in una banchina all'estremità del porto. "Lo chiamiamo il nostro veicolo di fuga".

"Oh, Charles, lo fai sembrare così drammatico", rispose Anne. Si tolse le scarpe e le depositò in un cestino alla fine della passerella, e suo marito seguì l'esempio.

"Dobbiamo toglierci le scarpe?", chiese Kai.

"Rispetto le convenzioni, ma forse non è la cosa più saggia, in cucina". Marina era preoccupata, all'idea di cucinare scalza. "Abbiamo pulito le suole prima di venire". In cucina possono accadere molti incidenti, dai coltelli che cadono alle pentole roventi che sfuggono di mano.

"Andrà bene anche con le scarpe da barca in cucina", disse Charles. "Ma prima, facciamo un briefing sulla sicurezza". Indicò le scialuppe e i giubbotti di salvataggio. "Non stupitevi se faremo un'esercitazione. Ordini del capitano. È un pignolo delle leggi marittime e dei requisiti assicurativi", aggiunse con una strizzatina d'occhio.

Marina non riusciva a immaginare quanti milioni potesse valere quello yacht o quale fosse il budget necessario per mantenerlo in funzione. Un capitano, uno chef... si chiese quante altre persone ci fossero a bordo. Si aggiustò la pesante borsa delle provviste sulle spalle.

Mentre Charles li conduceva a bordo, costeggiarono un'area salotto all'aperto e una vasca idromassaggio. Una volta entrati, passarono davanti a un bar e a una sala di proiezione decorati con legni esotici e tonalità bianco crema. Un'idea decisamente poco pratica per un'imbarcazione, pensò. Ma la praticità non sembrava avere importanza lì. Ovunque guardasse c'erano sfoggi di ricchezza, dai gadget supertecnologici all'illuminazione d'atmosfera e alle opere d'arte.

"Ci godiamo il nostro parco giochi in mare", disse Anne con un gesto arioso della mano. Una pila di braccialetti d'oro e di diamanti tintinnò. "Da questa parte, per la cambusa".

Quando entrò nella cucina abitabile, Marina osservò i grandi e moderni elettrodomestici inossidabili, i banconi e gli armadietti in vetro. La luce del sole filtrava dalle finestre che fiancheggiavano la cucina.

"Dove sono le provviste per la festa?", chiese Marina.

"Le provviste sono nel frigorifero e nel congelatore", disse Charles, indicando due porte gemelle in fondo alla cucina. "Troverete tutto quello che vi serve". Con gli occhi scintillanti, abbassò la voce. "Siamo ben forniti per delle scappatelle veloci".

"Nel cuore della notte, scommetto", disse Kai, unendosi al tono scherzoso della conversazione.

"Esatto", disse Charles, sorridendo.

Quelle frasi le ricordavano Ginger. "Ha mai vissuto in Inghilterra?"

Charles sembrò sorpreso. "Per qualche vacanza occasionale. Strano che tu me lo chieda".

Marina riportò la conversazione al punto di partenza. "E il menù e le ricette?"

Uno sguardo vacuo riempì il volto di Anne. "Se ne occupa

Jean-Luc, lo chef. Non l'ho mai visto scrivere nulla. Mi dice semplicemente ciò che ha in mente di preparare".

"È la serata dell'aragosta", aggiunse Charles.

"Potete essere un po' più specifici?". I nervi di Marina sfrigolavano, chiaro segnale di un pericolo imminente. Lanciò un'occhiata a Kai, che sembrava beatamente ignara del dilemma. "Come preferite preparare l'aragosta? Forse avete una ricetta che preferite".

Charles ridacchiò. "Anne giura di non aver mai preparato un pasto in vita sua. Ma è avventurosa, e proverà volentieri qualsiasi cosa".

"È vero. Mi piacciono le sorprese". Anne fece un altro giro con la mano. "Jean-Luc sa cosa ci piace, quindi usare semplicemente quello che ha ordinato. A bordo siamo tutti abbastanza tranquilli".

"Posso contattarlo per sapere cosa aveva in mente?". Il battito di Marina era già accelerato. Non si considerava ancora una chef, e tantomeno una ristoratrice. Al massimo, una cuoca provetta.

"Non vorremmo disturbarlo mentre è al capezzale di sua madre", disse Anne. "Sono sicura che vi troverete bene con le provviste di Jean-Luc. Basta metterle insieme". Come aveva fatto Charles, Anne fece un movimento ampio con le mani, come se stesse raccogliendo gli ingredienti, prima di terminare con un gesto plateale. Chiaramente, quelle erano tutte le direttive che ritenevano necessarie. Marina pensò che, forse, a bordo di uno yacht di quel tipo si faceva così.

Anne sorrise, come se fosse stata utile. "Ora, se volete scusarci, dobbiamo prepararci per i nostri ospiti".

Dopo che la coppia se ne fu andata, Marina si appoggiò al bancone freddo e si passò una mano sul viso. Senza un menù che la guidasse, o anche solo un'ancora di salvezza da parte dell'inafferrabile chef, Marina si sentiva sopraffatta. "In che cosa ci siamo cacciate?"

Le sopracciglia di Kai si alzarono di scatto. "Cosa vuoi

dire? Guarda questo posto. Dovrebbe essere un gioco da ragazzi per te".

"Non è la torta che mi preoccupa". Marina estrasse il grembiule dalla borsa, giocherellando con i lacci aggrovigliati. "Kai, non sono veramente una chef. Sono una cuoca casalinga con delle aspirazioni. Dobbiamo preparare e impiattare trenta cene piuttosto complicate, in una volta sola".

"Allora perché hai accettato di farlo?". Kai sembrava perplessa. "Non lasciarti intimidire da questo palazzo galleggiante. Hai già preparato l'aragosta, vero?".

"Certo". Marina raddrizzò le spalle, cercando di ritrovare il coraggio, anche se il cuore le batteva forte. Cosa c'era di sbagliato in lei? Nelle ultime due settimane aveva preparato diverse cene per feste di otto persone. Ma erano ricette che conosceva bene, e si trattava di eventi occasionali. Non aveva avvertito quella pressione che improvvisamente le stava stringendo il petto. E il continuo oscillare della nave non l'aiutava. Sebbene fosse un movimento dolce, era comunque sufficiente a farla sentire un po' fuori controllo.

Kai le prese le mani. "Ricordi quanto eri nervosa la prima volta che sei andata in onda?"

"La mia lingua sembrava di cartone".

"Come la mia prima volta sul palco", disse Kai. "Riuscivo a malapena a cantare, figuriamoci a ballare. Ma dopo qualche battuta, ci ho preso gusto. Davvero, qual è la cosa peggiore che potrebbe accadere?"

"Buttano tutto e ordinano delle pizze".

Kai sorrise. "Allora, risparmia loro quella fatica. Fai delle pizze all'aragosta".

"Guarda che parlo sul serio".

"Anch'io. Ti ho raccontato di quando la brigata di Wolfgang Puck ha curato il catering di una delle nostre inaugurazioni? La gente è impazzita per le sue pizze ai frutti di mare. Quella al salmone affumicato con caviale era da urlo".

"Forse non è una cattiva idea". Marina fece una risata

nervosa. "Dicevano che a bordo sono tutti molto casual". Fece un gesto verso un forno di mattoni aperto. "Hanno davvero un forno per la pizza".

Kai si girò. "E un girarrosto. Guarda tutti questi giocattoli culinari. In qualsiasi altro giorno saresti in paradiso. Non abbandoneremo la nave". Guardò Marina con occhi preoccupati. "Ma credo che dovremmo fare un po' di respirazione yoga. Stai passando un brutto momento. Ecco, prendi la mia mano".

Marina lo fece; si ricordò di ciò che Ginger le aveva detto una volta, quando era bambina, per alleviare il mal di mare e il panico che aveva provato la prima volta che erano stati in navigazione. *Concentrati sull'orizzonte. Trova un punto e respira.*

Rivolse la sua attenzione all'orizzonte, attraverso l'oblò. Non aveva più sofferto il mal di mare, ma in quel momento le sembrava un po' di avvertirlo. Forse era un attacco d'ansia, anche se in vita sua aveva affrontato cose ben peggiori. Di che cosa si trattava veramente?

Kai le strinse la mano. "Nelle ultime settimane hai avuto molti cambiamenti improvvisi nella tua vita. È normale sentirsi sopraffatti".

Marina annuì. Dopo aver lasciato il suo lavoro e la sua professione, essersi trasferita da San Francisco a Summer Beach, aver avviato una nuova attività ed essersi preoccupata dell'impatto di quei cambiamenti su Heather e Ethan, il suo cervello era come un peperone ripieno. Riflettendoci, si rese conto che i suoi sentimenti erano probabilmente il culmine di tutto ciò. Tuttavia, doveva andare avanti.

Kai la scrutò. "Ricorda quello che dice Ginger. Accetta di avere paura, e fallo comunque".

"Dalla sua amica Eleanor Roosevelt", aggiunse Marina.

"A volte mi chiedo se ci sia qualcuno che Ginger non abbia conosciuto", disse Kai. "La nonna è incredibile. E anche tu. Riconosci a te stessa il merito di essere una mamma single e una conduttrice di successo. L'hai fatto sembrare facile, ma so che non lo è stato. Non c'è motivo di pensare che tu non possa gestire qualche aragosta".

"Grazie per avermelo ricordato, Kai", disse Marina, voltandosi di nuovo verso la sorella. "Forse dovrei iniziare a unirmi a te per le lezioni di yoga mattutine di Shelly alla locanda".

Kai sorrise. "Questo è lo spirito giusto. Ora vado a lavarmi e a controllare il frigorifero. Dovremmo vedere cosa abbiamo per lavorare".

Sentendo il battito cardiaco rallentare verso la normalità, e il ritorno di un senso di controllo, Marina annuì. "Sono con te. Facciamolo".

All'interno della cella frigorifera, Marina e Kai si guardarono intorno. Le scatole delle consegne erano state sistemate all'interno, quindi era facile trovare le provviste per la sera.

"Qui dentro ce n'è abbastanza per mesi", disse Marina osservando le provviste nel frigorifero, nel congelatore e nella dispensa. "Immagino che si debba essere preparati se si è in alto mare".

Proprio in quel momento arrivò un ragazzo che sembrava poco più grande di un adolescente, con una scatola di cartone. Era alto e robusto, con un viso abbronzato che mostrava l'inconfondibile contorno degli occhiali da sole. "Salve, lei deve essere il sostituto dello chef. Io sono Len, apprendista marinaio. Dove vuole che metta queste aragoste?"

Marina osservò una scatola che aveva dei fori per l'aria. Un'antenna pelosa spuntava fuori. "Non sono congelate?"

"Lo chef non lo permetterebbe. Queste sono state fatte arrivare dalla costa est per stasera. Aragoste fresche del Maine".

"Io direi di lasciarle andare", disse Kai. "Non ho intenzione di cucinarle".

Len si mosse, sentendosi a disagio. "Mi perdoni, signora, ma sono state fuori dall'acqua salata, quindi sono comunque sotto shock, e il Pacifico è molto più freddo dell'Atlantico. E sarebbero specie aliene in queste acque. Temo che il futuro non sia roseo per loro, in ogni caso".

Kai sospirò e agitò un dito contro Marina. "È l'ultima volta che lo faccio. Sto appunto finendo di diventare vegetariana, giuro".

"Non sono stata io a ideare il menù o ad ordinare le provviste", disse Marina, alzando una mano.

Len lanciò uno sguardo timido a Kai. "Posso aiutarla, signora. I miei genitori hanno un ristorante nel Maine e io ho lavorato in cucina da piccolo. Preparo aragoste e sguscio ostriche sin da quando sono in grado di ricordarmelo".

"Va bene, ma solo se non mi chiami signora", disse Kai. "Non sono molto più grande di te".

Marina sgranò gli occhi. "Pensaci tu, Kai. Devo decidere il menù".

"Come mai non lavori in cucina?", chiese Kai a Len.

"Volevo fare qualcosa di diverso. Ma lo chef mi coinvolge quando ha bisogno di aiuto. Il capitano mi ha mandato qui a chiedere se avevate bisogno di aiuto".

"Non hai nient'altro da fare?", chiese Marina.

Len scosse la testa. "Non fino a più tardi. Il capitano mi ha detto che stasera devo aiutare a servire. Ognuno di noi ha un compito da svolgere, ma ci diamo da fare anche per aiutare gli altri. Siamo come una famiglia a bordo".

A Marina piacque tutto ciò. "Hai viaggiato in tutto il mondo?"

"Un bel po'. Ma non siamo mai stati in un porto così piccolo. I proprietari di solito preferiscono i soliti posti affollati". Fece un cenno verso un mobile. "Lo chef ha delle vaporiere di bambù lì dentro".

Marina tirò un sospiro di sollievo. "Benvenuto nella squadra, Len".

Mentre Len e Kai preparavano le aragoste, Marina faceva l'inventario di ciò che c'era a disposizione. Parmigiano Reggiano, mozzarella e fontina. Fiori freschi, rucola, funghi e mazzi di basilico appena tagliato. Rovistando nella dispensa, Marina trovò olio extravergine d'oliva, farina, lievito e sale. Trovò pirottini e piatti da portata individuali e notò una bottiglia di Grand Marnier.

"Un menù semplice", annunciò Marina, dando un'occhiata all'orologio. "Pizza rustica all'aragosta o ai funghi e Caesar Salad. Possiamo iniziare con un assortimento di spiedini di verdure e palline di melone avvolte nel prosciutto. Sarà facile preparare delle pizze per chi è vegetariano, vegano, intollerante al lattosio o non mangia crostacei".

"Sembra che tu abbia tutto sotto controllo", disse Kai. "E il dessert?"

Marina controllò l'ora sul fornello. "Il tiramisù sarebbe ottimo, ma dovrebbe raffreddarsi per circa sei ore. c'è troppo poco tempo, e abbiamo un sacco di altre cose da preparare. Forse potremmo scegliere tra un soufflé al Grand Marnier, frutta o gelato".

"Fantastico", disse Kai, illuminando il suo viso. "Un soufflé su una barca... sei coraggiosa. Sapevo che ce l'avresti fatta".

"Ripensandoci, penserò a qualcos'altro". Marina strinse il braccio intorno a Kai. "Grazie per essere qui. Siamo una bella squadra".

"Allora, questo fa di me la sorella migliore?"

Marina rise. "Brooke potrebbe avere qualcosa da dire al riguardo. Stamattina ha cercato di contattarmi, e poi ci ho provato io, ma ci siamo rincorse senza successo al telefono".

Len ascoltò con interesse. "Mi scusi, signora. Siete sorelle?"

"Esatto", disse Marina.

Kai fece un cenno verso Marina. "È la più grande. Ed è lei che comanda".

"Va bene", disse Len. "Io e mio fratello abbiamo litigato spesso, ma ora mi manca molto".

"E probabilmente gli manchi anche tu", disse Marina.

"Ecco il piano per questa sera. Kai, mi aiuterai in cucina. E tu, Len, puoi servire ai tavoli?"

"Sì, signora".

A differenza di Kai, a Marina non dispiaceva il *"signora"*. O forse ci era più abituata, da una certa età in poi. Kai sembrava ancora molto più giovane di lei.

"Kai, se la situazione qui è sotto controllo, vorrei che tu aiutassi Len a servire. Ci sono molti piatti da portare fuori". Pensò all'allestimento della tavola. "Len, sai dove ceneranno e come apparecchiare i tavoli?"

"Sì, signora. Avevamo una cameriera, ma si è licenziata quando siamo arrivati in porto. Mi ha mostrato come fare tutto".

"Grazie al cielo". Marina si sfregò le mani. "Len, se vuoi cuocere le aragoste al vapore e romperle, Kai può aiutarmi a preparare l'impasto".

Mentre Len si occupava delle aragoste, Marina e Kai prepararono l'impasto della pizza. In seguito, Marina incaricò Kai di affettare le verdure per la marinata, mentre lei prendeva nota degli ingredienti e organizzava l'area di lavoro. La serata si sarebbe svolta velocemente, quindi tutto doveva essere in ordine. Se mancavano degli ingredienti, doveva pensare subito a qualcos'altro.

Il pomeriggio volò e presto Marina poté sentire le chiacchiere e le risate degli ospiti in arrivo. Finora, lei e il suo piccolo team stavano rispettando i tempi. Kai aveva preparato gli spiedini di verdure, Len si occupava di servire le aragoste e Marina aveva preparato la Caesar Salad. Tutto ciò che doveva fare era mescolare l'insalata romana con il suo condimento fatto in casa, e avrebbero potuto servirla rapidamente dopo gli antipasti.

Avrebbe invertito l'ordine se gli ospiti fossero stati europei, o altri che tradizionalmente preferiscono l'insalata dopo la portata principale. Marina immaginava che, essendo americani, Charles e Anne fossero abituati a mangiare l'insalata all'inizio di un pasto a più portate.

Marina aveva anche preparato l'impasto e allestito ogni postazione in anticipo – la sua *mise en place* – con gli ingredienti misurati e pronti lì o nella cella frigorifera. Sorrise a se stessa.

Erano pronti.

All'improvviso, un altoparlante sopra di loro crepitò, facendo sobbalzare Marina. "Attenzione, è il vostro capitano che vi parla".

Len balzò dallo sgabello. "Esercitazione con le scialuppe". Fece un gesto verso un armadio. "I giubbotti di salvataggio sono lì dentro".

"Adesso?". Marina alzò lo sguardo e si accigliò costernata. Quel cambiamento li avrebbe mandati fuori programma.

"Ordini del capitano". Len entrò in azione, tirando fuori giubbotti fluorescenti imbottiti.

"Sicuramente non si riferisce a noi", disse Marina. Non è che stessero lasciando il porto.

Accigliato, Len si morse il labbro. "Se non ti porto sul ponte, sarò nei guai".

"Credo che Charles non stesse scherzando", disse Kai, lavandosi le mani. "Indossiamo questi capi alla moda".

"E facciamola finita", aggiunse Marina.

Mentre il capitano dava ordini, Len aiutò Marina e Kai a infilarsi i giubbotti di salvataggio e a fissare le cinghie.

"Devo fare una foto", disse Kai ridendo. "Non ce lo aspettavamo".

"Sbrigatevi", disse Len. "Non possiamo fare tardi".

Kai scattò qualche foto prima di intascare il telefono. Si affrettarono a salire sul ponte e Len li condusse in un punto in cui erano riuniti altri membri dell'equipaggio.

"Arriva il capitano", disse Len. "Preparatevi per l'ispezione".

"Stai scherzando", disse Kai prima che Len la mettesse a tacere con uno sguardo severo.

"In realtà, dovremmo essere contenti che il capitano si prenda cura di noi", disse Marina. Anche se non era contenta dell'interruzione, capiva quanto fosse importante.

"La cena sarà in ritardo", disse Kai.

"Cosa hai detto?". Il capitano si mise davanti a Kai. Parlava con un accento particolare.

Inclinò il mento. "Ho detto che la cena arriverà in ritardo. Solo perché lo sappia".

Schiarendosi la gola, si sollevò leggermente sui talloni. "Non crede che la sicurezza dei passeggeri e dell'equipaggio sia più importante?".

Len tossì e le persone in fila si zittirono. Marina diede un colpetto con le dita su quelle della sorella in segno di avvertimento.

"Sì, signore", disse Kai a bassa voce.

Il capitano si spostò e sembrò trovare il resto dell'equipaggio in regola, anche se Marina non lo capì dalla lingua che parlavano. Pensò al russo. Poi il capitano tornò all'inglese e disse qualche parola sulla sicurezza. Indicò un percorso e delle scialuppe di salvataggio.

Soddisfatto, il capitano li lasciò andare e si diresse verso gli ospiti che si stavano radunando in modo disordinato sul ponte. Charles e Anne stavano scattando delle foto per gli ospiti mentre alcuni sorseggiavano cocktail.

Marina si fermò e diede un'occhiata alle sue spalle per vedere chi avrebbero servito quella sera. "Sembra un gruppo di gente felice".

Kai annuì. "La tua pizza all'aragosta dovrebbe andare bene per loro".

"Guarda come sono carini i bambini, con i loro giubbotti di salvataggio". Marina scrutò attraverso la luce del sole. Una di loro sembrava familiare. "Ma quella non è Samantha? Denise e John devono essere qui".

Kai le diede una gomitata, anche se il suo gomito rimbalzò contro lo spesso giubbotto di salvataggio di Marina. "Ci sono anche Jack e Leo".

Accanto a Jack c'era una giovane e snella donna bionda. Leo le stringeva timidamente la mano. E poi Marina si rese conto che si trattava dell'evento a cui Jack l'aveva invitata quella mattina. A quella donna più giovane, ovviamente, non era dispiaciuto un appuntamento all'ultimo minuto.

Marina si voltò. Aveva un lavoro importante da fare. Si slacciò il giubbotto di salvataggio e tirò le cinghie.

"Sono pronti gli spiedini?", chiese Marina, con il fastidio che si insinuava nella sua voce.

"Quasi", rispose Kai. "Ehi, cosa ti ha mai fatto quel giubbotto di salvataggio?".

Marina cacciò il giubbotto nelle braccia di Len, forse con un po' troppa forza. "Oh, scusa", aggiunse in fretta, mentre Len, sbigottito, recuperava l'equilibrio. Non poteva permettere che Jack le offuscasse i pensieri. "Me lo rimetteresti a posto? Devo cucinare".

Avanzando, Marina sollevò le spalle. L'ultima volta che aveva permesso a un uomo di farsi strada, le era costato un lavoro che aveva tenuto per anni. Non avrebbe permesso che accadesse di nuovo.

"Portiamo gli antipasti durante l'aperitivo", disse Marina a Len. "Quando si saranno seduti, servite le Caesar Salad". Rivolgendosi a Kai, aggiunse: "Dobbiamo sbrigarci con gli spiedini. Le palline di melone e prosciutto sono pronte?"

"Sì, sì", disse Kai.

Marina si mise al lavoro per finire gli spiedini. Lei e Kai lavorarono velocemente, infilzando le zucchine, i funghi e i pomodorini rossi e gialli che Kai aveva marinato in olio extravergine di oliva e succo di limone. Aggiunsero piccole ciliegine di mozzarella agli spiedini con foglie di basilico e verdure.

"Così?", chiese Kai.

"Aggiungiamo un po' di basilico fresco per dare colore", rispose Marina.

Lavorando insieme, spolverarono gli spiedini con pezzetti di basilico. Marina fece un passo indietro e si rivolse a Len. "Il primo piatto è pronto. Questi sono spiedini di verdure alla caprese. Servine uno per ospite". Quando Len guardò affamato il piatto, Marina sorrise. "Ne ho tenuto da parte qualcuno per noi".

"Cosa devo fare adesso?", chiese Kai.

"Tu seguirai con le palline di prosciutto e melone", disse Marina. La volta seguente avrebbe potuto invertire l'ordine delle portate, ma ora non aveva tempo per pensarci. Erano in ritardo sulla tabella di marcia. Mentre Charles aveva detto che a bordo erano abbastanza disinvolti, Anne era stata ferma sull'orario della cena.

All'improvviso, la nave ebbe un sussulto e Marina afferrò la ciotola di palline di melone prima che finisse sul pavimento. "Gli spiedini", esclamò.

Len vacillava e Kai si dirigeva verso di lui. Mentre Kai sbatteva contro un bancone, Len recuperava con grazia l'equilibrio con movimenti che sapeva fare grazie all'esperienza. "Si parte", disse.

"Pensavo che saremmo rimasti in porto", disse Marina. Charles e Anne non avevano detto nulla al riguardo.

"Probabilmente andremo in crociera sulla costa", disse Len. "A loro piace, quando hanno ospiti".

Kai si allontanò dal bancone. "Meno male che non avevamo i soufflé nel forno. Non credo che avrebbero gradito molto le onde".

"I soufflé al mal di mare non vanno mai bene", disse Marina, cercando di trovare un certo humour in quella situazione.

"Ogni marinaio soffre di mal di mare almeno una volta nella vita". Len fece loro un sorriso sbilenco e riposizionò gli spiedini. Uscì senza problemi dalla cucina, mentre Marina attraversava goffamente la stanza, appoggiandosi ai banconi per mantenere l'equilibrio.

Sua sorella riuscì a stabilizzarsi. "È come ballare. Ci si sposta e ci si muove con il movimento. È divertente, in effetti".

"Non ho mai imparato il valzer della cucina". Marina non era sicura di essere d'accordo, ma aveva poca scelta. Erano lì e lei aveva trenta ospiti da sfamare. Dopo essersi tolta i capelli sparsi sul viso e averli fissati con una molletta, tornò alle palline di impasto e cominciò a schiacciarle, lavorando come in una catena di montaggio.

Spennellò l'olio d'oliva sulla pasta distesa e vi cosparse sopra fontina, mozzarella e Parmigiano Reggiano. Poi aggiunse delle cipolle di Maui caramellate e dolci che aveva già preparato, insieme a dei pezzi di aragosta saltati nel burro all'aglio.

Dopo aver tolto le pizze dal forno aperto, aggiunse con cura piccole porzioni di caviale. La sapidità del caviale avrebbe bilanciato la dolcezza delle cipolle caramellate. Il caviale di beluga russo era costoso, anche se lo chef ne aveva delle casse intere in frigorifero, probabilmente per le feste. Quella scorta valeva, da sola, migliaia di dollari.

Kai si affrettò a tornare in cambusa. "L'altra donna non è con Jack". I suoi occhi brillarono d'emozione. "È la tata di un'altra coppia a bordo, quindi tutti i bambini sono con lei".

"Non si spettegola sugli ospiti", disse Marina, respingendo l'irritazione che provava. Doveva concentrarsi sul cibo e mantenere l'equilibrio mentale e fisico. "Come hai avuto queste informazioni?"

"Non è che lui sia qualcuno che non conosciamo", disse Kai, sorridendo. "Gliel'ho appena chiesto. E abbiamo servito anche i bambini. A bordo hanno una stanza tutta per loro".

Marina sgranò gli occhi. Non poteva impedire a Kai di parlare con Jack. Erano diventati tutti amici. "Buono a sapersi", disse con apparente disinteresse. Con la coda dell'occhio vide Kai che la guardava in modo strano, ma Marina non aveva tempo per tutto ciò.

Mentre le pizze uscivano dal forno, lei le affettava per presentarle. Kai aggiunse il caviale e Len iniziò a servirle.

Nel frattempo, Marina rivolse la sua attenzione al dessert. In linea con il tema italiano della cena, aveva optato per delle crespelle dolci. Quando Kai tornò, le illustrò rapidamente.

"Aromatizzate con Grand Marnier, irrorate di cioccolato, sormontate da panna montata e frutti di bosco. Semplici, ma con una bella presentazione".

"Semplici, per te", disse Kai.

Marina rise. "Si può ancora fare una salsa al cioccolato, vero? Come quella che mettevamo sul gelato".

"Ce l'ha insegnato Ginger", disse Kai, controllando l'ultima serie che Marina aveva preparato. "È a questo che serve?"

Marina annuì. "Iniziate a sciogliere il cioccolato. Nel frattempo, troverete i lamponi nella cella frigorifera. Oh, e anche della ricotta e del miele. Vi mostrerò cosa farne".

Mentre Marina era intenta a preparare una leggera pastella con una spruzzata di liquore all'arancia per le crêpes, Len entrava e usciva dalla cambusa per prendere le richieste speciali e portare i piatti. Avevano anche preparato alcune versioni alternative dei piatti: spiedini senza mozzarella, pizza con formaggio vegano, funghi e cipolle caramellate. Finora tutti sembravano soddisfatti e Marina poteva sentire le risate dal ponte.

Si sorprese a pensare a come avrebbe potuto essere stata ospite di Jack quella sera. Ma non era destino. Si era già impegnata con Anne e Charles e non sarebbe uscita con lui come appuntamento dell'ultimo minuto. Lo aveva fatto con Grady, e... dove l'aveva portata? Quanto a suo marito Stan, le sue maniere erano impeccabili e si comportava con un onore degno del suo grado nell'esercito.

Mentre Marina versava sottili strati di pastella in un paio

di padelle, si chiedeva se i primi inciampi nelle potenziali relazioni potessero essere un segnale o un messaggio per non
proseguire.

Ricordava le risate che aveva condiviso con Jack. Lui era
sembrato così genuino. Avrebbero avuto una possibilità, nel
lungo periodo? Probabilmente, no. Almeno, ora era in pace
con l'universo, o con qualsiasi potere ci fosse nel mondo.

È così, punto e basta, pensò, osservando le crêpes formare
piccole bolle, godendosi il dolce aroma che sprigionavano.

Marina lavorò rapidamente, girando le crêpes con facilità,
mentre istruiva Kai sulla preparazione del ripieno. Una volta
preparato un piatto, Marina raggiunse la sorella e le mostrò
come assemblare i dessert.

"Lo fai sembrare facile", disse Kai.

Len si appoggiò al bancone, osservando. "Come si chiama
quel dolce?"

"Nostra nonna mi ha insegnato a prepararle. Crêpes dolci
con ricotta e miele. Quando le servite, chiamatele *crespelle Princess Anne*".

Mentre Len e Kai si affrettavano a portare il dolce,
Marina si sedette su una sedia, senza più energie. Un sorriso le
si allargò sul viso e una sensazione di realizzazione le soffocò il
petto con calore.

Nonostante non si fosse resa conto di ciò a cui stava
andando incontro, non avendo un menù o delle ricette,
Marina era stata all'altezza della situazione e aveva cucinato
per la festa più grande di cui si fosse mai occupata. Ma in
fondo, cucinare significava conoscere gli ingredienti, non
seguire una ricetta come avrebbe fatto con la pasticceria.

Marina allungò le braccia in alto. Non ce l'avrebbe fatta
senza Kai e Len. Era decisamente il caso di festeggiare.

Dopo aver fatto partire un po' di musica sul telefono, tirò
fuori gli spiedini che aveva messo da parte, insieme a un'altra
pizza all'aragosta che avrebbero potuto condividere. Kai e

Len avevano lavorato sodo e c'era qualche minuto di tempo prima di sparecchiare.

Marina si stava versando una piccola coppa di champagne che aveva portato quando sentì dei passi dietro di lei. Con il bicchiere in mano e un sorriso sul volto, si voltò.

Il sorriso di Marina si spense, alla vista di Jack. "Cosa ci fai qui?"

5

"*S*alve". Jack sorrise e si spostò da un piede all'altro come se si fosse trovato improvvisamente in cambusa.

Marina lo fulminò con lo sguardo. "Hai sbagliato strada? Il bagno è a sinistra".

"Vorrei che parlassimo, Marina".

"Come puoi vedere, sono piuttosto impegnata", disse sollevando il bicchiere di champagne che si era appena versata per festeggiare la cena con Kai e Len. Aveva caldo, era stanca e senza alcuna voglia di parlare con lui. Inoltre, ciocche umide di capelli le cadevano intorno al viso, che probabilmente era arrossato per aver cucinato tutte quelle crêpes ai fornelli.

Passandosi una mano tra i folti capelli castani, che erano cresciuti da quando era a Summer Beach, Jack fece un passo verso di lei. "Senti, non sapevo che lavorassi come chef per Charles e Anne. Quando ho scoperto che avevi preparato questa cena, mi sono sentito un doppio idiota: primo, per averti chiesto di uscire stasera".

Lui alzò una mano prima che lei potesse dire qualcosa. "Te l'ho chiesto troppo all'ultimo, me ne rendo conto. Non sono del tutto privo di buone maniere, anche se potrebbe sembrare così. E poi, per aver gustato una cena così deliziosa, venendo poi a sapere che l'avevi preparata tu".

"Sarebbe stato un po' difficile stare in tua compagnia e cucinare allo stesso tempo". Marina si premette il flute di champagne fresco contro la guancia calda. Sorseggiò le bollicine, cercando di attenuare il calore che le divampava nel petto. Il fatto che Jack potesse avere quell'effetto su di lei era inquietante.

"Non volevo mancarti di rispetto. E vorrei spiegarti cosa mi passava per la testa. Forse potremmo prendere un caffè insieme la prossima settimana".

Marina si contò le dita. "Tra il procacciarmi dei clienti al mercato agricolo, le cene pop-up, l'apertura di un locale e l'organizzazione di *Taste of Summer Beach*, non vedo come possa inserirti".

"Sono un idiota. Capisco".

"No, non credo tu lo capisca. Sono una madre che lavora e una donna d'affari. Non una che è qui ad aspettare un uomo che le faccia perdere la testa". Appena quelle parole le uscirono di bocca, Marina trasalì. Non intendeva insinuare questo. Anzi, tutt'altro.

Jack si passò una mano sul viso. "Non è quello che stavo cercando di fare, ma è bene saperlo. Nel caso in cui qualcuno me lo chieda".

"Basta. Dovresti andartene".

"Ehi, mi dispiace. Mi è sfuggito". Jack allargò le mani in segno di scuse. "Volevo parlarti perché non posso continuare a lavorare con tua nonna sapendo che c'è tutto questo astio tra di noi. Non ho mai avuto intenzione di offenderti e non volevo ignorarti".

Marina respinse le lacrime di rabbia che inspiegabilmente le risalivano. Detestava ciò che stava succedendo. "Allora perché l'hai fatto?"

"La mia situazione è complicata. Devo pensare a Leo".

"Come è giusto che sia. Sei suo padre. Benvenuto nel mondo della paternità".

"Perché è così difficile?". Jack si batté la fronte. "Stiamo entrambi cercando di prenderci cura dei nostri figli e alcune delle nostre decisioni si basano su questo. Partiamo da questo punto in comune, ok?"

Marina scrollò le spalle. Al di là di Jack, poteva vedere Kai, che aveva impedito a Len di entrare in cucina. "D'accordo".

Jack espirò. "Voglio davvero chiarire le cose tra noi. So che non hai tempo per un caffè, ma...".

"Troverò il tempo. Per Ginger". Non voleva che sua nonna si angosciasse.

"Ok, scegli tu dove. Java Beach, il Seabreeze Inn. Oppure un posto nuovo, il Coral Café. Il nuovo terrazzo è piuttosto bello".

Marina non poté fare a meno di sorridere. "Ok, mi hai capito. Ma Java Beach, no. Ci sono troppi occhi e orecchie lì".

I sorprendenti occhi blu di Jack scintillarono. "Non stiamo nascondendo nulla".

"Trenta minuti. È tutto quello che posso concederti". Marina fece un cenno a Kai, che condusse Len in cucina, con le braccia piene di piatti. Si rivolse a lei. "Non dovresti sparecchiare anche tu?"

"Non c'è problema", disse Kai vivacemente. Diede un colpetto sulla spalla a Jack. "Questo qui non mi ha nemmeno notata. Non so se considerarlo un insulto o un complimento".

"La mia attenzione era rivolta ai bambini". Jack si schiarì la gola e si fece da parte. "E come stavo dicendo, devo andare a dare un'altra occhiata a Leo e Samantha. Si sta facendo tardi per loro, quindi dovremo partire appena attracchiamo".

Non l'aveva detto, ma Marina capì che era nervoso.

Gli occhi di Kai si spalancarono mentre lo guardava andar via. "Cos'è successo?"

"Niente", disse Marina, guardando dietro di lui. "Ha solo

sbagliato strada". Diede un bicchiere di champagne a Kai e si rivolse a Len. "Sei abbastanza grande per bere?"

"Ho diciannove anni, ma è contro le regole del capitano".

Marina gli porse un bicchiere d'acqua. Sollevò il suo. "Brindiamo al miglior equipaggio che avrei potuto desiderare. Congratulazioni, ce l'abbiamo fatta". Fece tintinnare il suo bicchiere contro il loro e abbracciò la sorella. "Non ce l'avrei fatta senza di te".

"Non te lo avrei permesso". Kai sorrise e sorseggiò lo champagne.

Len lanciò un'occhiata affamata al cibo che Marina aveva portato. "Vorrei proprio assaggiarne un po'".

Mentre Marina versava una generosa porzione nel piatto di Len, il giovane le disse che Anne e Charles avevano chiesto di lei.

"A me sembra una chiamata alla ribalta", disse Kai.

"Potrebbe anche non esserlo". Marina pensò a cosa poteva non essere stato di loro gradimento. La pizza all'aragosta, forse? Era una scelta rischiosa, certo. Magari era stata troppo informale per i loro gusti e il loro status. Dopotutto, si trattava di aragosta. Oppure aveva usato il caviale sbagliato? Forse era troppo costoso e non doveva essere servito in quel modo.

Eppure, era su uno yacht che valeva milioni.

Perché Marina si sentiva come una bambina convocata nell'ufficio del preside? Era passata dall'essere una cuoca per hobby ad una cuoca professionista. Anche se non aveva avuto l'incoraggiamento di Ginger, sapeva che il suo cibo era abbastanza buono da poter fare la sua figura.

Nel corso degli anni, lavorando nei bar prima della morte di Stan, aveva imparato anche a conoscere le regole di sicurezza alimentare, i concetti nutrizionistici, la presentazione e il calcolo dei costi del cibo. Marina si rese conto che probabilmente sapeva molto più di quanto lei stessa credesse.

Inghiottendo il senso di trepidazione, Marina tirò indietro le spalle e uscì dalla cambusa.

Mentre camminava sul ponte, appoggiandosi alle sedie per tenersi in equilibrio, Anne le fece cenno di unirsi a loro.

Marina lanciò un'occhiata ai commensali, alcuni dei quali la fissavano. Anche con la fresca brezza che proveniva dal mare, il suo viso era ancora caldo. Per fortuna Jack non era a tavola.

Charles la presentò. "Ecco la donna che si è occupata del menù e della cena di questa sera".

Marina non era sicura di cosa dover fare, quindi si limitò a sorridere e ad abbassare la testa in segno di riconoscimento.

"Quando il nostro chef è stato chiamato per un contrattempo stamattina, Marina ha accettato di salire a bordo e cucinare per noi". Charles fece un ampio sorriso. "Anche se il nostro chef non ha mai preparato nulla di simile, devo dire che siamo rimasti tutti piacevolmente sorpresi. Anzi, ne siamo rimasti entusiasti. Complimenti allo chef".

Mentre il suono degli applausi riempiva l'aria della sera, Anne si avvicinò. "Potresti lasciare la ricetta della pizza all'astice allo chef Jean-Luc?"

"Sarà un piacere", disse Marina.

Sorridendo, Anne inarcò un sopracciglio e annuì. "Talentuosa *e* intelligente". Lanciò un'occhiata a Charles. "Dobbiamo lasciare andare Marina e il suo *sous-chef*. Ci vediamo tra poco in cambusa".

Alla fine della serata, Marina stava mettendo via le provviste quando sentì delle voci arrabbiate fluttuare attraverso una presa d'aria. Si voltò verso Kai, che aveva anche lei smesso di fare i bagagli. Le parole sembravano ovattate, ma non avrebbero comunque potuto capire ciò che stavano dicendo, perché non parlavano inglese.

Kai alzò le sopracciglia. "È Anne?", chiese con voce sommessa.

Len distolse rapidamente lo sguardo.

"È così, non è vero?"

"Non dovremmo parlare di ciò che accade a bordo", disse Len, mordendosi le labbra.

Le labbra di Kai si mossero, mentre ascoltava. "Sono sicuramente Charles e Anne".

"Pensi che lei stia bene?", chiese Marina.

"Sembra che se la stia cavando". Kai inclinò la testa. "Parlano russo?"

Len si premette un dito sulle labbra. "Non sanno che possiamo sentirli, qui dentro", disse a bassa voce.

La conversazione si interruppe con la stessa rapidità con cui era iniziata e Marina capì che probabilmente si erano allontanati per una chiacchierata in privato.

"Siamo quasi arrivati". Marina ebbe una strana sensazione. Molte coppie litigavano, ma c'era qualcosa di strano nel fatto che lo facessero in un'altra lingua. Tuttavia, le persone in quella stratosfera finanziaria vivevano una vita completamente differente, pensò. E non erano affari loro.

Pochi minuti dopo, la coppia apparve in cambusa. Ancora una volta, Charles e Anne sorridevano come se nulla fosse. "Grazie per l'impegno nel preparare questa serata", disse Charles, porgendole una spessa busta. "C'è tutto, con un extra per il breve preavviso. Apprezziamo il tuo lavoro di stasera".

Anne annuì insieme a Charles. "E mi raccomando, la prossima volta, servi le insalate dopo il piatto principale. Favorisce la digestione, cara".

PENSANDO ANCORA allo strano modo in cui era finita la serata con Charles e Anne, Marina entrò con la sua Mini Cooper turchese nel vialetto del Coral Cottage. Si scrollò di dosso i pensieri mentre Kai contava i soldi e strillava di gioia.

"Meravigliose scarpe nuove, sto arrivando", disse Kai.

Marina lanciò un'occhiata a un'auto sconosciuta parcheggiata accanto a loro e spense il motore. "Chissà chi c'è qui?"

"Non voglio che nessuno mi veda. Mi sento come se fossi caduta in una vasca di aragoste, ma ne è valsa la pena". Kai si mise la borsetta sotto il braccio. "Io mi prenoto per la vasca da bagno".

"Userò la doccia di Ginger". Erano entrambe esauste dopo la cena a bordo della *Princess Anne*. Ma era una stanchezza felice. Charles e Anne li avevano pagati bene e avevano insistito perché prendessero anche diverse scatole di caviale beluga, che Marina pensava sarebbero piaciute a Ginger.

Marina aveva anche distribuito diversi biglietti da visita tra gli ospiti che potevano essere interessati al catering e a partecipare all'inaugurazione del Coral Café. Creare un giro di clienti per un ristorante avrebbe richiesto del tempo, ma finché Marina fosse riuscita a contenere le spese e a mantenere alti i livelli di qualità e servizio, era sicura di potercela fare.

Kai scese dall'auto e guardò la Mercedes ultimo modello accanto a loro con una certa invidia. "Chiunque sia, ha sicuramente buon gusto".

"E i soldi per dimostrarlo". Marina ammirò comunque le eleganti linee argentate. "Deve essere un amico di Ginger. Probabilmente stanno condividendo un bicchiere di vino e qualche risata". Ginger aveva un vasto giro di amici.

"Shelly mi ha detto che Rowan Zachary, l'attore, ha cercato di regalare a Ivy una costosa auto sportiva per avergli salvato la vita quando è caduto in piscina ed è quasi annegato. Lei ha rifiutato. Tu l'avresti fatto?"

"Credo che Ivy abbia preso la decisione giusta", disse Marina pensierosa. Si passò il sacchetto di caviale sul braccio. "Regali del genere hanno spesso dei vincoli. Io mi sono sempre guadagnata la mia strada, quindi posso permettermi di poter dire *no, grazie*".

Kai si attardò vicino all'auto. "Certo che è bella. Ma a New York non avrò bisogno di un'auto. E credo che non ci vorrà ancora molto. Ho provato a parlare con Dmitri, ma ora insiste nel voler mantenere la data di matrimonio che avevamo stabilito. Forse ha ragione lui, e io sono solo un po' nervosa".

"Non sembrava quello che volevi prima. E non hai ancora indossato il suo anello. Sei sicura?".

Marina non riusciva a tenere il passo con le posizioni della sorella, che mutavano di giorno in giorno, e non era nemmeno sicura che Kai stessa ci riuscisse. Sapeva che quel dilemma le pesava. Dmitri poteva essere un brav'uomo che semplicemente non voleva figli. Ma non era molto che si conoscevano. Marina pensava che quando un uomo si muoveva troppo in fretta, c'era da stare attenti. Oppure, poteva essere semplicemente vero amore, ma chi poteva saperlo con certezza?

Quando Kai non rispose, Marina continuò. "Axe ti ha sentito cantare, prima. È rimasto decisamente colpito". Anche se non lo conosceva da molto tempo, la nonna e gli altri lo stimavano molto. Quando aveva costruito il terrazzo per lei, le aveva mostrato rispetto e non aveva mai sminuito le sue decisioni.

Kai si illuminò. "Davvero?". Si mordicchiò il labbro. "Mi piacerebbe sentirlo cantare. Abbiamo parlato un po' di spettacoli estivi nella California del Sud. È un peccato che non ci sia un teatro a Summer Beach".

Mentre camminavano verso la porta d'ingresso, Marina pensò a quanto Kai amasse Summer Beach. Ogni volta che la tournée del teatro musicale faceva una pausa, Kai era di ritorno lì. Nel corso degli anni, vi aveva trascorso molto più tempo di Marina. "E se qui ci fosse un teatro?".

Kai rise. "Allora Summer Beach avrebbe quasi tutto ciò che potrei desiderare".

"Quasi?".

Kai si fermò e guardò verso l'oceano. Al chiaro di luna, Marina vedeva la malinconia nei suoi occhi verdi e preoccupati. "Ho sempre pensato che quando avessi avuto una famiglia, sarebbe stato bello stare vicino a Ginger e Brooke per avere un gruppo di sostegno incorporato". Spazzò via un po' di sabbia dal camminamento con la scarpa da barca.

"Se è questo che vuoi, trova un modo per realizzarlo".

Kai si voltò verso Marina. "Ho sempre sognato di avere un teatro qui. Pensi che sia un'idea folle?"

"E perché dovrei?"

"Non so molto di affari o di come si gestisce un teatro. Io ho solo il talento".

"Cosa ne sapevo io della gestione di un bar? Come dice Ginger, è semplice matematica. Bisogna capire di cosa si ha bisogno e quanto costerà. E vendere sempre più di quanto si paga per la gestione".

"Per te è facile. Sei sempre stata brava in matematica".

"Non sei messa così male come credi".

"Dimentichi che sono stata bocciata".

"Solo nella parte di analisi".

"Due volte. Anche con l'aiuto di Ginger. Ammettiamolo: ho geni diversi dal resto della famiglia".

"Ma hai superato l'esame al terzo tentativo. E che tu ci creda o no, non ho dovuto calcolare una sola derivata per capire quale fosse il mio budget. Figuriamoci!". Marina inclinò la testa e sorrise. "Se è questo che volevi fare, ti aiuterò".

Un lampo di ispirazione illuminò gli occhi di Kai. "Potrei ancora andare in tournée e gestire il teatro durante le pause estive".

"Forse Axe potrebbe aiutarci. Voglio dire, ha molte conoscenze da queste parti".

"Potrei chiamarlo". Lei saltò sulle punte dei piedi. "Domani".

Il volto di Kai brillò di una rinnovata speranza e Marina si rese conto di quanto tempo era passato dall'ultima volta che aveva visto quell'espressione sul viso di sua sorella. Kai iniziò a canticchiare e Marina riconobbe la melodia di *Annie*, il popolare musical vincitore del Tony Award.

Kai fece un piccolo passo di danza e prese la mano di Marina, volteggiando, con la gonna che svolazzava nella brezza dell'oceano. Iniziò a cantare. "Domani, domani…".

La porta d'ingresso del cottage si aprì e un uomo tarchiato dai capelli argentei allargò le braccia. I gemelli d'oro e diamanti sulle maniche della camicia bianca scintillavano sotto una giacca scura che sembrava fatta su misura.

"Riconoscerei quella voce ovunque", disse. "Sorpresa!".

Kai si fermò di scatto e si premette una mano sul petto. "Dmitri, oh, mio Dio". Strinse la mano di Marina e la tenne ancora un po' prima di lasciarla andare. "Non pensavo che saresti riuscito a venire qui".

"Mi sei mancata troppo, piccola". Dmitri travolse Kai tra le braccia e la baciò profondamente.

In piedi dietro a Kai, Marina lanciò un'occhiata per vedere Ginger in piedi sulla porta. Indossava un caftano di seta verde giada, come un'imperatrice. La nonna incrociò le braccia e inclinò la testa in modo imperioso.

Dal suo linguaggio del corpo, Marina capì che non era impressionata, anche se era sempre stata dura con i fidanzati delle ragazze. Stan aveva superato la prova, ma Chip, il marito di Brooke, aveva dovuto darsi una regolata. Quando Ginger inarcò un sopracciglio, Marina capì che Dmitri probabilmente rientrava in quest'ultima categoria.

Dopo qualche lungo istante, Ginger accese la luce del portico. Frettolosamente, Kai si tirò indietro. Il suo volto era arrossato, più per l'imbarazzo che per l'emozione, pensò Marina.

Kai presentò rapidamente Marina.

"Sei la sorella di Kai?". Dmitri la fissò, ispezionandola.

Percependo una certa disapprovazione per quanto riguardava il suo aspetto, Marina si spostò sotto il suo sguardo indagatore. Indossava ancora il grembiule macchiato e i capelli erano in disordine. Forse non aveva il suo aspetto migliore, ma la serata era andata alla grande e non avrebbe permesso a quell'uomo di offuscare ciò che aveva ottenuto. "Sono una di loro".

Quando Dmitri sembrò perplesso, Kai disse: "Ti ho detto che ho due sorelle".

"No, non l'hai fatto. Me ne sarei ricordato, tesoro".

Kai rise. "Ora stai solo facendo lo sciocco. O lo smemorato". Si rivolse a Marina. "Parlo sempre di te e Brooke. Dmitri ha molte cose per la testa". Gli strinse la mano mentre parlava.

Marina notò la scusa e si limitò ad annuire.

Dmitri guardò le dita sottili di Kai. "Perché non porti l'anello?"

"Stavo aiutando Marina a preparare una cena importante. Temevo che potesse scivolare via".

Che bugia, pensò Marina. Già non le piaceva il modo in cui Kai si comportava con quell'uomo. Che tipo di influenza aveva su di lei?

"La signora Delavie me ne ha parlato". Con una sorta di sospiro, prese le mani di Kai e fece un passo indietro. "Stavi lavorando in cucina?"

"In cambusa", disse Kai con tono brillante. "Sul più magnifico degli yacht".

Dmitri alzò un dito verso Kai come per darle istruzioni. "Quando saremo sposati, sarai ospite sugli yacht. Non parte della ciurma".

Marina si irritò e lo fulminò con lo sguardo. "Mi stava aiutando. Sto aprendo un locale".

"Kai deve proteggere la sua voce", disse Dmitri, con evidente disapprovazione. "Il calore di una cucina commerciale potrebbe danneggiare le sue corde vocali. Non possiamo permettercelo. E poi, guardati". Scosse la testa. "Non ti ho mai visto così... spettinata". Il suo labbro si arricciò come se la parola stessa fosse di cattivo gusto nella sua bocca.

"Lo chiamiamo casual da spiaggia, e aiutare Marina era solo un divertimento", disse Kai, lanciando alla sorella uno sguardo di scuse. "Stavo rientrando per fare un bagno".

"La mia bella signora emergerà come Venere dal mare". Dmitri annuì con approvazione. "Io disfo le valigie, mentre tu ti rendi presentabile".

Dall'ingresso risuonò la voce di Ginger. "Non mi hai nemmeno chiesto il permesso".

Dmitri aggrottò le sopracciglia come se non avesse sentito bene, o come se Ginger avesse perso la testa. Marina non credeva a nessuna delle due ipotesi.

"Per rimanere a casa mia", disse Ginger.

Dmitri le rivolse un sorriso condiscendente. "Signora Delavie, posso rimanere con la mia bella fidanzata nella sua casa?". Si inchinò e si passò una mano sul petto con un gesto teatrale.

"Non sarebbe appropriato", disse Ginger. "Tuttavia, posso consigliarle una locanda non lontana da qui".

Mentre il volto di Dmitri diventava scarlatto, Kai premette una mano sul suo solido petto. "Dmitri, tesoro. È casa sua e potrebbe diventare un po' affollata. Il Seabreeze Inn è un bel posto, e conosciamo i proprietari. Lì starai più comodo, te lo assicuro".

"Ma tesoro mio, è passato tanto tempo. Non ti manco?". Fece scivolare la mano lungo la schiena di Kai.

Le labbra di Marina si spalancarono. Non riusciva a credere a ciò a cui stava assistendo. Pensava davvero che Kai avrebbe convinto Ginger a farlo rimanere? La situazione era peggiore di quanto avesse immaginato, e dimostrava quanto Kai fosse fragile in quel momento.

"Certo che sì". Kai fece un passo indietro. "Ma mia nonna ha ragione, e io sono terribilmente stanca. Se avessi saputo che stavi arrivando...".

Chiaramente frustrato, Dmitri contrasse i muscoli della mascella, contenendo il suo disappunto. Marina era certa che fosse abituato ad avere la meglio. Ricco, potente, sicuro di sé: poteva capire perché Kai fosse attratta da lui, ma Dmitri non era certo il suo tipo.

Un sorriso conciliante gli increspò i lineamenti marcati del volto. "Non ci vorrà molto prima che andremo a New York". Tirò Kai verso di sé. "E allora sarai tutta mia, vero?"

"Certo, ma prima devo onorare il mio contratto con la compagnia del tour", rispose Kai.

"Allora sarai felice di sapere che ho parlato con il tuo capo. L'ho convinto a lasciarti libera. Sta già organizzando le audizioni per la tua sostituta e ti sta inviando una liberatoria. Non è fantastico?"

Gli occhi di Kai si accesero e lei gli prese il braccio. "È tardi e, come hai sottolineato, ho bisogno di un bagno. Ti accompagno alla macchina, vuoi?".

Dal suono misurato della voce di Kai, Marina capì che sua sorella era arrabbiata. Perché non gli aveva risposto? Marina aveva voglia di urlare, soprattutto dopo la conversazione che avevano appena avuto. *Forza, Kai*, pensò, desiderando che la sorella trovasse un po' di spina dorsale.

Dmitri fece un cenno verso Ginger e Marina. Mentre scomparivano dietro l'angolo, la voce di Kai si levò nella notte.

Marina salì sul portico e Ginger le aprì la porta.

"Dmitri è un mascalzone", disse Ginger, voltandosi.

"Sei troppo gentile". Mentre Marina seguiva la nonna all'interno, le chiese: "Avete avuto un po' di tempo per parlare?"

Ginger sbuffò. "Due minuti sarebbero bastati. È egocentrico, egoista e vede Kai come una piccola e graziosa proprietà di cui vantarsi. Una moglie trofeo. Sembra desideroso di allontanarla dalla sua famiglia e dai suoi amici, in modo che possano frequentare le persone giuste del settore".

"Come fai a saperlo?"

I profondi occhi verdi di Ginger sostennero il suo sguardo. "È quello che mi ha detto". Fece scorrere il caftano intorno a sé. "Preferisci una tazza di tè o un bicchiere di vino?"

"Sicuramente il vino".

Con i vestiti sporchi, Marina non osava sedersi sulle fodere di tela che Ginger tirava fuori ogni anno, anche se si potevano lavare. Aveva già dovuto farlo una volta dopo che Scout si era arrampicato sul divano con le zampe bagnate e piene di sabbia.

"Sediamoci in cucina", disse Marina. "Sono così per aria".

Il tavolo e le sedie di formica rossa della cucina erano usurati, ma praticamente indistruttibili. Marina sistemò il caviale in frigorifero, per conservarlo per un giorno in cui avrebbero avuto qualcosa da festeggiare.

Ginger tirò fuori una bottiglia di pinot nero e dei bicchieri dall'alcova dei vini nella sala da pranzo. "Sono sicura che anche Kai ne avrà bisogno, dopo tutto ciò. Ma non ti ho chiesto come è andata la cena. Bene, spero?"

"In realtà, sono piuttosto orgogliosa di quello che abbiamo fatto. Non ce l'avrei fatta senza di lei. E ci ha aiutato anche il più dolce dei marinai. Ho preparato una pizza all'aragosta con del caviale, spiedini di verdure, Caesar Salad e crêpes per dessert". Marina non menzionò che c'era anche Jack.

"La pizza è stata una scelta interessante", disse Ginger, con aria incuriosita.

I tacchi a spillo della nonna risuonavano sul pavimento di legno della vecchio cottage, e poi sulle piastrelle Saltillo della cucina. Posò i bicchieri e il vino sul tavolo della cucina, davanti a un colorato vaso Talavera dipinto a mano, pieno di erba cipollina, basilico e dragoncello da cogliere velocemente quando non c'era tempo di andare in giardino.

La finestra sopra il lavello della cucina era spalancata, e si sentiva chiaramente la discussione tra Kai e Dimitri.

Marina era sollevata dal fatto che Kai si stesse difendendo.

Forse aveva giudicato troppo in fretta. Fece un gesto verso la finestra. "Non dovremmo...".

"Certo che dovremmo". Ginger si portò un dito alle labbra.

Mentre ascoltavano, Marina temeva che Kai fosse più nei guai di quanto si fosse resa conto.

ack si avviò lungo il sentiero che portava alla casa in stile mid-century in affitto sulla spiaggia che John e Denise condividevano con Vanessa. Le persiane turchesi – il colore del mare nel tardo pomeriggio – spiccavano sullo sfondo bianco del cottage. La casa era abbastanza vicina alla spiaggia da ricevere la fresca brezza marina, quindi tutte le finestre erano aperte.

Vanessa gli aveva chiesto di venire quella mattina, dicendo che era il momento della giornata in cui si sentiva meglio, soprattutto per via di quello che dovevano discutere, così Jack aveva cambiato il suo consueto programma. In genere, gli piaceva scrivere e disegnare sul presto. Se lavorava con Ginger a una storia, anche lei preferiva iniziare a quell'ora, se non era impegnata in una delle sue escursioni sul crinale. Era una donna intrigante con una mente acuta, anche alla sua età. Non che gliel'avesse mai chiesta, o che fosse un dettaglio importante.

La questione con sua nipote era ancora più impegnativa. Lui e Marina avevano in programma un appuntamento per un caffè la settimana prossima, e Jack si rese conto che lo aspettava con più entusiasmo del dovuto.

Da quella cena sullo yacht, anche molto altro gli era passato per la testa. Jack rallentò il passo.

Non sapeva spiegarlo, ma aveva percepito che qualcosa non andava sulla *Princess Anne*. Non si trattava del capitano e dell'equipaggio russi, o del modo in cui Charles li aveva severamente informati, durante il tour dello yacht, che alcune aree erano off-limits. A volte Jack provava quella sensazione, come un sesto senso che gli permetteva di cogliere anomalie e bugie.

Inoltre, quando aveva visto Carol e Hal in paese, si era fermato a chiacchierare e aveva chiesto loro da quanto tempo conoscessero Anne e Charles. Con sua sorpresa, le coppie si erano incontrate solo il mese scorso a Los Angeles, a una festa. Eppure, dalle parole di Anne e Charles sembrava che fossero vecchi amici. Possibile che Carol e Hal se ne fossero dimenticati? In quanto celebrità, avevano conosciuto tantissime persone. Ma non era molto probabile, pensò Jack.

Si chiese perché la *Princess Anne* fosse ormeggiata a Summer Beach. Le persone con grandi yacht di solito si riuniscono tutte tra di loro, come fanno gli stormi di uccelli rari. Anne e Charles erano stati vaghi sulla loro prossima destinazione. Stranamente, sembrava che stessero aspettando.

Sì, ma cosa?

Jack scosse la testa mentre si avvicinava ai gradini. Come aveva detto Hank, non c'erano molte storie su cui indagare a Summer Beach. Forse, in quella situazione, stava immaginando più del dovuto. Molto probabilmente si trattava semplicemente di una coppia di pensionati benestanti in cerca di divertimento.

Eppure, quando Jack gli aveva chiesto informazioni, Charles era stato evasivo riguardo al suo lavoro. *Investimenti.* Poteva significare qualsiasi cosa. Jack lo aveva incalzato. La risposta era stata *nel mercato azionario.* Così, Jack aveva chiesto a Charles cosa ne pensasse di una fusione di alto profilo, e delle sue implicazioni più ampie.

Dovrebbe essere un bene per il mercato.

Jack aveva trovato quella risposta nauseante, priva di senso. Per tutta la settimana i telegiornali avevano parlato di come le autorità antitrust stessero intentando una causa per bloccare quell'accordo, sostenendo che la fusione avrebbe virtualmente eliminato la concorrenza e lasciato i consumatori con poca scelta e tariffe sempre più alte.

Perché Charles si era espresso così? Cosa avevano da nascondere?

Jack dondolò sui talloni. Forse non erano più affari suoi. Certe vecchie abitudini erano difficili da cambiare.

Jack si infilò sotto il glicine viola che ricopriva il portico e bussò alla porta di Vanessa.

La porta si aprì di colpo. "Papà", gridò Leo, gettandosi tra le braccia di Jack. Indossava un costume da bagno, una maglietta dei supereroi e delle infradito.

"Ehi, campione". Jack scompigliò i capelli del ragazzo, che erano della stessa tonalità dei suoi a quell'età. Leo aveva gli occhi scuri di Vanessa, ma in tutto il resto assomigliava molto a Jack, che si chiedeva cosa ne pensasse Vanessa. Eppure, lei non aveva mai voluto sposarsi o avere una relazione. Avrebbe solo voluto che gli avesse parlato prima di Leo, ma aveva capito il perché.

All'epoca Jack non sarebbe stato un marito o un padre adatto, sempre a caccia di notizie in giro per il mondo. Quando Vanessa lo aveva contattato per dirgli di Leo, lui si era offerto di sposarla, ma Vanessa era troppo intelligente per accettare quella proposta. Gli aveva detto che, quando aveva scoperto la gravidanza, aveva capito cosa voleva e cosa no. Ma quella decisione era stata presa anni prima.

"Vado in spiaggia con Samantha e i suoi genitori", disse Leo. "Vuoi venire con noi?"

"Mi piacerebbe, ma oggi sono venuto a trovare la tua mamma. Facciamo come se fosse un giorno di pioggia?"

Leo sembrò perplesso. "Ma la spiaggia è più bella quando c'è il sole".

Jack rise e abbracciò il figlio. "È solo un vecchio modo di dire".

"Non ha alcun senso".

"Significa semplicemente che preferirei fare una cosa in un altro momento".

"Potevi dirlo e basta, no?"

Ridacchiando, Jack annuì. "Sono quelli che chiamiamo luoghi comuni. Lo imparerai a scuola". Leo lo avrebbe tenuto all'erta, di sicuro.

"Oh, sì. La mamma me ne ha già parlato", disse Leo. "Entra. Vado a chiamarla". Leo prese la mano di Jack e lo lasciò in soggiorno mentre andava dalla madre.

Su uno scaffale malridotto e dipinto di bianco, Jack notò un gruppo di foto che Vanessa doveva aver portato con sé. Ne prese in mano una che la ritraeva con dei colleghi a una festa, e si accorse di aver riconosciuto diverse persone. Lui e Vanessa avevano lavorato per giornali concorrenti; si erano conosciuti per questioni professionali. E aveva sempre rispettato Vanessa e le sue capacità.

Jack ricordava bene il duro incarico di cui si erano occupati. Dopo che uno dei loro colleghi era stato ucciso durante il servizio, avevano cercato conforto l'uno nell'altro a tarda notte, senza sapere se sarebbero sopravvissuti ad una situazione così pericolosa.

Non gli aveva mai detto di essere incinta, anche se lui aveva cercato di rimanere in contatto dopo che erano passati ad altri incarichi. Alla fine, lei aveva smesso di rispondere alle sue chiamate.

Solo di recente Vanessa gli aveva parlato di Leo. Aveva confessato di non aver voluto sposare né Jack né nessun altro, anche se aveva deciso di tenere il suo bambino.

I suoi genitori erano entusiasti di avere un nipote. Avrebbero preferito avere anche un genero, ma Vanessa sapeva bene com'erano; persone all'antica, discendenti di famiglie aristocratiche spagnole proprietarie di terreni in California, le cui origini risalivano a molto prima dello stato stesso.

No, Jack non corrispondeva alla loro idea di un buon marito. Solo quando erano morti ed era sopraggiunta la malattia, Vanessa si era decisa a chiamare Jack.

"Sono felice che tu sia qui". Vanessa apparve sulla soglia, con un'aria debole ma determinata. Un foulard floreale arancione e fucsia le avvolgeva la testa dove un tempo c'erano stati i foltissimi capelli scuri, incorniciando quegli occhi espressivi della stessa tonalità, che racchiudevano ancora forza e bellezza. "Sediamoci al tavolo della cucina".

Denise e John entrarono nella stanza, con le braccia cariche di asciugamani e attrezzatura da spiaggia. Con indosso un costume da bagno e un copricostume da sirena, Samantha saltò dietro di loro.

Jack aiutò Vanessa a raggiungere il tavolo e le tirò fuori la sedia. Un cesto di conchiglie poggiava sul tavolo rustico e sbozzato. Sullo schienale di una sedia, riconobbe un serape intrecciato di colore rosso, blu e verde, proveniente dalla sua casa di Santa Monica. Era ovvio che volesse le sue cose preferite intorno a sé.

"Vuoi del tè caldo e dei crackers?", chiese Jack. Vanessa non aveva quasi mai appetito, e si vedeva che era ulteriormente dimagrita. Poiché le sue difese immunitarie erano basse, si tenne a distanza e non la abbracciò.

"Vanno benissimo, grazie".

Denise indicò un mobile della cucina. "Se cerchi dei crackers, sono in quella credenza vicino al frigorifero, e il tè è vicino alla caffettiera". Si girò verso Vanessa e le massaggiò le spalle. "Ci chiami se hai bisogno di qualcosa?", chiese con voce preoccupata.

"Andrà tutto bene", rispose Vanessa, toccando la mano di Denise come fanno le vecchie amiche. "Jack è qui e io farò un pisolino più tardi".

Leo abbracciò di nuovo Jack prima che se ne andassero.

"Sarai qui quando torneremo? Potresti cenare con noi. Vero, mamma?"

"Jack potrebbe avere altri programmi", disse Vanessa, baciando la testa del figlio. "Ma ne parleremo. Divertiti, *mijo*".

Dopo aver chiuso la porta, Vanessa li seguì con lo sguardo. "Voglio passare ogni momento con lui, ma è indispensabile che anche voi due vi conosciate". Fece un sorriso malinconico. "A Leo e Samantha è piaciuto cenare con voi sullo yacht. Ieri sera non è riuscito a prendere sonno finché non mi ha raccontato tutto".

"Sono bravi ragazzi". Jack le toccò la mano. "Com'è andata la visita?". Aveva voglia di chiedere se c'erano buone notizie, ma sapeva che era meglio così.

"Come al solito", rispose Vanessa. Aveva ormai accettato la cosa.

Senza parole, Jack annuì. Non era giusto che una donna così bella, talentuosa e dotata, nonché madre amorevole, avesse la vita stroncata a causa di una rara patologia. Vanessa l'aveva definita una malattia orfana, così rara che non valeva la pena studiarla.

Almeno, non avrebbe reso orfano suo figlio. Jack si sarebbe preso cura di lui. Ad ogni alba, Leo era il suo primo pensiero e si addormentava pensando a lui, facendo progetti.

Ora, era un padre. Era il momento di fare ciò che era giusto. Rifiutare l'offerta del suo collega Hank gli aveva fatto capire che quell'epoca era conclusa, ed era ora di costruirsi una nuova vita.

Lì, a Summer Beach.

"C'è una cartella di pelle in camera da letto, sulla mia scrivania", disse Vanessa. "Me la prenderesti?".

Jack le portò l'elegante cartella di pelle grigia. Mentre lei sfogliava i documenti, lui preparò del tè verde alla menta e mise dei crackers sottili con semi su un piatto. Li portò in tavola. Era uno spuntino molto semplice, ma per lei era una festa.

Vanessa fece scivolare sul tavolo un plico di documenti al suo fianco. "Ti ho chiesto di venire qui per rivedere i piani per il futuro di Leo".

"Non potremmo aspettare? Non voglio disturbarti".

"Dobbiamo farlo per Leo. Ora, prima che…". Si fermò bruscamente e sbatté le palpebre.

"Tutto quello che vuoi". Jack prese in mano i documenti legali. La prima cosa che notò fu il nome in cima. *Leonardo Rodriguez Ventana*. Alzò le sopracciglia sorpreso.

"Leo dovrebbe avere il tuo cognome ora. Sarà più facile per entrambi. Scuola, sport, visite mediche. Altrimenti, ti chiameranno signor Rodriguez". Sorrise. "Il mio avvocato ha preparato una dichiarazione volontaria di paternità, se vuoi firmarla ora".

"Naturalmente". Jack firmò solennemente il documento in alto. Con un tratto di penna, diventò il padre legale di Leo.

Vanessa prese il foglio. "Sarai aggiunto al certificato di nascita di Leo".

"Ne sono profondamente onorato", disse Jack, premendosi una mano sul petto. Lo pensava con ogni fibra del suo essere.

"John ha accettato di fare da esecutore testamentario". Vanessa andò dritta al punto. La sua voce acquistò forza, come se avesse accumulato dell'energia da cui attingere per quel difficile compito. "E questo è il fondo che ho istituito per Leo. La sua istruzione e le sue spese di vita saranno assicurate".

"Vanessa, lo apprezzo, ma sono in grado di mantenere mio figlio. Sto cercando una casa da affittare, così Leo avrà una stanza pronta per lui. Tutto quello che gli lascerai sarà destinato alla sua istruzione e al suo futuro".

"Pensavo che l'avresti detto. Ma nel caso in cui tu rimanga disoccupato, o subisca un incidente o una malattia, il fondo provvederà a mantenere Leo. E anche te". Vanessa sorrise.

Jack scosse la testa. "Me la caverò. Ho una discreta somma da parte. Non ho avuto un mutuo, né auto o abitudini costose.

Ho lavorato così tanto che non ho avuto il tempo di spendere quello che ho guadagnato".

Vanessa sorseggiò pensierosa il suo tè. "I miei genitori e i loro nonni erano abbastanza agiati. Benestanti, si potrebbe dire. Il fondo di Leo non è irrilevante e richiederà un'apposita gestione. Una volta chiuso il mio patrimonio, tu diventerai l'amministratore fiduciario. Ho un consulente finanziario con cui lavoro da anni e che ti presenterò. Lei gestirà il portafoglio, ma sarai tu a prendere le decisioni definitive".

"Come desideri, Vanessa". Jack si passò una mano sulla nuca, cercando di alleviare la tensione. Non voleva affrontare quella conversazione. Tuttavia, anche se pregava per un miracolo per Vanessa, doveva ascoltare e accettare quella responsabilità. Per Vanessa e Leo.

"Per quanto riguarda la mia casa a Santa Monica, i quadri e tutti i miei effetti personali, Denise ha accettato di sistemare tutto. Ci conosciamo da tanto tempo e lei sa quali oggetti di famiglia voglio che Leo abbia".

I genitori di Vanessa avevano collezionato arte messicana di alto livello. Sebbene avessero donato le opere di Frida Kahlo, Diego Rivera e Rufino Tamayo a un museo di Los Angeles, Vanessa aveva conservato i dipinti che per lei avevano un significato speciale.

Con il cuore dolorante, Jack trangugiò il tè. La gola gli si stringeva, e il tè caldo e profumato lo aiutava. "Sei stata scrupolosa e lo apprezzo. So quanto sia difficile per te".

"In realtà, ora mi sento meglio, a pensare che i miei affari sono a posto. Voglio che tu sia nelle condizioni di poter passare molto tempo con Leo, e non debba lavorare tanto. Avrà bisogno di molti consigli, pazienza e abbracci. Anche stare con Scout gli farà bene". Vanessa esitò. "Jack, sto per dire una cosa e non voglio che tu la prenda nel modo sbagliato. So come sei, su certi argomenti".

"Puoi dirmi tutto". Jack mise la mano sulla sua.

"Leo parla molto di Marina. Lui e Samantha dicono che voi due siete fidanzati".

Jack rise dolcemente. "Fanno un sacco di domande. Ma temo che sia un'illusione da parte loro. Date le circostanze, è una decisione difficile da prendere".

Vanessa fece roteare l'estremità della sciarpa mentre lo studiava. "Voglio che tu sappia che Marina mi piace. È gentile e l'ho osservata con Leo. Si vogliono bene".

"Molte persone vogliono bene a Leo ed è un bambino socievole. L'hai cresciuto così bene che non avrò molto da fare".

Vanessa rise. "Spero che tu non lo creda davvero. Ma voglio che tu sappia cosa penso di Marina. Se mai dovessi voler...".

"Ferma lì", disse Jack, alzando una mano. "Leo è la mia priorità assoluta. Non ho bisogno di una moglie e nemmeno di una relazione. Non ci pensare nemmeno". Solo ascoltando Vanessa, il suo cuore aveva ricevuto già abbastanza ferite per quel giorno. Si alzò bruscamente. "Altro tè?".

Sul volto di Vanessa comparve un delicato sorriso. "Abbiamo finito. Sono felice di avere avuto la possibilità di sistemare le cose".

Guardò attraverso una porta aperta. "Prendiamo un altro tè nel patio vicino alla fontana e ti racconterò quello che ho scoperto sulle scuole di Summer Beach. E se hai fame, Denise ha portato a casa una pagnotta di pane al rosmarino di Marina dal mercato contadino. Dice che è delizioso con il formaggio e il *paté*. Ha lasciato anche dell'uva e delle mele nel frigorifero. Serviti pure. E tornerai per la cena? A Leo farebbe piacere".

"Certo", disse Jack. Non voleva deluderlo.

Dopo la loro conversazione, Jack non aveva molto appetito, ma sistemò del pane, formaggio e frutta su un piatto, sperando che Vanessa li assaggiasse. Mentre l'accompagnava fuori, non poté fare a meno di pensare a ciò che le aveva detto su Marina.

DOPO AVER LASCIATO il cottage di Vanessa, Jack aveva bisogno di schiarirsi le idee, prima di incontrare Ginger per lavorare insieme al loro libro per bambini. Si fermò a prendere Scout, che era stato nella sua stanza al Seabreeze Inn. Ivy e Shelly erano state gentili a ospitarlo, ma non era un posto adatto a un cane così attivo.

Mentre attraversava il cortile, sentiva degli striduli latrati provenire dalla vecchia casa sulla spiaggia, dove le alte porte di solito si aprivano alla fresca brezza marina. *Sembra Pixie*, pensò, un chihuahua che aveva una certa reputazione come cleptomane.

All'improvviso, un uomo tarchiato e dai capelli argentei irruppe da una porta sul retro. Una donna con i capelli corti e appuntiti, di colore rosa, corse ad afferrare Pixie, che sembrava intenzionata a cacciare l'uomo dalla casa. Jack salutò Gilda, un'ospite di lunga data del Seabreeze Inn. Lei prese in braccio Pixie e sgranò gli occhi.

Jack si chiese che cosa stava succedendo. Aprì la porta della sua stanza e fischiò. "Vieni, bello. Andiamo in spiaggia".

Scout balzò alla parola *spiaggia*, con la lingua che gli usciva da un lato della bocca, che si allungava in quello che tutti giuravano essere un sorriso. Anche a Jack piaceva pensarlo. Si inginocchiò e strofinò le mani intorno al collo dorato e setoso di Scout e lo grattò dietro le orecchie.

"Dovremo prendere una casa più grande, vecchio mio. Con abbastanza spazio per te e Leo. Scommetto che ti piacerà".

Scout scosse la testa come se stesse assimilando il tutto.

Jack agganciò il guinzaglio al collare del cane e lo condusse fuori dalla stanza. Fuori, l'uomo tarchiato che Pixie aveva cacciato via lo sfiorò sul camminamento, facendogli quasi calpestare l'ibisco giallo appena piantato da Shelly.

"Attento, amico", disse Jack, tirando a sé Scout.

"Tieni il tuo botolo al guinzaglio", borbottò l'uomo. "Ci sono troppi cani qui intorno".

"Benvenuto a Summer Beach", ribatté Jack con sarcasmo. "Avresti dovuto darti una calmata, prima di atterrare qui".

L'uomo si allontanò. Ed entrò nella stanza accanto a quella di Jack.

"Che idiota. Proprio accanto a noi, doveva essere?". Il lato da reporter investigativo di Jack andò in allarme. C'era qualcosa di inquietante in quell'uomo, che non sembrava adatto alla vita da spiaggia. Aveva l'aspetto e si comportava come un furbo mafioso di Chicago o di New York. Non erano affari suoi, ma l'avrebbe comunque tenuto d'occhio.

Alzando lo sguardo verso l'appartamento sopra il garage, vide le porte del balcone dell'abitazione di Bennett aperte. Trascinato dalla brezza dell'oceano, lo raggiunse il soave suono di alcune canzoni, provenienti dalla sua chitarra. A Jack piaceva ascoltarlo.

"Tanto vale iniziare", disse Jack a Scout. Il cane abbassò la testa come se annuisse in segno di assenso. Jack tese la mano per proteggere gli occhi dal sole e chiamò. "Ehi, c'è il sindaco?".

Bennett apparve con la chitarra in mano e si appoggiò al balcone. "Dipende da chi me lo chiede".

"Il tuo nuovo cliente immobiliare. Ho bisogno di un posto dove vivere".

"Cosa c'è che non va, qui?"

"Scout ha bisogno di un giardino. Ti va di fare una passeggiata sulla spiaggia, così ti dico cosa ho in mente?"

"Aspetta. Scendo subito".

Jack ormai considerava Bennett un buon amico. Aveva conosciuto il sindaco quando era arrivato a Summer Beach, ma avevano trascorso più tempo insieme da quando Jack era tornato alla locanda dopo il tornado. Si vedevano spesso sulla spiaggia al mattino e più tardi facevano insieme la colazione nella sala da pranzo. A volte, dopo cena, si rilassavano vicino alla piscina o al caminetto, parlando mentre Bennett aspettava che Ivy si occupasse degli ospiti.

Riflettendo su Bennett e Ivy, Jack pensò che sembravano una bella coppia. Bennett aveva più o meno la stessa età di Jack e una volta avevano parlato di quanto, alla loro età, fosse difficile trovare il partner giusto.

Jack aveva smesso di fumare, quindi gli ci era voluto del tempo per recuperare il fiato, ma finalmente aveva iniziato a correre con Bennett. Certo, Jack dopo un po' si stancava e lasciava che Bennett continuasse, ma era un enorme miglioramento rispetto a qualche settimana prima.

Bennett scese le scale e i due uomini si avviarono verso la spiaggia.

"Che tipo di proprietà ti interessa?". Chiese Bennett, mentre camminavano vicino alla riva. Gli uccelli costieri zampettavano lungo la battigia, beccando la sabbia e schivando le onde. Scout era incantato.

Jack si passò una mano sul mento barbuto. "Vorrei un piccolo cottage o un bungalow. Qualcosa che abbia abbastanza spazio per Leo e un cortile per Scout".

"Da affittare o comprare?"

"In affitto, per ora. Potrei averne bisogno prima di quanto pensassi". Jack si sentì stringere la gola. Sperava che Vanessa avesse ancora del tempo, ma il suo lato pratico sapeva che doveva tenersi pronto.

Fermandosi, Bennett si voltò verso di lui. "Mi dispiace sentirlo".

Jack gli aveva parlato delle condizioni di Vanessa. "Devo essere pronto a prendermi cura di Leo".

"E Denise e John? Hanno la casa al mare per tutta l'estate".

"Non potrei rimanere lì, non se... Sai cosa voglio dire".

Bennett annuì. "Vedrò cosa riesco a trovare. Preferisci stare in collina o vicino al villaggio e alla spiaggia? Dal crinale si gode di un'ottima vista, ma la spiaggia sarebbe divertente per Leo".

"Sì, gli piacerebbe. Anche a Scout, non è vero, vecchio mio?".

Scout cercò di correre verso un'onda, ma Jack lo tirò indietro. Non aveva il tempo di ripulirlo prima di incontrare Ginger. In lontananza, nuvole scure di pioggia si addensavano sopra la *Princess Anne*. Un brivido involontario lo attraversò. "Andiamo, Scout. Resta con noi".

"Darò un'occhiata in giro", disse Bennett. "Probabilmente vorrai essere vicino alla scuola per Leo. Molti bambini ci vanno a piedi o in bicicletta".

"Certo, va bene. E se c'è un posto in casa dove posso scrivere, o anche un bel patio, sarebbe fantastico".

"Vedrò cosa riesco a trovare. Che ne dici del prossimo fine settimana, per vedere qualche posto?"

"Va benissimo".

I due uomini si batterono i pugni in segno di assenso. Mentre passeggiavano e parlavano, Jack si rese conto che la sua vita stava per cambiare in un modo che non aveva mai immaginato.

Prima di entrare nella sua stanza, Jack diede un'altra occhiata allo yacht in lontananza. C'era qualcosa che non quadrava, lo sentiva.

7

*G*alvanizzata dal successo della cena della sera precedente, Marina si era alzata di buon umore, aveva preparato del caffè e si era seduta al tavolo della sala da pranzo con il suo computer portatile e un blocco di carta. Doveva fare molti progetti per il locale e per il suo progetto *Taste of Summer Beach*. Erano entrambi molto importanti.

Ginger era andata a fare un'escursione mattutina sulla cima della collina, dove le piaceva meditare e guardare l'oceano. Marina e Kai a volte la accompagnavano. Era un'escursione corroborante, un modo eccellente per iniziare la giornata, ma quella mattina Marina aveva molte cose per la testa e Kai stava dormendo fino a tardi. O, forse, stava evitando Dmitri.

Marina sperava proprio che fosse così.

Mise su una musica soft, aprì le finestre e si dedicò al menù del suo locale. Che modo piacevole di lavorare, pensò.

Dopo aver fatto una lista dei piatti che la gente ordinava spesso – Caesar Salad, insalata della casa, hamburger, panini e patatine fritte – pensò ai piatti che avrebbero distinto il suo locale dagli altri.

La sera precedente, la pizza all'aragosta era piaciuta a tutti, ma gli ingredienti erano costosi. Avrebbe potuto creare una pizza simile con gamberi e pesto, ad un costo inferiore, e riservare la pizza all'aragosta e al caviale per il catering e le cene speciali. Lo annotò, insieme a qualche altra idea.

Soprattutto, la folla estiva stava arrivando a Summer Beach e lei doveva essere pronta ad aprire non appena Axe avesse finito. La sua squadra lavorava velocemente. Avevano costruito il terrazzo a tempo di record.

Mentre Marina stava lavorando, arrivò un furgone per la consegna di fiori. Se Dmitri avesse avuto un briciolo di classe, avrebbe dovuto mandarne alcuni a Ginger per scusarsi. Un paio di minuti dopo, suonò il campanello. Attraverso la zanzariera della porta, una giovane voce maschile esclamò: "Consegna per Kai Moore".

Chiaramente, Dmitri si interessava solo di ciò che voleva.

Marina attraversò la stanza. Quando aprì la porta, il profumo inebriante di un enorme bouquet di rose e gigli bianchi si diffuse all'interno.

"Lei è Kai Moore?", chiese il giovane.

"Sono sua sorella, ma posso ritirarli io".

"Posso metterli da qualche parte per lei?", disse il giovane.

"Sul tavolino vicino al divano va bene". Dopo l'aspra discussione tra Kai e Dmitri che lei e Ginger avevano ascoltato la sera prima, i fiori dovevano essere da parte di quell'uomo. "Grazie mille", disse Marina.

"Ne ho altri nel furgone", disse il fattorino.

"Tengo aperta la porta. Può metterli sul tavolino, accanto all'altra composizione".

"Non ci staranno tutti".

Marina sbirciò da sopra la sua spalla. Dai finestrini, il furgone sembrava pieno. "Quanti sono?"

Gli occhi del giovane si allargarono. "Molti".

"Un po' esagerato, non crede?". Lei alzò gli occhi al cielo. "Può mettere il resto sul tavolo". Marina spostò le carte che aveva steso per fare spazio all'enorme quantità di fiori di Dmitri.

Arrivarono calle e gigli stargazer, un cesto di margherite gialle e bianche e una composizione tropicale hawaiana con fiori di zenzero rossi e fiori bianchi di pikake profumati. Nel salotto sbocciavano rose di ogni colore: rosa, gialle, bianche, lavanda, corallo e rosse.

"Ma si è comprato tutto il negozio?"

Il fattorino sorrise. "Il proprietario è piuttosto contento".

Marina firmò per la consegna e tornò al suo portatile e al suo blocco note, che ora erano quasi nascosti sotto quell'inebriante tripudio di fiori. Non aveva senso svegliare Kai, finché non fosse stata pronta ad affrontare Dmitri.

Dietro di lei, la porta della cucina sbatté.

Vestita con una giacca a vento gialla, Ginger apparve sulla soglia, con le labbra serrate in una linea sottile. "Santo cielo. Mi verrebbe da chiedere chi è morto, ma l'ultima volta che ho controllato, eravamo ancora tutti vivi e vegeti. Mi sa che dietro tutto questo c'è il terribile signor D.".

"Vuole chiaramente dimostrare che ci tiene".

Ginger annusò. "In modo un po' stravagante. Se si fosse semplicemente scusato per il suo comportamento cafone, avrebbe potuto risparmiare una fortuna".

Con un pesante sospiro, Marina chiuse il portatile. Kai si sarebbe alzata entro breve, e lei non avrebbe potuto lavorare per un po'. "Non mi piace il modo in cui tratta Kai. Cosa pensi che veda in lui?"

"Probabilmente all'inizio era affascinante, e le riservava attenzioni e regali. Quando sente che lei sfugge alla sua presa, o non ottiene quello che vuole, ecco che viene fuori il suo pessimo carattere. Ho assistito a questo tipo di comportamento tante volte. Forse Kai non ha colto i segnali".

"Meglio che lo faccia adesso".

Dietro di loro, sentirono Kai che entrava, scalpitando. "Che mal di testa martellante che ho".

Marina lanciò un'occhiata di avvertimento a Ginger.

All'improvviso, Kai esclamò: "Oh, che bello! Sembra di essere nel paese dei fiori!". Si mise a svolazzare per il salotto e la sala da pranzo con la sua vestaglia rosa, esclamando mentre passeggiava. Stringeva i fiori con voluttà, inspirando il profumo delle rose e dei gigli. "Non sono squisiti?".

Marina guardò la sorella con sgomento. "Riesci a immaginare chi potrebbe averli mandati?".

Kai aprì un biglietto infilato in un vaso, e poi un altro. Un sorriso le sbocciò sul viso. "Sono tutti di Dmitri. Dice che era stanco e che non pensava sul serio ciò che aveva detto, ieri sera. Aveva avuto una lunga giornata di viaggio per raggiungere Summer Beach".

Ginger inarcò un sopracciglio. "E tu accetti questa scusa per il suo comportamento?"

"Oh, non è stato così terribile". Gli occhi di Kai luccicarono e lei si portò una mano alla bocca. "Ha anche un'altra sorpresa per me. Vuole che lo incontri alla locanda".

"Non farlo", disse Ginger. "Dovrebbe venire a prenderti con quell'auto di lusso che ha noleggiato per fare colpo su di te".

"Cos'è successo al tuo mal di testa?", chiese Marina.

Kai agitò una mano. "Dice che ha prenotato un massaggio in camera e che è meglio se lo incontro lì. Devo indossare qualcosa di carino. Non credo di aver mai messo i tacchi da quando sono arrivata".

Marina si scambiò uno sguardo con Ginger. "Kai, abbiamo sentito la vostra discussione di ieri sera. Siamo dalla tua parte. Non aveva il diritto di dire al tuo capo che lasci la compagnia. È davvero questo che vuoi?"

Kai alzò le mani. "Voglio solo appartenere a qualcuno, da qualche parte. Sono anni che sono sempre in giro con gli spettacoli. All'inizio era divertente, ma credo di essermi un po' stancata. Ora voglio una vita vera. Come quella di altre persone".

"E pensi che andare a New York con Dmitri ti darà questo?", chiese Marina.

Kai distolse lo sguardo e si morse il labbro. "Non è che abbia altre offerte. Dmitri non è sempre così polemico come hai visto ieri sera".

Ginger sollevò il mento. "Non è stato per la discussione. Kai, è pieno di sé. Il suo ego non può fare a meno di sminuirti".

Marina si alzò e si avvicinò a Kai. "Si aspetta che tu segua i suoi ordini, vero?"

Kai fece un passo indietro. "Perché non puoi essere felice per me? Guarda tutto questo". Agitò una mano. "Non è forse la prova del suo amore e della sua adorazione?"

"Kai, non ti capisco", disse Marina. "Prima di sapere che Dmitri era qui, eri entusiasta di portare del teatro a Summer Beach. E di chiamare Axe per aiutarci. Che fine ha fatto tutto?".

Kai abbassò gli occhi. "Sai quanto è difficile per me uscire con qualcuno? Una nuova città ogni settimana, e pochi uomini mantengono le loro promesse una volta che passi nel luogo successivo. Dmitri non sarà perfetto, ma è determinato a far sì che la nostra relazione funzioni".

"E Axe?"

Con la frustrazione impressa sul volto, Kai allungò le mani. "Lui? Non mi ha chiesto di uscire, quindi cosa dovrei pensare? Dmitri è qui, impegnato nella nostra relazione. Voi due mi avete sempre detto che i buoni matrimoni richiedono dei compromessi. O l'avete dimenticato?".

Ginger si fece avanti e mise un braccio intorno alla nipote. "Fare dei compromessi significa che ognuno di voi dà qualcosa per il bene comune. Quando è una persona a dare sempre, a beneficio dell'altra, non è equilibrato. Non è un compromesso, è una persona che si approfitta di un'altra".

"Ma guardate quanto è generoso".

"Non mi riferisco agli oggetti che hanno un effimero valore monetario", disse Ginger.

Kai appoggiò la testa sulla spalla della nonna. "Sono così stanca di aspettare che inizi il resto della mia vita. Tutti i miei amici sono sposati, e io mi sento una grande perdente. Dmitri fa moltissimo per me. Forse non è troppo, dargli quello che vuole in cambio".

"Questo si chiama rapporto transazionale", disse Marina. "Non matrimonio".

Kai lanciò un'occhiata a Marina. "Dopo Grady, non puoi permetterti molto di parlare".

"Caspita", disse Marina. "Ma me lo sono meritata. Allora posso dire di parlare per esperienza".

"Fin da quando eravamo bambine, ti sei comportata come se ne sapessi sempre di più", ribatté Kai. "Ma questa è la mia vita. Forse voglio cose diverse da quelle che vuoi tu; forse non sono tagliata per avere una famiglia, dopotutto. Ma non tutti riescono a raggiungere le luci di Broadway. Dmitri mi sostiene; crede nel mio talento e nella mia capacità di avere successo facendo ciò che amo".

Ginger appoggiò il palmo della mano sulla guancia di Kai, girando la nipote verso di lei. "Forse è così. Se segui la verità nel tuo cuore, non sbaglierai mai. Il segreto è ascoltare quella piccola voce che è dentro di te. Sei in grado di farlo?"

"Certo", disse Kai, allontanandosi di scatto. "Devo vestirmi. E non preoccupatevi, farò in modo che voi due non dobbiate più sopportare la presenza di Dmitri. E Marina, d'ora in poi, puoi occuparti da sola del mercato contadino. Probabilmente me ne andrò con Dmitri, quando tornerà a New York". Prese in braccio un vaso di rose rosse e si avviò verso la sua stanza.

Marina incrociò le braccia. "Non è andata molto bene".

Ginger fissò Kai. "È una giovane donna intelligente. Un giorno rinsavirà. Spero solo che lo faccia presto".

"Ma perché questo improvviso cambio di idea? Ieri era

entusiasta di costruirsi un futuro qui, e poi si è arresa a Dmitri non appena è arrivato".

Ginger si toccò il mento, pensando. "Ti ricordi che tu, Brooke e Kai avete spesso litigato con i vostri fidanzati? l'infatuazione può essere accecante, perché si vuole disperatamente credere nel "vissero tutti felici e contenti". Ma quando si ama qualcuno, una sorella o un amico, ci si prende cura l'uno dell'altro. Si vedono i difetti che l'altro non vede. Ora, non sto dicendo che l'uomo perfetto esista, perché non è vero. Ma quando abbiamo attaccato Dmitri, lei ha preso le sue difese".

"Proprio come facevamo una volta", ricordò Marina. "Forse non avremmo dovuto far capire quanto non ci piacesse".

"È il modo in cui la tratta, che non ci piace. Forse Kai ci sta credendo troppo, e lascia che lui si approfitti di lei. Forse trovano eccitante questo gioco drammatico".

Marina annuì. "A Kai piacciono molto i drammi".

"Fanno battere il cuore", disse Ginger. "La realtà amplificata è divertente, per un po'. Ma alla fine è estenuante".

I sottili peli sulla nuca di Marina si drizzarono. "Come fai a saperne così tanto?"

Ginger si sedette al tavolo da pranzo e intrecciò le mani. "Non te l'ho mai detto, ma io e Bertrand ci siamo separati, per un po'. All'inizio del nostro matrimonio".

Marina si accigliò. Aveva creduto che i suoi nonni avessero un rapporto esemplare e affettuoso. "Che cosa è successo?"

"Eravamo entrambi troppo pieni di noi stessi e dei nostri desideri egoistici. Bertrand aveva il suo lavoro, che spesso era rischioso. Dalla diplomazia possono dipendere vite e paesi interi, quindi non si è mai trattato di stabilire quale dei nostri lavori fosse più importante. Ma quando ho dimostrato di avere una buona attitudine per la matematica e per la decifrazione dei codici – all'inizio era semplicemente divertente e intrigante – è diventato geloso del tempo che passavo lontano da lui. Cominciò a comportarsi male. E l'ho fatto anch'io. Le aspettative sociali sul ruolo delle donne erano molto diverse, a quei tempi".

Marina ne prese atto. "Hai sempre detto che il tuo lavoro di insegnante di matematica e di statistica era importante per te".

"E ora sai qualcosa in più della mia storia. Il lavoro migliore che abbia mai svolto è stato quello di decifratrice di codici". Ginger sorrise con orgoglio. "Mi dispiace di non averti potuto dire la verità prima. La sicurezza nazionale me lo vietava, ed era anche per proteggerti. Avevo bisogno di uno stimolo intellettuale nella mia vita, oltre che del riconoscimento di un lavoro ben fatto. Anche la costanza era importante. Mi ero sentita sola. Ci trasferivamo spesso, e non era così facile mantenere i contatti con le persone come lo è oggi con internet e i social media".

"Mi ricordo com'era, con Stan nell'esercito". Marina si avvicinò con delicatezza ai ricordi di Ginger, anche se era curiosa. "Per quanto tempo siete stati separati?"

"Poco più di un anno". Un sorriso triste attraversò il volto di Ginger. "Ci siamo quasi persi a vicenda. Alla fine, abbiamo dovuto modificare il nostro modo di relazionarci".

Marina rifletté. Probabilmente sua nonna aveva altri segreti da condividere. "Pensi che Kai e Dmitri ce la possano fare?"

"Se si impegnano veramente e si preoccupano del benessere dell'altro. Tuttavia, sono entrambi molto più avanti negli anni di quanto lo fossimo noi all'epoca. Le persone si fossilizzano davvero nei loro modi di fare. E Dmitri è una personalità estrema".

"Anche Kai ha i suoi momenti". Marina tracciò lentamente con un dito una figura a otto sul tavolo, mentre pensava. "Dovremmo organizzare un intervento?"

Ginger si alzò dal tavolo. "Non credo che ce ne sarà bisogno".

• • •

Dopo che Kai se ne fu andata in un tripudio di seta scarlatta e una nuvola di profumo, Marina si portò da lavorare fuori, nel nuovo patio. Sebbene l'aroma dei fiori all'interno della casa fosse delizioso, le ricordava troppo Dmitri e i problemi in cui sentiva che Kai fosse coinvolta. Respirò l'aria fresca del mare e si sedette a un tavolo sotto il caldo sole del mattino.

Kai avrebbe fatto quello che voleva, e Marina aveva varie cose da fare per il suo locale. Le mancava l'aiuto della sorella nella scelta dei cibi e nella progettazione del menù del Coral Café, ma non poteva attendere oltre.

Ginger aveva detto che Dmitri intendeva trascorrere una settimana a Summer Beach. Meno tempo Marina aveva per interagire con lui, meglio era. Avrebbe sostenuto Kai, ma in coscienza, non poteva incoraggiare quella relazione. Se Kai apprezzava la gratificazione immediata e l'adorazione in cambio della rabbia e dell'essere sminuita, non poteva farci nulla.

Marina era delusa da Kai, ma come aveva sottolineato la sorella, era la sua vita. Tuttavia, sarebbe stata presente per lei quando ne avesse avuto bisogno. E non le avrebbe ricordato che lei e Ginger l'avevano avvertita.

Scosse la testa, tornando a concentrarsi sul lavoro che doveva finire. Appoggiò il mento sulla mano e guardò l'oceano infinito, pensando a ciò che sarebbe piaciuto alla sua clientela.

"Vediamo... Insalata di fragole, spinaci e feta con noci tostate al miele e salsa ai semi di papavero". La spostò nella sezione *insalate* del menù. Gli spiedini di verdure erano stati un successo, quindi creò una sezione dedicata ai *contorni*. Oppure avrebbe potuto essere un'opzione vegetariana, perciò creò un'apposita categoria. Man mano che aggiungeva i suoi piatti migliori e quelli preferiti dai clienti delle cene pop-up che aveva tenuto, riusciva quasi a sentire il profumo e il sapore di ognuno.

La gente tornava a cercare quei piatti che aveva apprezzato, e non riusciva a trovare da nessun'altra parte. Doveva dare un tocco unico alle ricette che avrebbero deliziato gli ospiti. E preparare i loro piatti preferiti, in modo tale da farli tornare.

Pensò a un menù per bambini. Molti ristoranti servivano crocchette di pollo e maccheroni al formaggio, tanto che le veniva voglia di urlare dalla disperazione, ogni volta che portava i suoi gemelli a cena fuori, quando erano piccoli. A casa erano abituati a del cibo più interessante. Tuttavia, i bambini possono essere schizzinosi se non sono abituati sin da piccoli a mangiare una certa varietà di cibi. *Familiare, ma diverso dal solito. Cose che i bambini assaggerebbero volentieri.* Tamburellò le dita sul tavolo.

"Farfalle con salsa di pomodori Roma e un tocco di panna. Meglio dei maccheroni al formaggio. Li chiamerò *Papillon rosa*". *È tutta una questione di marketing*, diceva spesso Kai. Marina si morse il labbro. Kai le sarebbe mancata così tanto.

I primi pomodori che avevano piantato nell'orto sarebbero maturati presto. Dopo aver insegnato a Scout a non rotolarsi o scavare lì dentro, Marina si era occupata delle piantine. Anche Jack aveva aiutato. Spesso avevano chiacchierato, mentre strappavano le erbacce.

Marina guardò il giardino. Lui le mancava.

Presto sarebbe arrivato il momento di raccogliere i pomodori freschi e le zucchine, oltre a basilico, origano e prezzemolo. Con quegli ingredienti Marina avrebbe potuto preparare un bel po' di piatti italiani.

Ginger aveva un frutteto nella proprietà dietro il cottage degli ospiti che produceva più frutta di quanta ne potesse consumare. Dai suoi alberi di agrumi provenivano mandarini e arance rosse, lime messicani e persiani, limoni Eureka e Meyer, discendenti del limone *Lunario* italiano. Ci sarebbero stati succo e frutta in abbondanza per le insalate estive. Un vecchio albero di avocado Hass era ancora prolifico e prometteva di fornire un sacco di guacamole per gli antipasti.

L'indomani Axe e la sua squadra avrebbero iniziato a lavorare agli interni del cottage per gli ospiti, che secondo lui sarebbero stati veloci da realizzare. Marina doveva trovare anche degli elettrodomestici al più presto. Entro un mese avrebbe avuto il suo locale. Il pensiero le provocò un brivido.

Il Coral Café sarebbe stato presto aperto al pubblico.

Una macchina suonò il clacson e Marina alzò lo sguardo.

"Heather!".

Sua figlia stava agitando la mano dalla finestra dell'auto di suo fratello Ethan. Emozionata, Marina corse a incontrare i suoi figli. Non vedeva Heather dalle vacanze di primavera. Ethan aveva abbandonato la Duke University e aveva appena iniziato un nuovo lavoro in un golf club privato a San Diego, ma Heather aveva resistito fino agli esami finali. Era rimasta da un'amica un po' più a lungo per poter finire un ultimo progetto artistico per i bambini della comunità.

"Mamma!". Esclamò Heather. Balzò dall'auto e si buttò tra le braccia di Marina.

Marina cullò la figlia tra le braccia. "Sono così felice che tu sia tornata, tesoro. Mi sei mancata tanto".

Ethan scese dall'auto. "Heather voleva farti una sorpresa, mamma".

"Sono entusiasta di vedervi", disse Marina, raggiante. "Benvenuti a Summer Beach, ma non vi aspettavo prima di una settimana".

"Abbiamo finito prima", disse Heather, gettando i suoi capelli biondo scuro sopra la spalla. "È così bello poter passare l'intera estate qui. Anche se non riesco ancora a credere che l'appartamento di San Francisco non ci sia più".

"Non avevo alcun motivo per tenerlo", disse Marina. "Abbiamo tanti bei ricordi e ne creeremo molti altri qui. Ho portato qui molte delle tue cose e ho conservato il resto, così è tutto lì quando ne avrai bisogno".

"Va tutto bene, mamma". Heather sorrise. "Tanto la maggior parte di quelle cose erano robe del liceo".

I gemelli avevano gli stessi capelli biondo scuro e dorato e gli stessi occhi grigio-azzurri del padre. Anche Ethan era alto e socievole come Stan.

Heather era più tranquilla, una giovane studiosa che aveva avuto difficoltà a farsi degli amici alla Duke, in parte perché Ethan non amava i suoi amici e in parte perché aveva passato molto tempo ad aiutare il fratello a superare la sua dislessia per mantenere i voti necessari alla sua borsa di studio per il golf.

Ethan tirò fuori le borse della sorella dalla macchina di seconda mano che aveva comprato. Aveva risparmiato i soldi guadagnati lavorando su un campo da golf in un country club durante l'anno scolastico. Marina non sapeva nemmeno che stesse lavorando. Ethan si stava rapidamente creando un percorso per raggiungere il suo obiettivo di diventare professionista.

Suo figlio era rimasto qualche giorno al cottage quando era arrivato, ma ora condivideva un appartamento con un amico a San Diego. Era quello che aveva fatto anche lei da giovane, quindi la cosa non la sorprendeva. Marina era orgogliosa di Ethan e, anche se avrebbe preferito che finisse l'università, lo capiva. Sul campo da golf eccelleva grazie al suo talento naturale.

"Porta le sue valigie nella vecchia stanza di Brooke". Marina mise un braccio intorno a Heather. "Che ne dici di una limonata? Hai fame?"

Heather rise mentre sollevava lo zaino sulla spalla. "Cerchi sempre di rimpinzarci. Sono contenta che tu abbia deciso di aprire un locale, così potrai sfamare altre persone, tanto per cambiare".

"L'idea è quella".

"Ethan voleva prendere un hamburger mentre veniva qui, così ho mangiato con lui. Ma ho visto le foto dei vostri piatti sui social media. Zia Kai ne ha postate parecchie".

Ethan prese la valigia della sorella. "Se hai ancora la pizza all'aragosta di ieri sera, ne vorrei un paio di fette".

"Mi dispiace, non sono rimasti avanzi. Ma sto lavorando a una pizza al pesto e gamberetti per il menù. Puoi essere il mio assaggiatore ufficiale per quella".

"Zia Kai e Ginger sono qui?", chiese Heather.

"Ginger c'è". Marina alzò le sopracciglia. "Kai è fuori a pranzo con il suo ragazzo".

"Fidanzato, vuoi dire", disse Heather. "Ha postato mille foto di fiori sui social. L'ho incrociato mentre venivo qui. E l'anello che le ha regalato... wow! Ma sembra un po' vecchio per la zia Kai. L'hai conosciuto?"

"Oh, sì". Marina strinse le labbra.

Ethan sorrise. "E conoscerai Jack. Il tipo con cui esce la mamma".

Marina mise le mani sui fianchi. "Ethan William Moore, Jack e io non usciamo insieme".

Sorrise. "L'ultima volta che sono stato qui, sembrava proprio così. Dopo il tornado. Gli ho anche prestato i miei vestiti".

Gli occhi di Heather si spalancarono. "Ti prego, dimmi che non è affatto come Grady". Lanciò un'occhiata a Ethan. "Non lo sopportavamo. So che dovevamo provarci, ma era inquietante. Grady barava, quando Ethan vinceva a golf. E ora sta con quella cantante che ha solo un paio d'anni più di me. Che schifo".

"Alla fine avevate ragione", disse Marina. "Comunque sia, non usciamo insieme".

"Jack non è poi così male", rispose Ethan. "Si è rivelato piuttosto in gamba, aiutandoci a salvare quella coppia dalla casa danneggiata dal tornado. Avresti dovuto vedere la mamma che si infilava lì dentro per trovarli, come una vera eroina. Anche io e Jack siamo andati insieme in spiaggia, un paio di volte. È un tipo in gamba".

"Apprezzo che tu mi consideri un'eroina, quindi ti perdono". Né Ethan né Jack avevano detto di essersi parlati. Tuttavia, lei non avrebbe più incontrato Jack, se non come amico. Quando ci sarebbe stata l'occasione, avrebbero preso cordialmente un caffè.

Dopotutto, Summer Beach era una piccola città. Dato che Jack aveva intenzione di rimanere lì con Leo, lei avrebbe dovuto abituarsi all'idea di rivederlo.

 arina stava finendo di preparare i piatti della cena e stava pensando al nuovo locale quando la porta sul retro della cucina si aprì. Alzò lo sguardo, sorpresa di vedere sua sorella Brooke con in spalla grossa borsa. I suoi occhi erano arrossati e i suoi capelli intrecciati erano tutti in disordine. Sua sorella minore, che di solito era sempre sul pezzo, sembrava in preda a una crisi.

"Ehi, Brooke. Non sapevo che saresti passata. È successo qualcosa?"

"Non posso... non ce la faccio più...". Brooke si premette le mani sul viso. "Non sapevo dove altro andare. I ragazzi e Chip... mi stanno facendo impazzire".

Marina lasciò i piatti e si precipitò da Brooke. "Lasciami prendere quella borsa". Marina la posò sul pavimento e abbracciò Brooke. Quando lo fece, sua sorella scoppiò a piangere, incapace di contenere l'angoscia repressa.

"Oh, Marina, non ce l'ho fatta a resistere un altro minuto. Sono così arrabbiata con mio marito".

"Rilassati, sei qui, al sicuro. Siediti con me. Voglio sapere tutto". Accompagnò Brooke in soggiorno. La sorella le si trascinò accanto a lei con i suoi sandali Birkenstock.

Dopo essere sprofondate sul divano rivestito di tela, Marina abbracciò Brooke mentre singhiozzava contro la sua spalla. Quando si calmò un po', Marina andò a prenderle un bicchiere d'acqua.

Tornando, Marina osservò Brooke per fare il punto. Il suo naso era gonfio e tumefatto, come se avesse pianto a lungo. Le sue unghie, che lei teneva sempre corte e tagliate per il giardinaggio, erano rosicchiate fino al bordo.

Brooke prese l'acqua e la mandò giù. Riprendendo fiato, disse: "Non sarei dovuta venire qui. Con te e Kai già qui, è troppo per Ginger".

"Non sei un problema. Stiamo tutti aiutando Ginger, che è vivace come sempre". Marina avrebbe spostato Heather sul lettino pieghevole nel salotto. Era appena uscita con Ethan e altri amici per andare in spiaggia.

"Non vengo a trovarla molto spesso e sono a meno di due ore di distanza". La voce di Brooke era piena di sensi di colpa. Si portò la mano alla bocca e si mordicchiò un'unghia.

"Ginger è sempre impegnata. Non preoccuparti per lei".

"È qui?"

"È andata al cinema con gli amici". Marina chiese gentilmente: "È successo qualcosa?"

"Va avanti da molto tempo". Brooke si premette le mani sulla testa come se cercasse di non farla scoppiare. "I ragazzi sono fuori controllo, litigano sempre. Chip lavora molte ore, e io apprezzo tutto quello che fa. Davvero. Ma nessuno apprezza *me*. Nessuno di quel branco di scostumati ritira il bucato, nessuno si preoccupa di lavare i piatti e tutti pretendono tre pasti al giorno".

"Mi ricordo com'era, con i gemelli. Non è facile". Marina aveva pensato che Chip sarebbe stato più disponibile, ma non era sorpresa che non lo fosse.

"A parte Oakley, tutti quei ragazzi mi sovrastano", disse Brooke, con gli occhi che luccicavano di rabbia. "Non sono più dei bambini, ma si comportano come tali. Il cielo sa quanto ho cercato di insegnare loro le buone maniere e la responsabilità, ma sono come un branco di cani selvaggi".

"Cresceranno presto", disse Marina, cercando di calmare la sorella.

"E Chip li incoraggia", continuò Brooke. "Poiché è cresciuto con tre fratelli, per lui non c'è alcun problema. E dopo stasera, basta". Fece un eloquente gesto con le mani. "Stop. Hanno appena perso la loro domestica. Possono cavarsela da soli, per quanto mi riguarda. C'è troppo testosterone in quella casa per me".

Chip certamente non sembrava essere d'aiuto. "Cosa è successo, stasera?"

"Chip ha iniziato a fare la lotta con Alder e Ronnie – così vuole essere chiamato Rowan – in casa, e ci si è messo in mezzo anche Oakley. Si sono azzuffati proprio vicino al mio scaffale con le piantine di erbe aromatiche. Io gridavo loro di stare attenti e di fermarsi, ma puoi immaginare cosa è successo".

"L'hanno distrutto?"

"Hanno rovesciato tutto. Ogni. Singola. Pianta". Brooke scandì ogni parola dando dei colpi con l'indice. "Terra, vasi e piante distrutte sono volati ovunque. Ma si sono fermati, dopo? Oh, no. Hanno sfondato le mie nuove persiane di legno, rotto una delle lampade della mamma e sono caduti attraverso la porta a vetri scorrevole".

Marina si portò una mano alla bocca. "Si sono fatti male?"

"Per fortuna no. Sono atterrati in un mucchio, ridendo a crepapelle. Ero così arrabbiata. Invece di fare in modo che i ragazzi mi aiutassero a pulire, Chip ha lasciato che Ronnie se ne andasse a dormire da un amico. Poi ho sentito il clacson di un'auto e Alder è corso fuori dalla porta per incontrare il suo, di amico. Chip doveva andare a una partita di poker, così mi ha lasciato lì con una scopa, dicendo: "Dammi una mano, qui. Un uomo deve rilassarsi dopo una lunga settimana. Mi farò perdonare". Ovviamente non lo fa mai. Quando mai riesco a rilassarmi?".

Marina poteva immaginare la situazione. Chip era un uomo grande e grosso, capitano dei vigili del fuoco locali, e spesso veniva definito un *vero uomo*. "Mi dispiace tanto, Brooke".

La sorella torceva il bordo della sua maglietta macchiata. "Così, mi è rimasto Oakley. Si sentiva malissimo, ma era stato tirato in mezzo dai suoi fratelli maggiori e dal padre. Non potevo obbligarlo a pulire tutto da solo. Chip ha dato l'esempio, come fa sempre".

"Allora, che cosa hai fatto?"

Brooke fece una pausa per tirare un respiro affannoso. "Ho lasciato Oakley dai miei vicini. Poi ho chiamato Chip e gli ho detto che avrebbe potuto fare il vero padre e andare a prendere suo figlio quando aveva finito la serata di poker. Ed eccomi qui. Ci credi che Chip mi ha sgridato perché non ho pulito e *li* ho abbandonati?".

Marina fece scivolare il braccio intorno a Brooke. Aveva percepito che qualcosa non andava, l'ultima volta che Brooke e la sua famiglia erano stati lì. Sua sorella era andata a fare una passeggiata con Ginger, ma sembrava distratta. Sembrava che l'unico rifugio fosse il suo giardino.

"Si ricrederanno. Probabilmente domattina Chip si scuserà".

Brooke scosse la testa. "No. Possono prendersi cura di loro stessi. Sono stanca di implorare aiuto. Forse andrò a lavorare in una fattoria biologica e finalmente avrò un po' di pace".

"Non starai dicendo sul serio".

"Guardami", disse Brooke, serrando la mascella.

Marina capì la sua frustrazione. Quella situazione era come una pentola a pressione, e si stava caricando da molto tempo. Brooke era quel tipo di supermamma che si prendeva cura di tutti e dava, dava, dava. Se sua sorella aveva fatto quel passo, la situazione doveva essere veramente fuori controllo.

Brooke aveva bisogno di qualcuno che si prendesse cura di lei.

Marina si alzò. "Ti preparo un bagno caldo con il bagnoschiuma e anche il letto. Ti aiuterà a riposare bene, questa notte. Hai fame o c'è qualcos'altro che posso fare?".

Ora che Brooke aveva sfogato le sue rimostranze, la sua rabbia si era dissipata e sembrava improvvisamente smarrita. "L'unico problema è che non so più chi sono, senza di loro".

"Sei una giardiniera straordinaria che può coltivare qualsiasi cosa". Brooke aveva un'affinità con le piante sin da quanto Marina si ricordava. Studiava e curava i suoi ortaggi come se fossero i figli su cui poteva contare.

Marina tese le mani a Brooke. "Vieni con me".

QUANDO GINGER TORNÒ DAL CINEMA, Marina la raggiunse fuori. Dopo aver preparato a Brooke un bagno caldo, abbassato le luci e messo su della musica rilassante, Marina tornò a lavorare nel patio nell'aria mite della sera.

Marina salutò gli amici che avevano accompagnato Ginger a casa. Quando scese dall'auto, Marina disse: "Abbiamo un altro ospite in casa".

Ginger spostò la borsa. "Chi?"

"Brooke. Ha avuto dei problemi a casa". Marina guardò Ginger con la coda dell'occhio, chiedendosi quanto ne sapesse.

Fermandosi di fronte alla brezza dell'oceano, Ginger scosse i capelli corti all'indietro. "Speravo che non arrivasse a questo punto".

"Quindi sapevi quanto era grave?"

"Ho visto i segnali", rispose Ginger. "La povera Brooke è stata sovraccaricata di lavoro per molto tempo. I ragazzi devono aiutare nelle faccende domestiche e Chip deve far sentire sua moglie di nuovo una donna".

"Direi che riassume tutto", disse Marina, mettendo le mani sui fianchi.

Ginger annuì pensierosa. "Sono contenta che Brooke abbia deciso di venire qui. Potrebbe far sì che torni un po' di buon senso in quella famiglia. Chip lavora sodo, ma anche Brooke. Ci deve essere considerazione reciproca".

"È proprio come quando eravamo bambine", disse Marina. "Tutte noi siamo qui insieme, e ognuna ha qualche dramma. Mi dispiace, sembra proprio che non siamo cresciute".

Mentre Ginger entrava in casa, ridacchiò. "Non sarebbe una famiglia, senza drammi. Brooke può occuparsi del giardino mentre è qui".

"E unirsi a noi al mercato agricolo", propose Marina.

Marina seguì Ginger all'interno. Chip le era sempre piaciuto, ma era decisamente dalla parte di Brooke. Sua sorella aveva messo la famiglia al primo posto per così tanto tempo che avevano dimenticato di prendersi cura di lei. "Chip ha bisogno di darsi una svegliata".

Un sorriso sornione si insinuò sul volto di Ginger. "Ho la sensazione se ne stia rendendo conto proprio adesso".

el corso della settimana successiva, Marina lavorò duramente per testare e mettere a punto il menù del suo locale. Aveva bisogno di ricette che potesse realizzare più e più volte, in modo sempre uguale. Quando avrebbe potuto permettersi di assumere degli aiutanti in cucina, quelle istruzioni sarebbero state fondamentali. E infatti, Ethan si era unito a loro il giorno in cui stavano testando le varianti sulla pizza al pesto e gamberetti. Lui e Heather avevano proclamato un vincitore e avevano avuto ragione. I suoi figli avevano buon gusto.

Dmitri alloggiava ancora al Seabreeze Inn, quindi Kai era tornata tardi, aveva dormito fino a mezzogiorno e poi si era precipitata fuori non appena si era vestita. Aveva portato in camera sua molti dei fiori che Dmitri le aveva mandato, ma non era riuscita a metterli tutti.

Marina era preoccupata per lei. Kai sembrava essere cambiata da un giorno all'altro. Era così innamorata o ossessionata da tutto ciò che Dmitri rappresentava: la ricchezza, il potere, le conoscenze influenti. Tuttavia, da questo derivava anche il controllo che lui poteva esercitare su di lei.

Mentre Axe e la sua squadra lavoravano per trasformare

la cucina e la zona pranzo in un'unica cucina professionale, Marina incaricò Brooke di aiutarla a pulire e dipingere la camera da letto, per trasformarla in una sala da pranzo per piccole feste private e coppie in viaggio di nozze. Le porte si aprivano su una splendida vista della spiaggia e del tramonto, e Marina immaginava che sarebbero rimaste spalancate per la maggior parte del tempo.

Quel giorno Heather la stava aiutando a decorare la stanza. Ivy aveva regalato a Marina un quadro con un paesaggio marino con un oceano blu intenso e un tramonto corallino. Era perfetto per la sala da pranzo privata.

Era anche il giorno in cui Marina avrebbe dovuto incontrare Jack per un caffè. Aveva accettato di farlo solo per il bene di Ginger. Si sarebbero chiariti, avrebbero accettato di non essere d'accordo su tante cose, e sarebbero andati avanti con le loro vite. Prima, Jack aveva chiamato per chiedere se poteva passare a prenderla al cottage.

"Non ci vorrà più di mezz'ora, vero?", aveva chiesto.

"Prometto", rispose Jack. "Ma devi mangiare, vero?"

"Jack. Eravamo d'accordo".

"Allora mangeremo in fretta".

"Ci stiamo incontrando per un caffè".

"Ok, certo. Ma spero che non ti dispiaccia se ho preparato qualcosa. Passo a prenderti".

Non era quello che intendeva fare e non voleva dover mantenere alta la guardia per un intero pranzo. "Jack, ripensandoci, non ho tempo".

"Mi dispiace se vuoi lasciar stare. Se ti va ancora di sentirmi, ci vediamo a mezzogiorno".

Aveva riattaccato, frustrata dal fatto che lui stesse cercando di approfittare della sua preoccupazione per la nonna. Lo stava facendo solo per Ginger.

"Ehi, che te ne pare?", chiese Heather, tenendo il quadro appeso alla parete. "Non mi hai sentito?"

"Scusa, tesoro. Avevo altre cose in mente. Ok, un po' più a

sinistra. E un po' più in alto". Marina tirò fuori una matita da dietro l'orecchio. "È perfetto. Tienilo fermo, così lo segno". Fece un piccolo punto sul muro.

Marina sbatté le palpebre e fece un passo indietro. Doveva togliersi Jack dalla testa e in giornata avrebbe sistemato le cose con lui. Sarebbe stata la fine di quei sentimenti sgraditi.

Heather posò il quadro e prese il martello. La squadra di Axe stava lavorando in cucina e Heather si aggiunse rapidamente al frastuono.

Lavorando insieme, Marina e sua figlia appesero il quadro. Si allontanarono per ammirarlo.

"Qui si sta benissimo, mamma".

"Non abbiamo ancora finito". Marina aveva comprato due tralicci e li aveva dipinti di bianco. "Li monteremo su quel muro e li addobberemo con le lucine. Sarà così bello di notte. con le luci soffuse".

"Sembra magico. Lo tengo, mentre misuri".

Marina era felice di avere l'aiuto di Heather. Mentre lavoravano per fissare i tralicci al muro, Marina fece una pausa e chiese: "Sei sicura di non voler tornare alla Duke, in autunno? È un'ottima scuola e vorrei che continuassi, se lo desideri. Potremmo ottenere dei prestiti per pagare la tua retta. Ho anche del denaro da destinare alle tue spese di vita".

Marina aveva dei fondi provenienti dall'accordo con l'emittente televisiva che poteva usare, anche se non erano molti e non sarebbero durati a lungo. Ma voleva sostenere il sogno di Heather il più a lungo possibile.

"Non voglio laurearmi facendo debiti e non voglio lasciarti in balia dei prestiti", disse Heather, scuotendo la testa. "Un paio di miei amici del liceo vanno alla UCSD, e la adorano. San Diego non è poi così lontana, in auto".

"È una buona università, ma sei sicura? Non voglio che ti trasferisca solo perché ho perso il lavoro".

"Mamma, anche se tu lavorassi ancora lì, io vorrei tornare in California. Frequentare la Duke è stato fantastico, ma il mio posto è in California. È casa mia. Sono andata lì solo per Ethan e la sua borsa di studio per il golf".

"Se sei sicura...".

"Lo sono", disse Heather, dando a Marina un bacetto sulla guancia. "Anch'io vorrei trovare un lavoro per l'estate".

Dopo aver fissato i tralicci dipinti, Heather stese un filo di piccole luci bianche e Marina prese una sparachiodi per attaccare le luci ai tralicci.

Mentre appendeva le piccole luci, facendo attenzione a non bucare i cavi elettrici, Brooke entrò dalla porta aperta. Tra le braccia teneva la frutta e la verdura che aveva raccolto nell'orto.

"È così bello", disse Brooke malinconicamente. "Vorrei poter tenere la mia casa così bene".

Heather si guardò alle spalle. "Ethan e io dovremmo parlare con i tuoi ragazzi. Non dovrebbero trattarti così, zia Brooke".

Marina sapeva che Brooke aveva parlato ogni giorno con Chip e i ragazzi. Si lamentavano perché lei non era lì a lavare i vestiti o a preparare da mangiare.

"Puoi parlare con i tuoi cugini, ma il problema è il loro padre. Non fa altro che lamentarsi perché il bucato si accumula. Pensi che gli venga in mente di metterlo in lavatrice e di accenderla? Devo proprio dirglielo?"

"Forse sì", disse Marina con dolcezza. "Chip potrebbe creare una lista di faccende da sbrigare anche per i ragazzi".

"Ethan e io non ne andavamo matti", disse Heather. "Ma, quando siamo diventati indipendenti, almeno sapevamo come fare il bucato. Molti ragazzi non lo sanno. E avere delle ricompense, come andare allo zoo o pranzare al molo, era un buon modo per motivarci. Ora lo faccio anche con me stessa".

"Vorrei che i miei figli parlassero così", disse Brooke. "Spero che ci arriveremo. Non hai idea di quante liste di faccende domestiche ho stilato. Tutti le ignorano".

"Forse se Chip prendesse l'iniziativa e si sedesse con i

ragazzi per chiedere loro di offrirsi volontari per le faccende domestiche, li convincerebbe a impegnarsi".

"Magari", disse Brooke. "Ma Chip ha accettato di fare terapia di coppia. Glielo farò presente. Gli ho già detto che non tornerò finché non mi aiuterà a sistemare questo casino. Si è comportato da complice, lasciando che la facessero franca senza fare quello che gli chiedevo. Gli ho detto che quei ragazzi non mi rispetteranno, finché non lo farà lui".

Marina aveva attraversato un periodo difficile con Ethan quando era adolescente, ma non aveva un marito che l'aiutasse, né che minasse i suoi sforzi. "È essenziale che i tuoi ragazzi imparino a rispettarti. Altrimenti, un giorno, tratteranno le loro mogli allo stesso modo".

"Non ci avevo pensato". Brooke rabbrividì. "Devo andare a lavare queste verdure. Vorrei anche parlare con Leilani del *Giardino Nascosto*. Forse potrei lavorare lì nei fine settimana. Sarei felice di fare un po' di volontariato".

Marina appoggiò la sparachiodi sul ginocchio. "Che ne dici di lavorare con me al mercato agricolo, questa settimana? Mi farebbe comodo un po' di aiuto".

"Mi piacerebbe", disse Brooke. "Ho bisogno di stare in mezzo a degli adulti, tanto per cambiare". Alzò un angolo della bocca nella cosa più simile a un sorriso che Marina avesse visto da quando era arrivata.

Dopo che Brooke se ne fu andata a lavare la verdura, Marina si rivolse di nuovo a Heather.

"Anche tu sei la benvenuta, se vuoi darci una mano al mercato". Accarezzò la spalla di sua figlia. "Se riesci a sopportare che la mamma ti dica cosa fare. È molto divertente vedere cosa vendono tutti. Anche al locale. Senza Kai, avrò bisogno di aiuto".

Marina aveva parlato con Ivy di cosa significasse avere sua figlia Sunny che lavorava part-time alla locanda, quando non era impegnata con la scuola. Ivy le aveva detto che non era sempre facile, ma Sunny stava sviluppando importanti capacità lavorative e stava imparando a mettere da parte i propri soldi.

"Mi piacerebbe, mamma". Heather sorrise. "Ti prometto che non darò di matto come ho fatto durante gli esami finali. Ero così arrabbiata con Ethan per averli saltati e avermi lasciata lì".

"Sono contenta che abbiate fatto pace". Ma d'altronde i gemelli non restavano mai arrabbiati a lungo l'uno con l'altro. Heather era più matura di Ethan, ma entrambi erano determinati ad ottenere ciò che volevano.

Heather sollevò un'altra fila di luci mentre Marina la fissava al traliccio. "Sarà divertente lavorare vicino alla spiaggia e osservare come si gestisce un'attività. Potrei volerlo fare anch'io, prima o poi. Non necessariamente un caffè, ma mi piace l'idea di essere il capo di me stessa".

"All'inizio ci sarà molto da fare". Marina prevedeva di aprire a pranzo e a cena e di chiudere a metà pomeriggio. Ma durante i fine settimana, molto frequentati dai turisti, il locale sarebbe rimasto aperto tutto il giorno. "Potete aiutarmi a preparare il cibo e a servire ai tavoli. Vi pagherò e le mance saranno tutte vostre".

Gli occhi di Heather si illuminarono. "Lo farò. Mi serve un'auto per la scuola in autunno".

A San Francisco, Heather e Ethan usavano i tram e il sistema ferroviario per spostarsi, e alla Duke non avevano l'auto. Ma Heather ne avrebbe avuto bisogno ora e Marina ci aveva pensato. "Apprezzo il tuo contributo, tesoro".

La figura imponente di Axe comparve all'ingresso. "Ho qui il dimmer per le luci di questa stanza".

Marina passò la sparachiodi a Heather e andò a parlare con Axe. "Questo aiuterà a creare la giusta atmosfera, qui dentro. Potresti anche installare una luce per quadri, in modo da illuminare il dipinto?"

"Nel furgone ho proprio la cosa adatta, proveniente un altro lavoro. Avevo intenzione di tirarla giù, ma evidentemente era destino che finisse a te". Tenendo premuto l'interruttore, Axe esitò. "Ultimamente non ho visto molto Kai da queste parti".

"Il suo ragazzo di New York è in città...". Marina si sorprese a scuotere la testa.

"Ho sentito dire che si sono fidanzati". Axe, che sembrava in imbarazzo, si spostò da un piede all'altro. "Non sono uno che spettegola, ma niente resta segreto, quando arriva a Java Beach. Si sta per trasferire davvero a New York?"

Marina tese la mano e la lasciò cadere. "Non sono sicura di cosa voglia".

"È un peccato. Summer Beach perderà qualcosa.".

"Che cosa intendi dire?"

Il volto di Axe si illuminò. "C'è un pezzo di terra che ho comprato un paio di anni fa. È su una dolce collina e circondato dal crinale. Quando l'ho visto, ho pensato che sembrava un anfiteatro naturale all'aperto. Non ci vorrebbe molto per creare un palco e illuminarlo. La gente potrebbe portare coperte e picnic. Se ha successo, potrei ampliarlo. Come se fosse una versione più piccola dell'Hollywood Bowl di Los Angeles".

"Questo aggiungerebbe davvero qualcosa alla comunità, e porterebbe dei visitatori".

"È stato solo un sogno finora, ma ne ho parlato con il sindaco e Bennett mi ha messo in contatto con Carol Reston. Ha pensato che potesse essere interessata a questo progetto, poiché è un'attività no profit. Ora che ho dei fondi, potrei realizzare una produzione già quest'estate. Kai mi aveva chiesto informazioni sulle produzioni estive della zona. Con il suo aiuto, potremmo far partire il tutto e divertirci molto. Speravo di incontrarla qui e di poterne parlare con lei".

Marina ebbe un tuffo al cuore. "Kai ne sarebbe stata entusiasta".

Axe fissò l'interruttore del dimmer nella sua mano, come

se fosse un oggetto estraneo. "Quindi si trasferisce davvero a New York?"

Sentì una nota di tristezza nella sua voce. "Penso che dovresti chiamarla. Parlarle del teatro. Forse avrà il tempo. Dmitri partirà presto". Forse tutto ciò avrebbe dato a Kai un motivo per restare. Marina sperava che non partisse subito con Dmitri.

"Così avresti ancora una possibilità con zia Kai", intervenne Heather.

Axe ridacchiò.

"Per la produzione teatrale", aggiunse rapidamente Marina, e poi sorrise. "O per qualsiasi altra cosa".

Heather aveva capito subito che Ginger e sua madre non erano impressionate da Dmitri. Forse quella poteva essere la scusa di cui Kai aveva bisogno. "Cerca di incrociarla prima che esca domattina. Probabilmente la sentirai cantare sotto la doccia, come è successo l'altro giorno". Di solito Kai usciva di casa senza parlare con nessuno.

Axe scosse la testa. "Non l'ho sentita cantare, ultimamente".

Questo era molto significativo per Marina. Lei non l'aveva notato, ma era stata impegnata con Heather e Brooke. Kai cantava quasi sempre quando era in doccia o nella vasca da bagno, le melodie degli spettacoli risuonavano contro l'acustica delle piastrelle, mentre provava nuove inflessioni e fraseggi. Kai canticchiava o cantava spesso durante la giornata. Marina doveva aiutarla, o almeno lanciarle un'ancora di salvezza.

"Allora chiamala", disse Marina, incrociando le dita perché Axe fosse d'accordo. "Potreste incontrarvi nel patio, così che tu possa parlarle della tua idea. Il caffè lo offro io".

Un angolo della bocca di Axe si sollevò mentre considerava la cosa. "Lo farò". Strinse l'interruttore del dimmer. Il rumore di martelli e seghe in cucina era cessato. "Lo installo subito. Vuoi vedere che progressi abbiamo fatto in cucina oggi? I ragazzi stanno facendo una pausa".

"Certo". Marina e Heather lo seguirono nell'altra stanza. Senza la vecchia parete divisoria tra la cucina e la zona pranzo, lo spazio sembrava molto più ampio. Marina si girò e si rese conto di tutto. "È ancora meglio di come l'avevo immaginato".

"Il tuo grande frigorifero andrà lì".

Marina aveva acquistato un frigorifero commerciale usato da un negozio di forniture per ristoranti che si occupava di rivendite e aveva fatto un buon affare, insieme a un piano cottura e a dei forni professionali.

Mise un braccio intorno a Heather. "Passeremo un sacco di bei momenti qui. Me lo sento".

I passi risuonarono nel patio fuori dalla porta e la voce di Jack risuonò. "Salve, siete già aperti?".

10

*M*arina fece un piccolo respiro. Jack era arrivato e lei non aveva avuto nemmeno il tempo di cambiarsi o di spazzolarsi i capelli. Non che cose del genere avessero importanza tra persone che erano solo amiche. "Entra. Sei in anticipo".

Jack entrò nel cottage degli ospiti e salutò Axe. "Puntualissimo, a dire il vero. Anche io ho la tendenza a perdere la cognizione del tempo durante la giornata".

Marina ricordò che Jack conosceva Ethan, ma non Heather. Li presentò e Marina notò che la figlia sorrideva.

"Heather, credo che per ora qui abbiamo finito. Io e Jack usciamo per un caffè. Lo faresti sapere a Ginger?"

"Certo, mamma". Heather sembrò scoppiare di gioia per quell'informazione. Mentre Ethan era più protettivo nei confronti di sua madre, Heather l'aveva incoraggiata ad uscire con qualcuno.

Quando Marina entrò di corsa a prendere la borsa, si guardò nello specchio accanto alla porta d'ingresso, dove per anni aveva visto Ginger soffermarsi a mettere il rossetto prima di uscire. Il cuore le sembrò rimbombare nel petto e sospirò. Si sistemò velocemente i capelli e applicò una passata di lucidalabbra, proprio come faceva ogni volta che si presentava in pubblico, disse a se stessa. I suoi jeans e la sua maglietta blu sbiadita con la scritta *Life is Better in Summer Beach*, la vita è più bella a Summer Beach, potevano andare.

"È Jack che dovrebbe essere nervoso", disse alla sua immagine riflessa.

Forse non era del tutto corretto, si rese conto, perché lui non l'aveva mai chiamata prima. Si erano visti intorno alla proprietà di Ginger o sulla spiaggia. Forse aveva visto qualcosa in più del dovuto nelle loro chiacchierate e passeggiate, ma di certo non aveva intenzione di ignorare il bacio che si erano scambiati o il modo in cui lui l'aveva abbracciata in piscina. Era stata solo una reazione di sollievo dopo che la tromba d'acqua si era trasformata in un tornado?

Qualunque cosa fosse successa, lei aveva accettato di ascoltare la sua versione dei fatti, quindi era quello che avrebbe cercato di fare.

Per Ginger. Dato che lui e la nonna stavano collaborando alla stesura di libri per bambini, avrebbe fatto parte della sua vita per un po'. Marina non aveva intenzione di metterla a disagio.

Erano tutti adulti, giusto?

Con ciò, Marina chiuse di scatto la borsa e uscì.

Jack stava camminando avanti e indietro accanto al suo vecchio furgone Volkswagen. Quando la vide, si affrettò ad aprirle la porta. Anche il portellone posteriore era aperto e lei poté vedere Scout che ansimava su una panchina dell'area camper. Scout saltò su e scodinzolò.

Marina rise. "Beh, guarda chi c'è". Accarezzò la testa di Scout prima di entrare nel furgone.

Jack chiuse la sua portiera e quella dietro prima di entrare dall'altra parte. "Pensavo che oggi gli sarebbe piaciuto uscire e fare una corsa. Vero, vecchio mio?".

Scout sorrise e guaì di approvazione.

"È contento". Marina rise. "Che cosa avevi in mente?"

Tamburellando le dita sul volante, disse: "C'è una spiaggia tranquilla a pochi minuti da qui. Ci ho portato Leo e Samantha la settimana scorsa per fare snorkeling. È una piccola baia molto bella".

"La conosco", disse Marina, guardando Jack. Anche lui sembrava un po' nervoso. "La gente del posto la chiama "spiaggia dei bambini". Molti di noi hanno imparato a nuotare lì".

"Davvero?". Jack girò la chiave nel quadro e il vecchio furgone prese vita. "Ho portato qualcosina per fare un picnic, se non ti dispiace".

"Pensavo che fosse solo un caffè".

"Ho anche quello, ma sono affamato". Jack sorrise mentre usciva dal vialetto e si avviava. "Possiamo fare tutto in mezz'ora, se vuoi".

Marina sospirò. "Perché mi sento come se mi avessero rapita?"

"Mi dispiace. Non volevo che ti sentissi intimidita".

"Non lo sono. Inoltre, Ginger ha fatto seguire a tutte dei corsi di autodifesa quando eravamo giovani, quindi dovresti vedere le mie mosse. Potrei essere letale".

"Mi comporterò al meglio".

Fece un cenno in avanti sulla strada che costeggiava l'oceano. "Se si prosegue oltre la spiaggia dei bambini, c'è un posto con delle palme ombreggiate e dei tavoli da picnic. Possiamo fermarci lì".

"Sembra una buona idea".

Marina diede un'occhiata al furgone, decorato con sedili retrò a strisce bianche e blu e pavimento a scacchiera. Un piccolo mobile conteneva un mini-frigorifero, un minuscolo lavandino e una piastra elettrica. Sulle pareti della cabina erano appese vecchie targhe da tutto il Paese. Sarebbe stato divertente farci un viaggio. Non che le venisse in mente di farlo con Jack.

Marina si girò. "Sono anni che non salgo su uno di questi vecchi Volkswagen".

"È vintage, ma completamente rinnovato. Il sedile si trasforma in un letto e il tavolo si può ripiegare per creare uno spazio di lavoro. L'ho comprato per attraversare il paese".

"Com'è andata?"

"È stato fantastico. Nelle zone rurali, accostavo e dormivo. Al mattino, facevo colazione e una doccia nelle aree di sosta per camion".

Lei inarcò un sopracciglio verso di lui. "Davvero? Il signor Premio Pulitzer in un autogrill?". Non riuscì a resistere alla tentazione di prenderlo in giro, anche se i suoi genitori si erano fermati in molti posti del genere durante le vacanze di famiglia.

"Ehi, ci sono delle stazioni di servizio molto belle. Buon cibo, negozi, docce, lavanderia. E non solo. Mi fermo sempre da *Buc-ee's* in Texas per prendere i regali per i miei nipoti a Dallas".

"Mi correggo. È passato molto tempo dall'ultima volta che ho fatto un viaggio in macchina".

"Questo è il mio Ronzinante", disse Jack, accarezzando il cruscotto. "John Steinbeck, mentre viaggiava per il paese e stava scrivendo *Viaggi con Charley*, aveva chiamato così il suo camper in onore del cavallo di Don Chisciotte". Ridacchiò per il riferimento. "Vedi, siamo tutti un po' in là con gli anni, ma continuiamo ad andare avanti. Questo bel mezzo mi ha portato da New York a Los Angeles e non si è mai rotto. Avevo pensato di venderlo una volta terminato il mio anno sabbatico, ma ora me lo tengo stretto. A Leo piace".

Marina sorrise. Le piaceva ascoltare le storie di Jack. *Come amico*, ricordò a se stessa. "Ricordo di aver letto quel libro. Charley era un barboncino che Steinbeck aveva portato con sé, quindi immagino che Scout sia il tuo Charley".

"Stavo per chiamarlo così. Invece ha vinto *Il buio oltre la siepe*. Nonostante la sua goffaggine, ho visto del coraggio nella sua anima. Ed era determinato a venire a casa con me".

Marina guardò Jack. Sembrava rilassato, mentre parlava di Scout e di viaggi. "Avete in programma altri lunghi viaggi in macchina?"

"Mi piacerebbe portare Leo in viaggio. Credo che gli farebbe bene. Più avanti, naturalmente...".

Jack lasciò il resto della frase in sospeso, ma Marina sapeva cosa voleva dire e le lacerava il cuore.

Dopo di che proseguirono in silenzio e, qualche minuto dopo, Marina indicò un punto davanti a loro. "Gira qui. Scout può stare senza guinzaglio".

Dopo che Jack ebbe fermato il furgone, Scout saltò fuori e corse verso la spiaggia con la sua coraggiosa e strana andatura a caccia di uccelli di mare. Jack tirò fuori uno zaino.

Marina alzò lo sguardo. "Pensavo che avessi organizzato un picnic".

Accarezzò lo zaino. "È un cestino da picnic sotto mentite spoglie. Vuoi mangiare fuori o nel furgone? Posso aprire tutti i finestrini".

"Nel furgone sarebbe divertente". Fuori, le palme frusciavano nella brezza di mezzogiorno. Il grigiore del mare che la gente del posto chiamava *buio di giugno* si era dissolto, e il sole splendeva altro sopra di loro. Scout stava giocando ad acchiapparella con le onde che lambivano la spiaggia.

Jack tese la mano e Marina entrò nell'area posteriore e scivolò sul sedile a panca. Jack sollevò il piano del tavolo incernierato e aprì il supporto per le gambe. "*Voilà, Madame. Charmant, non?*".

Marina rise. "Riesci ad impressionare molte donne?"

"Nessuna di quelle che vorrei". Tirò fuori un thermos. "Spero che ti piaccia il cappuccino".

"Ha un profumo delizioso".

Tirò fuori un panino e lo scartò. "Tacchino, provolone, avocado, lattuga romana e peperoni gialli dolci con maionese al limone e aglio su un croissant". Per gentile concessione di Java Beach. Lo mangerò in fretta. Se ne vuoi uno, ne ho portati due". I suoi occhi blu brillano di divertimento.

"Oh, va bene. Sei incorreggibile. Forse posso dedicarti un po' più di tempo". Scartò il panino e diede un morso. "Mitch fa panini veramente buoni. Dovrò alzare i miei standard".

"Sono sicuro che lo farai".

Dopo aver mangiato qualche boccone e sorseggiato una bottiglia di limonata che Jack aveva preso dal mini-frigo, Marina trovò il coraggio. "È bello, ma dobbiamo ancora parlare".

"Ci stiamo divertendo così tanto che quasi dimenticavo che eri arrabbiata con me".

"No, non l'hai dimenticato". Lei esitò. "Questa è una piccola città, Jack".

Annuì pensieroso, finì il panino e bevve la bibita. "Ora sono pronto per un cappuccino".

"Jack".

Sospirò. "Sono un idiota. La sera in cui siamo andati a nuotare ha un posto fisso nella mia mente. Ci ho pensato ogni giorno, Marina. Ho pensato a te".

"Ti prego, non farlo. Non se non lo pensi davvero". Mentre il cuore le si stringeva, Marina posò il panino e si appoggiò allo schienale. Avrebbe voluto scacciare i sentimenti che provava per lui.

Jack si passò una mano sul viso e guardò il mare. "Ma questo riguarda davvero Leo. Ora sono un padre".

"Sì, lo sei".

"Hai cresciuto due gemelli da sola mentre lavoravi a tempo pieno. Da dove mi trovo in questo momento, sembra che tu abbia i poteri di una superdonna".

"Fai quello che devi fare", disse dolcemente. "Andrà tutto bene".

"Due mesi fa non ne avevo idea. Pensavo che avrei guidato questo furgone fino alla costa occidentale per un anno sabbatico, che sarei rimasto a Summer Beach mentre scrivevo un libro impressionante che avrebbe fatto sbavare tutti gli editori, e poi sarei tornato indietro attraverso gli Stati Uniti fino a New York. Sarei tornato al lavoro, avrei venduto il mio manoscritto e fatto il giro delle librerie. Forse avrei ottenuto un contratto cinematografico". Ridacchiò. "Avevo grandi sogni".

"E adesso?"

"Tutta la mia vita è cambiata. Non si tratta tanto di quello che voglio io, quanto di quello di cui ha bisogno Leo. Perderà sua madre e gli ci vorrà molto tempo per lenire il dolore, anche con la terapia. A Leo piaci molto. Temevo che se avessimo iniziato a vederci...". Si fermò e si premette un pugno sulla bocca, cercando le parole giuste.

Resistendo all'impulso di parlare, Marina attese che lui continuasse.

"...Come speravo", concluse Jack. "Se la nostra relazione non dovesse funzionare – per colpa mia, non tua – allora Leo ne sarebbe devastato, proprio nel momento in cui è più vulnerabile. Immagino che guarderebbe a te come a una figura materna. Perdere la madre a quell'età è la cosa più triste che mi viene in mente. Ma perdere anche te potrebbe distruggerlo. Vanessa ha detto che è molto sensibile, anche se fa molto per nasconderlo".

Jack esitò come se si vergognasse di un segreto. "Inoltre, i miei trascorsi sentimentali non sono certo stellari. Ho lasciato varie donne per inseguire le storie da raccontare, e dimenticavo i compleanni quando si avvicinavano le scadenze di lavoro. In sostanza, sono stato un idiota egocentrico".

"Ed è per questo che non hai cercato di metterti in contatto?"

"Forse ci ho riflettuto troppo. Ma avevo pensato che le probabilità che tu interrompessi la relazione tra qualche mese fossero piuttosto alte, e che quello sarebbe stato il momento in cui Leo sarebbe stato più vulnerabile". Si strinse le mani. "Prima di tutto, sto cercando di essere un genitore responsabile. Per una volta nella mia vita, i miei bisogni devono venire al secondo posto. Mi sono perso i primi dieci anni di Leo. Ora ho molto da recuperare".

Riflettendo sulle parole di Jack, Marina fece scorrere la punta delle dita sul bordo della tazza di caffè. Il suo modo di pensare aveva molto senso. "È plausibile, e capisco la pressione a cui sei sottoposto".

La fronte aggrottata di Jack si rilassò. "Sono settimane che mi frulla in testa questo dilemma. Non ho mai voluto farti del male. Ma più ci pensavo, più mi rendevo conto che le mie azioni avrebbero potuto ferire un ragazzino vulnerabile. E, forse, una brava donna che merita di meglio".

Jack sembrava sinceramente pentito e la sua serietà e il suo desiderio di essere un buon padre per Leo erano commoventi. Marina aveva imparato che quando un uomo le diceva di non essere un buon marito, doveva credergli. Per quanto potesse far male.

"Grazie per avermi spiegato cosa è successo", disse Marina. "Apprezzo molto la tua preoccupazione per Leo". Si concesse un piccolo sorriso. "E per me. Forse non sei così idiota come credi".

Allungò la mano sul tavolino. "Di nuovo amici?"

Marina deglutì a fatica. "Amici. Sia con te che con Leo". Gli strinse la mano in segno di assenso, anche se il calore e la sicurezza della sua stretta le fecero dubitare di poter essere davvero sua amica.

Se si fosse concentrata su ciò che era meglio per Leo, forse ci sarebbe riuscita. Era abituata a mettere i figli davanti a se stessa. Ora che erano giovani adulti in grado di prendere decisioni sulla loro vita per conto proprio, aveva la possibilità di pensare a lei, e quell'estate era il primo passo per seguire il suo sogno.

Marina pensò a quanto a Heather e Ethan fosse mancato un padre, mentre crescevano. Per rimediare, aveva preso parte alle partite di Ethan e persino accompagnato Heather a un ballo padre-figlia con uno smoking a noleggio. Ma il loro padre se n'era andato prima che loro nascessero. Perdere una madre all'età di Leo sarebbe stato particolarmente difficile. A ciò si aggiungeva il fatto che quel ragazzo aveva appena conosciuto suo padre.

Lasciando la mano di Jack, Marina disse: "Grazie per la tua onestà. Vorrei solo che fosse arrivata un po' prima".

"Ne prendo atto, con imbarazzo".

Marina si morse il labbro mentre gli eventi che si prospettavano le venivano in mente. "Vanessa sembra una donna così bella e gentile".

Jack sbatté le palpebre, con gli occhi cerchiati di rosso. "È una delle donne più intelligenti e compassionevoli che abbia mai conosciuto. Prima di ammalarsi, era anche una donna dall'aspetto straordinario. Una bellezza naturale. Vanessa merita una lunga vita, e di raccogliere l'amore che ha seminato con altruismo".

"Che bella cosa da dire". Marina riconobbe in Jack una profondità di sentimenti che non aveva mai visto prima. Vanessa gli aveva toccato il cuore. Era forse innamorato di lei più di quanto volesse ammettere?

E se Vanessa fosse stata bene...? In cuor suo, Marina pensava di conoscere la risposta. Chiuse gli occhi e pensò al dilemma che ognuno di loro doveva affrontare. Eppure, il più vulnerabile tra loro era Leo, un bambino che non avrebbe voluto altro che avere entrambi i genitori con sé.

Marina non sapeva perché il destino facesse incontrare le persone, soprattutto quando sembrava che stesse lavorando contro di loro. Un nodo le cresceva in gola. Forse quella non era la sua storia, dopotutto.

Marina chiese: "Vanessa ha esaurito tutte le possibilità di cura?"

"Lei dice di sì. È una condizione straordinariamente rara. Sono sicuro che ha condotto ricerche approfondite su tutte le opzioni disponibili. È quello in cui Vanessa ha sempre eccelso".

Marina annuì, ma si chiese comunque se esistessero cure o farmaci sperimentali che potevano aiutarla. Tuttavia, era sicura che ognuno aveva un'opinione al riguardo, e Vanessa avrebbe potuto considerarla un'invasione della sua privacy. Marina non avrebbe disturbato quella povera donna né minimizzato la sua dignità. Sperava solo che avessero la possibilità di ricordare quell'estate.

Mentre Jack fischiava per richiamare Scout, Marina pensò a ciò di cui lei, Kai e Brooke avevano spesso riso e discusso.

Ginger sembrava sempre conoscere le persone giuste.

11

"*I*l personaggio di questo schizzo è piuttosto affascinante", disse Ginger mentre ispezionava uno dei disegni di Jack per il loro libro per bambini.

Seduta di fronte a Jack sulla terrazza del Seabreeze Inn, Ginger Delavie scrutava attraverso i suoi occhiali da lettura decorati con strass, e si aggiustava il cappello di paglia a tesa larga contro il sole del pomeriggio. Prese visione, uno ad uno, di ciascuno degli schizzi di Jack sparsi sul tavolo davanti a lei.

"Da quello che mi hai detto, è così che mi immaginavo la ragazza più giovane", disse Jack, indicandone una.

Ginger sollevò le sopracciglia. "Oh, sì. È davvero bello".

"Mi sono spesso chiesto: da dove hai tratto l'ispirazione per le storie?". Jack sospettava di saperlo. Gli piaceva sentire Ginger parlare. Le sue affascinanti esperienze erano apparentemente infinite, e una storia si riversava inevitabilmente in un'altra.

Ginger si tolse gli occhiali e i suoi occhi verde smeraldo scintillarono mentre emergevano i ricordi. "Le prime storie parlavano di una bambina, mia figlia, come puoi immaginare. Bertrand era di stanza all'estero, quindi lo raggiungevamo ovunque fosse. Londra, Parigi, Madrid, Stoccolma. Viaggiavamo molto e tornavamo al cottage per le vacanze. I racconti originali avevano lo scopo di coinvolgerla nella storia, nella scienza e nelle culture sconosciute in cui si trovava. Ho scoperto presto che amava risolvere misteri ed enigmi, quindi questi elementi sono diventati parte integrante delle storie. Era davvero intelligente".

Ginger sbatté le palpebre e abbassò gli occhi. "Lei e quel suo adorabile marito mi mancano ogni giorno. Ma mi hanno lasciato il dono più grande: tre adorabili nipotine".

"È così che la lista dei tuoi personaggi principali si è allargata a tre bambini?". Jack riordinò i suoi bozzetti.

"Esattamente". Mentre Ginger appoggiava il mento sulla mano, i suoi braccialetti colorati tintinnavano l'uno contro l'altro. "Le ragazze amavano sentir parlare di personaggi simili a loro, anche se ho sempre negato che fosse proprio quella la fonte d'ispirazione. Le teneva allenate ad indovinare, capisci. Mi davano idee basate su ciò che avrebbero fatto in quelle situazioni, stando a quanto dicevano. Naturalmente, quando sono diventate più grandi, hanno capito tutto".

"Che trame affascinanti".

Ginger lo riconobbe, con un cenno del capo. "Queste storie sono pensate per incuriosire i bambini, soprattutto le bambine, sulla scienza, la matematica e la storia".

"E ci sarà un mistero in ogni libro?". Jack prese alcuni appunti mentre lei parlava.

"Sì, ma non sempre nel modo in cui si pensa ai misteri". Mentre diceva tutto ciò, si mise a giocherellare con le maniche ripiegate della sua camicia bianca. "Le mie bambine amavano le storie d'avventura e seguire gli indizi. In ogni storia, i fratelli risolvono i misteri usando indizi, codici e cifrari. Le ho rese protagoniste di storie in cui si imbattevano in antichi geroglifici, messaggi segreti e labirinti per insegnare loro come affrontare e risolvere problemi complicati. A volte dovevano viaggiare nel tempo attraverso la storia per risolvere vecchi enigmi. Oh, quanto ci siamo divertite".

"E ci hai inserito un po' di cose provenienti dal tuo lavoro?"

"Suppongo di sì. Le ragazze sono diventate abbastanza abili nel risolvere il cifrario a turni di Cesare, così chiamato perché Giulio Cesare lo usava per codificare i messaggi militari. Con grande costernazione dei loro insegnanti, aggiungerei". Ridacchiò. "Tuttavia, il disco cifrante di Alberti è stato più impegnativo: un dispositivo di codifica formato da due anelli concentrici. Nella storia, i bambini costruivano un dispositivo simile con il cartone per risolvere un mistero".

"Sono argomenti piuttosto complessi per dei bambini". Jack sorseggiò un succo di frutta che Shelly aveva portato loro.

"Credo che i bambini siano in grado di comprendere più di quanto spesso immaginiamo. Tutti i bambini della mia famiglia erano piuttosto avanti, da questo punto di vista". Ginger sospirò. "Ora, se solo quelle giovani donne abbinassero il buon senso alla loro intelligenza. Questo vale per tutte, sia chiaro".

"Sono sicuro che lo faranno". Jack soffocò una risata. Non aveva intenzione di intromettersi in una disputa tra membri della tribù Delavie-Moore. Fortunatamente, lui e Marina avevano finito il picnic in amicizia. Sebbene provasse ancora qualcosa per lei, non poteva rischiare le potenziali complicazioni che una relazione comportava, per via di Leo. Almeno avevano chiarito il loro disaccordo.

"Torniamo ai bozzetti", disse Jack, attirando la sua attenzione. "Ho diverse varianti degli altri personaggi. Qualcuno di questi si avvicina a quello che avevi in mente?".

Ginger indossò di nuovo gli occhiali da lettura per esaminare ogni disegno. "Questo cattura lo sguardo spalancato della bambina più piccola. Una ragazza impetuosa, aggiungerei. Ma con un certo talento artistico. E questa ha un aspetto molto azzeccato, con lo sguardo curioso e determinato. È la leader naturale del gruppo". Indicò un altro schizzo. "E questa è la voce della praticità. L'aiutante del trio".

Dalle descrizioni precedenti di Ginger, Jack aveva tratteggiato i personaggi includendo i sottili tratti fisici o espressioni che aveva osservato in Marina, Brooke e Kai, immaginando che lei avesse modellato le storie sulle ragazze.

Ginger gli fece scivolare sul tavolo una vecchia busta manila di carta leggera color crema. "Qui c'è anche il resto del primo racconto su cui lavorare".

"Sembra una vecchia copia. Spero che non sia l'originale". Jack aveva già trascritto parte della storia, modificandola man mano. Un redattore esperto di storie per bambini avrebbe dato un'altra occhiata dopo aver consegnato il manoscritto. Dopotutto, la sua formazione era quella di un giornalista investigativo. Ma stava imparando a conoscere il panorama dei libri per bambini.

"Ne ho fatto delle copie molto tempo fa".

Ginger descrisse come vedeva i personaggi nella sua mente e i loro talenti e interessi, e continuarono a parlare. Jack cancellava e disegnava mentre lei parlava. Restringendo un viso, accorciando un naso, aggiungendo lentiggini. Per lui tutto ciò era puro gioco.

Dopo un po', Ginger si appoggiò allo schienale e si tolse gli occhiali. Li infilò nella borsa. "Prima di andare, spero che tu e Marina abbiate messo a tacere qualsiasi disaccordo abbiate avuto. Non che lei si sia confidata con me, sia chiaro".

"Sì, signora". Jack aggrottò le sopracciglia in segno di domanda, ma lei si limitò a fare un cenno di approvazione.

"Ora, se solo riuscissimo a indirizzare Kai e Brooke nella giusta direzione", disse con tono deciso. "Ma non importa. Cosa ne pensi del menù che Marina ha preparato sullo yacht? Ho sentito che ci sei andato con Leo e Samantha".

Jack si passò una mano sul mento. A Summer Beach non succedevano molte cose, senza che Ginger venisse a saperle. "Il suo cibo è delizioso. La pizza all'aragosta è stata un vero successo". Lo sguardo di Jack si spostò sullo yacht ancora attraccato all'estremità del porticciolo.

"Cosa c'è che non va?"

La mente di Jack aveva divagato. "Scusa, cosa?"

"Sei accigliato. È successo qualcosa?"

"Non esattamente, ma c'è qualcosa che non quadra in quella nave".

Ginger si sporse in avanti con interesse. "Mi piacerebbe sapere cosa".

DOPO CHE GINGER se ne fu andata, Jack si passò una mano tra i capelli. Con tutte le sue piccole stranezze, la ammirava. Ginger era una donna che era stata molto avanti per il suo tempo e ancora amava confrontarsi con chiunque. Aveva intuizioni acute e una vasta esperienza.

Era contento di aver condiviso con lei i suoi pensieri su Charles e Anne. *Hai ragione a fidarti del tuo istinto*, gli aveva detto. Quell'istinto professionale lo aveva portato molto lontano nella sua carriera.

Jack lasciò la terrazza per controllare Scout, che era disteso nella stanza degli ospiti sotto un caldo raggio di sole che filtrava dalla finestra. "Usciamo, bello", disse Jack, schioccando la lingua. "Stasera abbiamo un appuntamento a cena con Leo".

Mentre uscivano, Jack pensò agli scherzi del destino che lo avevano portato lì e a quanto la sua vita fosse cambiata.

DOPO AVER CENATO con Leo e Vanessa nella casa sulla spiaggia, Jack tornò alla locanda. Denise e John gli avevano chiesto di venire a cena più spesso, su richiesta di Vanessa. Quella sera aveva un aspetto migliore ed era più loquace del solito, più simile a com'era una volta. Più tardi, gli disse che era perché aveva sistemato tutti i suoi affari e non doveva più preoccuparsene. Anche se lui capì, fu una serata agrodolce.

Dopo aver sistemato Scout nella stanza, Jack decise di

passeggiare per la proprietà e di rilassarsi. La luna, dall'alto, proiettava un bagliore scintillante sull'oceano scuro. La brezza sulla costa rinfrescava la serata mite. Vagò un po' lungo la spiaggia e tornò indietro prima di accomodarsi su una sedia della veranda in una zona buia. Inclinando la testa all'indietro, osservò la coltre di stelle che scintillavano nel cielo limpido della notte.

Le luci delle auto illuminarono il cortile, una coppia parcheggiò e scese. L'uomo azionò l'accendino e la punta della sua sigaretta brillò nella notte. Jack contò i giorni trascorsi dall'ultima volta che aveva fumato. La sua resistenza stava tornando. Si sentiva meglio e riusciva a correre per brevi tratti con Bennett al mattino. Mentre il fumo si dirigeva verso di lui, si mordicchiò il labbro e combatté il desiderio. Frugando nella tasca, tirò fuori una mentina alla menta piperita e la mise in bocca.

Fu d'aiuto.

La coppia si diresse verso un paio di sedie. Li sentì parlare e riconobbe la donna dalla sua sagoma contro la luna.

Era Kai. Indossava un abito bianco e svolazzante illuminato dalla luce della luna e dei tacchi alti.

Jack riconobbe anche l'uomo che era con lei. Aveva la stanza accanto alla sua e si trovava lì da circa una settimana. Era un uomo grande e imponente che prediligeva catene, gemelli e anelli d'oro. Jack lo aveva sentito flirtare con un'altra ospite, una giovane donna. Lui era un tipo disinvolto, ma si era affrettato a insultare la donna quando lei gli aveva detto che non era interessata.

Cosa ci faceva Kai con lui?

Poi, con una scossa, si rese conto di aver capito. Quello era il fidanzato di Kai.

La conversazione fluttuava nella brezza dell'oceano.

"Vieni con me a New York, tesoro".

Kai scosse la testa. "Voglio restare al cottage ancora un

paio di settimane. Queste sono le mie vacanze estive, Dmitri. E probabilmente non rivedrò la mia famiglia per un po'".

Jack si chinò in avanti, appoggiando i gomiti sulle ginocchia. Non voleva origliare, ma era arrivato lì per primo.

"Il tuo posto non è più qui. A quella tua sorella e a tua nonna non vado a genio".

"Gli piacerai, quando ti conosceranno".

"Sai che non sono un granché come padre di famiglia". Le strinse la mano. "Vieni a New York".

"Dovrò iniziare a fare dei provini non appena arriverò".

"Perché non ti rilassi un po'? Non c'è bisogno di tornare di corsa a fare un altro spettacolo".

Kai gli diede un colpetto, per scherzo. "Sei tu che mi hai detto che dovevo puntare più in alto".

"Ci ho pensato. Se ottieni una parte, sarai bloccata a New York a recitare la maggior parte delle sere. Viaggia con me per un po'. Ci si sente soli senza di te".

"Oh, che dolce", disse Kai. Lo baciò sul naso. "Ma cosa dovrei fare? Stare seduta in una stanza d'albergo ad aspettare che tu finisca i tuoi affari ogni giorno?"

"Potresti farti fare dei massaggi, fare shopping, pranzare. Quello che tutte le donne amano fare. Resta con me, Kai. Non hai bisogno di andare a Broadway. Mi prenderò cura di te".

Kai si tirò indietro. "Non vuoi che faccia delle audizioni, vero?"

"Non hai più bisogno di stare sul palco. Hai me. Tutti quegli uomini che ti guardano quando non ci sono io a proteggerti. Capisci cosa intendo? È meglio che tu venga con me".

Un piccolo silenzio aleggiava tra loro. Da quello che Jack sapeva di Kai, probabilmente non avrebbe sortito l'effetto che Dmitri intendeva. Aspettò.

La sigaretta di Dmitri brillava mentre tirava una lunga boccata e soffiava via il fumo.

Kai incrociò le braccia. "Ho bisogno di lavorare, Dmitri. Per me. Che si tratti di lavorare a Broadway, in una compagnia itinerante o in una estiva, amo quello che faccio. Non voglio rinunciarvi per seguire te. Non posso credere che tu possa anche solo pensarlo. Sono un'attrice".

"Ti sei divertita. Prenditi un paio d'anni di pausa. Dovrai arredare l'appartamento".

"Puoi assumere un arredatore. Andrò ai provini, quando arriverò a New York".

"Ora, Kai, voglio che tu rifletta attentamente su quello che stai dicendo", disse Dmitri, con voce misurata e controllata. "Non stai considerando come mi sento".

"Come ti senti *tu*?". La voce di Kai si alzò di tono. "Non mi piace che tu abbia detto al mio capo che non sarei tornata in tournée. Volevo essere io a prendere questa decisione. E volevo creare una famiglia, ma ero disposta ad assecondare i tuoi desideri".

"Ne abbiamo già parlato. Non ho intenzione di mantenere altri bambini".

"Se non sarò madre, voglio continuare a lavorare. Mi annoierei a morte, se non facessi altro che seguirti come un animaletto ammaestrato. Quando hai cambiato idea?".

Dmitri gettò il mozzicone di sigaretta sulle piastrelle e si avvicinò per baciarla. "Partiamo domani, andiamo a Las Vegas e chiediamo a Elvis di sposarci. Faremo una luna di miele mentre siamo lì, poi lascerò l'auto a noleggio e voleremo a New York per iniziare la nostra nuova vita".

"Quando mi sposerò, voglio che la mia famiglia sia presente".

"Quando *ti sposerai*?". Dmitri si alzò in piedi, sovrastando Kai. Le strinse una mano intorno al braccio. "Prima hai rimandato il matrimonio, e ora questo. Farai come dico io, Kai. Non ho intenzione di sopportare uno dei tuoi soliti capricci. Vai a casa, fai le valigie e prendi un passaggio per tornare qui. Ne ho abbastanza di Summer Beach. Ce ne andiamo stasera".

Kai scosse la testa. "Non voglio più".

Dmitri le si avvicinò e le afferrò il polso. "Che cosa hai detto?"

I sensi di Jack entrarono in stato di massima allerta. Si alzò dalla sedia.

"Non voglio più fare tutto questo", disse Kai, cominciando a piangere. "Lasciami andare".

"Perché, piccola..."

"Ehi, hai sentito la signora", urlò Jack, chiudendo lo spazio tra loro con qualche lunga falcata. "Lasciala andare".

Dmitri lanciò un'occhiata a Jack. "E tu, chi ti credi di essere?"

"Un amico di famiglia". Jack tese la mano a Kai, che si staccò da Dmitri e corse dietro a Jack. Lui si voltò verso di lei. "Stai bene?"

"Attento", urlò Kai.

Mentre Kai si abbassava, Jack si fece rapidamente da parte, evitando per un pelo il pugno di quell'omone. Dmitri perse l'equilibrio e imprecò. Si rivolse di nuovo a Jack e, ancora una volta, Jack schivò il suo colpo. Jack non voleva combattere, ma lo avrebbe fatto se fosse stato necessario.

Invece di inseguire di nuovo Jack, Dmitri si fiondò su Kai e le gettò le braccia al collo. "Tu resti con me e ce ne andiamo subito".

"Non credo proprio". Stringendo i denti, Kai afferrò la mano di Dmitri che le stringeva la spalla, portò l'altro braccio intorno a lui, poi si abbassò e si mise sotto, spingendolo in avanti fuori equilibrio. Nonostante le sue proteste, gli diede un calcio dietro il ginocchio e lui crollò a terra, stringendo le gambe e lamentandosi della spalla.

"Wow, che movimenti". Jack era impressionato. Si mise a sorvegliare Dmitri, anche se sembrava che Kai fosse in grado di badare a se stessa.

Il volto di Dmitri divenne rosso vivo. "Perché, piccola..."

"Devi partire subito per Las Vegas", disse Kai. "Non voglio vederti mai più".

"Dov'è il mio anello?". Dmitri urlò, tenendosi la gamba.

"Con piacere". Kai si strappò dal dito un vistoso anello di diamanti e lo gettò nella piscina. "Vai a prendertelo".

"Andiamocene da qui", disse Jack mentre Dmitri la seguiva a gran voce. "Ecco là il mio furgone".

Jack e Kai scattarono e vi saltarono dentro. Jack poteva sentire Scout abbaiare attraverso una finestra aperta.

"Ho parcheggiato sul davanti", ansimò lei.

"Ti seguirò fino a casa". Uscendo dal parcheggio, le lanciò un'occhiata. "Mosse piuttosto impressionanti".

"Grazie a Ginger". Si scostò i capelli dal viso e sospirò. "Hai sentito qualcosa?"

"Abbastanza".

"Sono così imbarazzata di essermi innamorata di lui".

"Sono sicuro che non sei la prima che ha cercato di abbagliare e poi possedere".

"È esattamente quello che stava facendo. Ho iniziato a intravedere dei segnali d'allarme, ma non riuscivo a credere che stesse accadendo proprio a me. Avrei dovuto saperlo, ma quando ci siamo conosciuti sembrava così infatuato e adorante che pensavo di aver vinto la lotteria dei fidanzati. Come facevi a saperlo?"

"Sono un uomo. E so come agiscono quelli come lui". Fermò il furgone accanto alla sua macchina. "Sbrigati a salire".

Kai lo fece e Jack la seguì fino al cottage di Ginger. Si fermò accanto a lei.

"Per favore, vieni dentro con me", supplicò Kai. "Nel caso in cui tornasse".

"Certo", disse Jack. "Ma probabilmente in questo momento si sta immergendo in cerca di diamanti".

"Può anche annegare, per quanto mi riguarda". Kai spalancò la porta.

Alla luce del soggiorno, Jack vide che il vestito bianco di Kai si era strappato nella colluttazione. Ginger, Marina e Brooke si alzarono con i volti allarmati. Sembrava che stessero condividendo una bottiglia di vino e conversando.

Kai cadde tra le braccia di Ginger. "Mi dispiace tanto, tanto per quello che ho detto. Avevate ragione su Dmitri. Tutte e due".

Marina abbracciò Kai e Jack rimase in disparte, in attesa. Chiuse la porta e la fece scattare dietro di sé.

"Ha cercato di farti del male?", chiese Ginger.

Arrossendo, Kai distolse lo sguardo per l'imbarazzo, ma le raccontò tutta la storia.

Ginger si rivolse a Jack. "Sono felice che tu fossi là".

Alzò le mani. "Non ho fatto altro che intervenire. Sua nipote si è arrangiata da sola. L'ha lasciato lì a terra a lamentarsi per le ginocchia e la spalla. Kai conosce delle mosse veloci".

Ginger avvolse il braccio intorno a Kai. "Sei contenta che ti abbia fatto andare a quelle lezioni, adesso?"

"Certo che lo sono", rispose Kai. "Perché non ci hai mandato a lezione anche per imparare a individuare i deficienti?"

Ginger scosse la testa. "Alcune cose bisogna impararle da sole".

Marina tirò fuori il telefono. "Dovrei chiamare Ivy e farle sapere cos'è successo".

"Probabilmente ha svegliato l'intera locanda", disse Kai.

Marina chiamò la sua amica e le spiegò rapidamente cosa era successo. Ascoltò per un paio di minuti. Dopo aver riattaccato, si voltò verso Kai.

"Sembra che Dmitri abbia creato un tale scompiglio che Bennett e un altro ospite hanno dovuto trattenerlo. Era saltato in piscina completamente vestito e stava cercando di azzuffarsi con entrambi. Ivy ha chiamato la polizia e l'ispettore Clarkson ha arrestato Dmitri per aggressione. Urlava di dover prendere un anello dalla piscina".

Kai si passò le mani sul viso. "È tutta colpa mia".

"Oh, no", disse Marina, indicando Kai. "Non ti prenderai la colpa delle sue azioni".

"Ha fatto tutto Dmitri", aggiunse Jack. "Ero seduto in veranda quando sono usciti. Non volevo ascoltare, ma lui ha oltrepassato i limiti". Si spostò, sentendosi un po' a disagio di fronte a Marina. Anche se si erano lasciati in buoni rapporti, la sua attrazione per lei non era diminuita.

"Dovrei andare", disse Jack.

"Ti accompagno fuori". Marina si sistemò i capelli castano-oro dietro le orecchie.

Si avviarono verso il furgone in silenzio. Jack esitò accanto alla porta.

"Sono felice che tu fossi lì". Marina lo abbracciò. "Eravamo così preoccupati per Kai. E grazie per aver fatto in modo che tornasse a casa senza problemi". Si tirò indietro.

Jack le tenne le mani per un momento, guardandola negli occhi e desiderando che tutto fosse diverso. Si schiarì la gola. "Kai starà bene".

Avrebbe solo voluto poter dire lo stesso del suo cuore.

12

"Attenta a dove metti i piedi", disse Marina a Kai.

Scostò i teli di plastica ed entrò nella cucina appena ampliata del cottage degli ospiti. La squadra di costruzione di Axe aveva quasi finito. L'ultimo passo era levigare il cartongesso e dipingere. Marina aveva scelto per le pareti delle allegre tonalità di giallo sabbia, con inserti di corallo e turchese.

Per motivi di tempo, aveva deciso di lasciare che Axe e la sua squadra si occupassero della pittura, in modo da poter aprire una settimana prima del previsto. Marina aveva bisogno di tempo per preparare i piatti del menù e assicurarsi che la cucina fosse rifornita di cibo, posate e piatti da portata. Era stupita dalla miriade di dettagli di cui doveva occuparsi. Anche la contea avrebbe dovuto ispezionare e approvare il locale.

Kai la seguì attraverso i teli di plastica che proteggevano dalla polvere e dagli schizzi di cemento. I pavimenti erano rivestiti di carta.

"Wow, che trasformazione in una sola settimana", disse Kai, guardandosi intorno.

"Stiamo per aprire i battenti". Marina sorrise, mentre passava la mano sul piano cottura appena installato. Sebbene fosse usato, era stato pulito e messo a nuovo per lei. L'elettrodomestico aveva ancora qualche anno di vita da sfruttare e l'aveva comprato a un ottimo prezzo. Guardando lo spazio di lavoro allargato, si rese conto che lì, in quella cucina ampliata, avrebbe potuto fare molto di più. Aveva dei cassetti scaldavivande e più frigoriferi a disposizione.

"Avete intenzione di dare una grande festa?", chiese Kai.

Marina controllò il nuovo forno. "Ne ho parlato con Ginger, Heather e Brooke".

Kai era stata presa con Dmitri e si era persa molto, ma per fortuna quel capitolo era chiuso. Dmitri era stato rilasciato e aveva lasciato la città, anche se sarebbe dovuto tornare per un'udienza in tribunale. Kai sembrava sollevata.

"Mi piacerebbe invitare la famiglia e gli amici", disse Marina. "Niente di speciale, solo del buon cibo. Presto avrò bisogno di un addetto al marketing".

"Heather ha detto che lavorerà con te".

"Farà accomodare gli ospiti e servirà ai tavoli. Forse aiuterà in cucina, se necessario. Mi farebbe comodo qualcuno che aiutasse a creare un sito web".

"Probabilmente potrei farlo", disse Kai, sorridendo.

"So che devi trovare di nuovo lavoro".

Kai storse le labbra su un lato. "Grazie a Dmitri. Ho parlato con il mio vecchio capo e hanno offerto il mio posto a un'altra attrice. Comunque, vedranno di darmi un ruolo minore finché non si libera qualcos'altro. Dmitri è stato un tale idiota".

"Era un uomo pericoloso".

"Sono arrabbiata con Dmitri, ma anche con me stessa per essermi innamorata di lui".

"Non essere severa con te stessa per questo", disse Marina. "Tutti facciamo degli errori. Guarda me. Forse Dmitri era un bravo attore. O forse volevi credere che la vita dei tuoi sogni si stesse finalmente realizzando". Prese la mano di Kai. "Non sto dicendo che i colpi di fulmine non si verifichino mai, ma è raro. Un matrimonio è emozionante, ma per costruire un'unione vera e propria ci vuole tempo. Si stava muovendo velocemente per catturarti prima che avessi troppo tempo per pensare. E hai scoperto il perché".

Kai annuì cupamente. "Voleva solo qualcuno che *gli* rendesse la vita più piacevole. Non gli importava della mia famiglia o dei miei amici e si rifiutava di considerare ciò che volevo o di cui avevo bisogno".

"E hai capito cosa vuoi?"

"Voglio ancora avere una famiglia. Forse non ce l'avrò, e dovrò venirci a patti, ma ho nipoti e pronipoti che adoro. Forse cercherò di prendere in affidamento dei bambini. Per quanto riguarda la mia vita professionale, voglio mettere a frutto il mio talento facendo ciò che amo. Recitare, cantare e ballare. Diffondere la gioia, rendere felici le persone".

Marina inclinò la testa. "Sei molto brava. Stamattina ti ho sentito cantare sotto la doccia. È bello sentirti di nuovo". Sentire Kai cantare le canzoni di *Dreamgirls* l'aveva fatta sorridere. Solo che Kai aveva cambiato il testo. Invece di cantare di *non lasciarlo mai andare*, aveva cantato di *non lasciarlo più entrare* con lo stesso gusto.

"È bello sentire di nuovo la gioia di cantare", disse Kai, sollevando lo sguardo. I suoi occhi erano ora due pozzi di determinazione. "Dmitri ha distrutto la mia carriera per i suoi scopi egoistici, ma giuro che risorgerò, facendo ciò che voglio ancora meglio di prima".

Marina si strinse a Kai e l'abbracciò. "Benvenuta nel club".

Il telo di plastica fruscò e Axe attraversò l'ingresso. Salutò entrambi, anche se Marina notò che i suoi caldi occhi marroni si erano soffermati su Kai un po' più a lungo. Voltandosi verso Marina, chiese: "Sei soddisfatta dei progressi?"

"Sono contenta. Una volta ricevuta l'approvazione finale, potrò aprire".

"E così daremo inizio alla festa", disse Kai, scostandosi i capelli dalle spalle.

"Dateci altri due giorni", replicò Axe. "Puliremo prima di andarcene, così potrete concentrarvi su ciò che dovete fare".

"Lo apprezzo molto", disse Marina.

Axe strinse le mani. "Se non c'è altro, ho pensato che Kai e io potremmo parlare nel patio, adesso. Vorrei illustrarle un'idea che ho per un teatro qui a Summer Beach".

"Grazie per aver chiamato e aver pensato a me, Axe". Kai era raggiante. "È un'idea così emozionante".

"Non vedo l'ora di sapere tutto", disse Marina. "Vado dentro a mettere su del caffè. Se volete, ve ne porto un po' fuori".

"Sarebbe gentile da parte tua", disse Axe. Le sue labbra si contrassero in un sorriso e le fece un cenno con la mano. "Apprezzo molto tutto quello che fai".

"Piacere mio", disse Marina, infilandosi dietro il telo di plastica prima di scoppiare a ridere. *Buon per Axe*, pensò. E Kai aveva bisogno di una distrazione per occupare la mente. Cosa c'è di meglio di un nuovo anfiteatro? E non guastava il fatto che dietro quell'idea ci fosse un uomo gentile, bello e di buon carattere.

Marina si precipitò in cucina. Brooke era lì, a guardare Kai e Axe attraverso la finestra sopra il lavello.

"Guarda com'è cortese Axe", disse Brooke. "Chip dovrebbe vedere come un uomo tratta una donna". Tirò fuori il telefono dalla tasca e iniziò a filmare.

Guardando Kai alle spalle di Brooke, Marina iniziò a misurare la quantità di chicchi di caffè da macinare. Axe le porse la sedia. *Molto bene*. E senza fare troppa scena, come Dmitri. Quell'uomo aveva dei modi naturali. Era stato educato bene.

"Chi state spiando, voi due?".

Marina si girò di scatto, scagliando accidentalmente i chicchi di caffè in giro per la cucina. "Oh, mi hai spaventato", gridò.

Brooke mise in pausa il cellulare. "Sto cercando di filmarlo per Chip. Come un video istruttivo".

Ginger ridacchiò. Sbirciando da sopra la sua spalla, sorrise. "Li avete messi insieme, finalmente?"

"Axe voleva parlarle per avere un po' di aiuto con il suo nuovo teatro", disse Marina.

"Ne ho sentito parlare", disse Ginger pensierosa. "Un'idea piuttosto interessante quella di Axe. Ha costituito una società senza scopo di lucro e Carol Reston ha già fatto una cospicua donazione per coprire i costi dell'opera".

Marina scosse la testa. "C'è qualcosa che non conosci a Summer Beach?"

"Se vivi qui abbastanza a lungo, non ci sono molte cose che accadono a tua insaputa". Ginger fece una pausa. "Guardate il loro linguaggio del corpo. Entrambi sono protesi in avanti. È un buon segno. Pensavo che dopo Dmitri si sarebbe messa sulla difensiva".

Brooke fece partire di nuovo il telefono. "Ho bisogno anche di questo".

"Kai è in un momento molto determinato adesso", disse Marina.

"E questo è un buon posto dove stare". Ginger sbirciò oltre le nipoti. "Guardate, lui la fa ridere per qualcosa e lei...".

"Cosa state fissando tutti?". Heather si fermò sull'uscio con le mani sui fianchi. "E perché ci sono chicchi di caffè dappertutto?"

Marina si girò. "Shh, sono Kai e Axe".

Heather sbirciò oltre Marina, Brooke e Ginger. "Non è che ci vedono, qui dentro? Non è mica uno specchio a senso unico".

Proprio in quel momento, Kai lanciò un'occhiata indietro

verso la cucina. I quattro si allontanarono dalla finestra, ridendo in modo isterico mentre scivolavano sul pavimento.

"Bel modo di essere discreta, mamma". Heather scosse la testa. "Ricordami di non portare dei ragazzi, qui".

"In una famiglia con così tante donne, c'è da aspettarselo", disse Ginger ridacchiando.

Tra un sussulto e l'altro, Marina disse: "Kai si starà chiedendo che fine abbia fatto il caffè".

"Non abbiate troppa fretta". Ginger gettò le braccia intorno alla sua nidiata. "Non ridevo così da molto tempo. È bello avere di nuovo tutte le mie ragazze all'ovile".

Il labbro inferiore di Brooke si abbassò a quel commento.

Ginger la abbracciò stretta. "Scommetto che non resterai qui ancora per molto. Ma non te ne andrai, finché Chip e i ragazzi non si saranno un po' allenati".

Marina si alzò. "Dovremmo raccogliere tutti questi chicchi di caffè. Heather, potresti farlo per me? Ho promesso di portate del caffè ad Axe". Versò altri chicchi nel macinacaffè mentre Heather e Brooke spazzavano il pavimento e pulivano i banconi.

Nel frattempo, Marina non poteva fare a meno di lanciare delle occhiate all'esterno.

FINALMENTE IL COTTAGE degli ospiti era stato completamente trasformato. Marina e Ginger si affacciarono alla porta del nuovo patio. Alle loro spalle, l'oceano scrosciava e si ritirava continuamente sulla riva, mentre le palme ondeggiavano sopra le loro teste. Alcuni turisti e abitanti del luogo passeggiavano lungo la spiaggia.

Marina e Ginger stavano facendo l'inventario finale delle forniture e ispezionando tutto, dalle attrezzature e i rifornimenti per la cucina alle decorazioni per i tavoli, le luci e le opere d'arte.

"Questo nuovo locale è tutto ciò che ho sempre sognato", disse Marina, premendosi la cartellina sul petto.

Ginger agitò una mano verso il patio. "Questo è il tuo sogno. La tua visione che prende vita".

"Senza il tuo aiuto e il tuo incoraggiamento, non sarebbe mai stato realizzato". Sua nonna era sempre stata la sua più accanita sostenitrice.

"Forse, ma hai fatto quello che dovevi fare".

Marina rise. "In un certo senso, devo ringraziare Grady per questo. Se non mi fossi resa completamente ridicola per lui in diretta, non sarei qui per aprire un nuovo locale la prossima settimana".

"Non ringraziare o scusare quell'uomo per le sue azioni", disse Ginger, alzandosi in piedi. "Nemmeno per scherzo".

"Hai ragione. Credo di aver detto qualcosa di simile a Kai".

"Vedi? Anche tu hai la saggezza dentro di te". Ginger le mise un braccio intorno alle spalle. "Hai deciso il menù per l'inaugurazione?"

Marina fece scivolare un elenco da sotto il mucchio di fogli sulla cartellina. "Ecco qui. Kai e Heather creeranno dei piccoli segnaposto con i dettagli di ogni piatto. Avrò un assortimento di tutto quello che c'è nel menù normale. Aggiungerò i piatti su cui sono indecisa, per vedere cosa piace di più alla gente".

"Una scelta intelligente. Chi c'è nella tua lista degli invitati?"

Marina scorse gli ospiti sulle dita delle mani. "Ivy e Shelly e Poppy e la famiglia Bay, Denise, John e Samantha, Axe, Bennett e Mitch, Cookie O'Toole, Leilani e Roy, Gilda e Pixie. Boz del municipio, Rosa del chiosco dei tacos e Imani del chiosco dei fiori. Ivy porterà Jen di *Nailed it*. Kai ha la lista completa; so che sto lasciando fuori molte persone". *Compreso Jack*. Ma, casualmente, aveva invitato Jack e Leo.

"Ti sei data da fare".

"In realtà è Kai che si occupa degli inviti".

Ginger fece un cenno di approvazione. "Non si può fare tutto. Saper delegare bene è il marchio di un leader".

Passeggiarono lungo il perimetro del nuovo patio e Marina prese appunti per acquistare varie forniture.

"Kai e Heather si occupano delle decorazioni", disse Marina. "Hanno qualche idea, ma non mi dicono cosa stanno facendo".

"Penso che ne sarai felice". Ginger inarcò un sopracciglio. "Hai bisogno di un *sous-chef* che ti aiuti a preparare l'evento?"

"Pensavo che non l'avresti mai chiesto. Conosci già molti dei piatti presenti nel menù. Ma ho apportato alcune modifiche alle ricette". Ne aveva alleggerite alcune, realizzando versioni più salutari e aggiungendo alcuni ingredienti stagionali della California meridionale.

"Come facciamo spesso". Ginger annuì. "Sono felice che quelle ricette vengano messe a frutto. La mia vecchia amica Julia ne sarebbe orgogliosa. Naturalmente, preferisco le mie versioni". Ridacchiò. "Mi manca discutere con lei di questo. Era veramente originale. In un mondo in cui si può essere qualsiasi cosa, a volte la cosa più difficile è essere se stessi".

Marina ci pensò su. C'era molto di vero in quello che diceva Ginger. Per anni Marina aveva fatto quello che doveva fare per i suoi figli ed era orgogliosa della sua capacità di provvedere a loro. Ma ora era il suo turno. "Il più grande lusso e privilegio è fare il lavoro che appartiene alla propria anima. Cucinare per me è puro piacere".

"Ricordatelo, quando il gioco si fa duro". Ginger le diede una pacca sul braccio. "Gestire un ristorante è un lavoraccio. Avrai la tua parte di clienti difficili". Fece l'occhiolino a Marina. "Ma, oh, quanto ci divertiremo".

"Penso che questa sia una tranquilla festa di inaugurazione. E una prova per il *Taste of Summer Beach*".

Mentre entravano nella sala da pranzo privata, Ginger chiese: "E come sta andando?"

"Ho scelto una data e contattato i ristoratori della città. Dobbiamo lavorare tutti insieme. Ho in programma una serata in cui ne inviterò alcuni per discuterne. La mia paura più grande è che le catene di ristoranti li facciano fallire e prendano il loro posto".

"Allora devi essere proattiva. Ne abbiamo già parlato, e comunque potrai benissimo tenere quella discussione qui". Ginger controllò l'armadio in cui era riposta la vecchia cassaforte e scosse il pomello.

Marina si era assicurata che rimanesse chiusa a chiave.

"Potremmo aver bisogno di un posto più grande. In futuro, comunque". Marina pensava che se tutti i ristoratori locali si fossero uniti, avrebbero potuto fare di Summer Beach una meta per i buongustai. Ma prima doveva assicurarsi che il Coral Café iniziasse con il piede giusto.

Entrarono in cucina.

"Hai visto cosa è arrivato stamattina?". Marina indicò un tavolo rustico, fatto a mano, con delle panche che aveva trovato presso un importatore di mobili messicano.

Aveva posizionato i mobili sul pavimento di piastrelle Saltillo, vicino al camino rialzato in adobe. Il focolare correva lungo il lato, dando più spazio alle persone per sedersi e guardare mentre lei cucinava. I cuscini floreali color corallo e turchese ravvivavano il legno scuro.

"Che tavolo da chef perfetto", disse Ginger. "Quando sono stata a Parigi a *Le Meurice*, il ristorante del caro Alain – Alain Ducasse, naturalmente – non puoi nemmeno immaginare il tipo di cucina che usciva dalle mani dello chef come per magia. Bertrand e io abbiamo trascorso una delle serate più incantevoli di sempre. Ma niente è mai stato così speciale come quelle serate a Boston trascorse a imparare al fianco di Julia in cucina, con Bertrand e Paul che creavano nuovi cocktail per noi e versavano i vini più pregiati". Con uno sguardo affettuoso, si portò una mano al cuore, ricordando.

"Non siamo così eleganti", disse Marina, sorridendo alla

nonna. Ginger passava da una storia all'altra così facilmente. Trascorrere una serata con lei davanti a una bottiglia di vino significava intraprendere un giro del mondo fatto di luoghi alla moda e persone memorabili, soprattutto Ginger e Bertrand.

"Non è necessario essere dei virtuosi, né particolarmente sofisticati: basta servire dell'ottimo cibo, creare un ambiente confortevole e lasciare che gli ospiti si godano il tempo trascorso. È tutto qui, mia cara. Rilassati". Ginger fece un ampio, significativo gesto. "Un nuovo mondo ti aspetta".

Marina non vedeva l'ora. Era talmente emozionata che la notte riusciva a malapena a dormire. La sua mente era così piena di idee, di nuovi piatti e di una lista infinita di cose da fare. Ma entro pochi giorni, che fosse pronta o meno, il Coral Café avrebbe aperto i battenti. Era ansiosa che questo debutto fosse migliore di quello disastroso al Seabreeze Inn. Ma sarebbe stata in mezzo alla famiglia e agli amici, vecchi e nuovi.

Ginger si guardò intorno con approvazione. "È un peccato che Jack non sia potuto rimanere qui più a lungo, ma mi ha detto che Bennett gli farà vedere presto alcuni cottage. Non è bello che rimanga a Summer Beach? Presto sarà uno di noi".

"E ha già le mani in pasta".

Ginger sbuffò. "Non posso pensare che i miei libretti richiedano così tanto del suo tempo. Anche se i suoi schizzi sono piuttosto notevoli".

Marina storse le labbra da un lato. Sapeva cosa stava cercando di fare Ginger. "Non succederà".

"Cosa?"

"Qualsiasi cosa stiate cercando di architettare. Potremmo avere più fortuna con Kai, però". E poi, mentre Marina pensava alla situazione di Jack, si ricordò di ciò che aveva detto su Vanessa e Leo. Come vedova di un diplomatico di carriera, Ginger conosceva persone in tutto il mondo. "Tuttavia, c'è qualcosa che vorrei chiederti. Un favore importante, ma non per me".

"Sono sempre felice di aiutare i tuoi amici, se posso".

"Lo spero", disse Marina. Sarebbe bastato anche solo un briciolo di possibilità.

13

Marina amava la nuova cucina del cottage degli ospiti. Con le finestre aperte alla brezza dell'oceano e la musica jazz in sottofondo, lavorava alacremente alla preparazione dei piatti del menù per gli ospiti di quell'evento di apertura, ansiosa che tutto fosse perfetto per l'inaugurazione di quella sera.

Ginger stava lavorando accanto a Marina, affettando per lei dell'avocado, da sistemare su una torre di frutti di mare già preparata.

Marina aveva alternato dei peperoni gialli dolci a del mango, avocado e tonno rosso scottato, condito con una leggera vinaigrette allo zenzero in stretti stampi cilindrici. Gli stampi venivano rimossi poco prima che il tutto fosse servito. Con quella combinazione di sapori, colori e consistenze, più i croccanti spaghetti asiatici sopra e il wasabi a lato, la presentazione sarebbe stata deliziosa.

Emise un respiro pieno di tensione e si sfregò le mani. "Una volta finito di preparare questi, passeremo ai tacos tradizionali. Ne ho tre versioni: una con del pesce mahi-mahi, una con manzo coreano alla brace e una vegetariana con fagioli neri e salsa di mango". Si premette una mano sulla testa. Non avevano più molto tempo e temeva di aver dimenticato qualcosa. "Ho fatto la salsa, ma ho paura che ce ne serva dell'altra".

"La preparo io", disse rapidamente Ginger.

Marina aprì il libro delle ricette che aveva preparato e testato. Ogni pagina era racchiusa in una custodia di plastica per poterla consultare facilmente in cucina. Lesse gli ingredienti a Ginger, che raccolse tutto ciò che le sarebbe servito sul bancone.

Cos'altro poteva aver dimenticato? Il cuore di Marina batteva forte. Quel giorno tutto doveva essere perfetto.

Pensò a quanto aveva investito nella sua attività, tutti soldi che forse sarebbero dovuti essere destinati all'istruzione universitaria privata di Heather, anche se i costi erano così alti che probabilmente avrebbero coperto solo un semestre o due. E poi? Sarebbe rimasta lì, con pochi mezzi di sostentamento. Le opportunità di lavoro su emittenti minori di cui il suo agente le aveva parlato non sembravano male, ma non erano remunerate abbastanza per sostenere i costi di un'istruzione alla Duke per Heather. Purtroppo, per ottenere una borsa di studio, le abilità di Ethan nel golf erano state valutate più dei voti stellari della sorella.

Il suo locale *doveva* avere successo. Tuttavia, Marina sapeva che il tasso di sopravvivenza dei nuovi ristoranti era basso. Si premette una mano sul cuore.

Ginger lanciò uno sguardo preoccupato a Marina. "Stai bene?"

"Probabilmente sto pensando troppo, a tutto".

"È il nervosismo della prima sera". Ginger le prese la mano. "Sei estremamente preparata. Vai a prendere una boccata d'aria fresca". Quando Marina non si mosse subito, Ginger le diede una piccola pacca sulla schiena. "Vai".

"Ok, torno subito". Marina fece come le aveva ordinato la nonna.

Salendo sul vecchio portico del cottage, guardò l'oceano.

Aveva provato quell'ansia sulla nave. Un'improvvisa sensazione di dubbio su se stessa. *Perché?* Alcuni la chiamavano sindrome dell'impostore. Aveva controllato tre volte le sue scorte, sentendo di dover essere pronta a tutto.

Tuttavia, sapeva di essere in grado di gestire un locale. Aveva lavorato in molti ristoranti e cucinava da sempre.

Chiudendo gli occhi, inspirò per calmare i nervi e iniziò a ripetere le parole che aveva spesso pronunciato dopo la morte di Stan, quelle che Ginger aveva condiviso un tempo con lei e che l'avevano aiutata ad affrontare ogni giorno con due giovani vite sotto la sua unica cura.

Accoglierò questo giorno con ottimismo ed entusiasmo. Affronterò questa giornata con l'intelligenza, la saggezza e il talento che so di possedere, anche quando il dubbio si insinua nella mia mente. Coglierò questo giorno con tutta l'energia che ho dentro e irradierò entusiasmo per illuminare il cammino di chi mi segue.

Marina aprì gli occhi e fece un altro respiro profondo, sentendo la brezza marina rinfrescare il suo viso accaldato. Immediatamente si sentì molto più tranquilla. Entrò in cucina.

Non doveva essere tutto perfetto. Non c'erano critici di ristoranti o food blogger che potessero affossare il suo lavoro solo per attirare recensioni sulle loro pubblicazioni o siti web, come sapeva che alcuni facevano. Potevano distruggere le possibilità di successo di un ristorante prima che si creasse una clientela.

Il cibo era buono; ciò che contava era l'ambiente accogliente e rilassante. Le persone volevano divertirsi e stare insieme con gli amici sulla spiaggia. Il Coral Café sarebbe stato proprio così. Buon cibo, buoni amici, bei ricordi.

Ginger le fece un cenno con la mano. "Stai molto meglio. Questa serata, e questo locale, saranno un successo. Hai una grande squadra alle spalle".

"Grazie", disse Marina. "Come sapevi che avevo bisogno di un piccolo, salutare momento di pausa?"

"Eri diventata un po' pallida". Ginger la abbracciò. "Lo stress può farti questo effetto, tesoro. Ma passeremo una serata favolosa".

Marina controllò la marinatura del kalbi di manzo per i panini. Che cos'è un caffè sulla spiaggia senza un buon hamburger? A modo suo, ovviamente. Avrebbe preparato anche delle polpette vegetariane con la stessa, saporita marinata e le avrebbe servite sui panini ai semi che aveva sfornato.

Kai, Brooke e Heather entrarono dalla porta aperta.

"Ti piacerebbe vedere le decorazioni sul patio?", chiese Kai, con gli occhi che brillavano per l'emozione.

"Sei arrivata proprio al momento giusto", disse Marina. "Facciamo tutti una pausa. Non abbiamo più molto da fare".

Si avviarono verso l'esterno e Marina esclamò: "Favoloso! Esattamente quello che avevo in mente. Anzi, pure meglio".

Marina osservò una profusione di orchidee bianche, sterlizie e fiori di zenzero rossi sui tavoli di servizio e sui tavoli degli ospiti. Il patio sembrava un paradiso tropicale. In alto, Kai e Heather avevano appeso dei fili di luci in tinta con il patio adiacente. Dopo il tramonto, le luci avrebbero proiettato un bagliore magico su tutta l'area.

"Ho chiesto aiuto a Shelly", spiegò Kai. "A New York era una designer floreale e aiutava a decorare molte feste eleganti. Ho visto alcune sue foto, che erano spettacolari. Shelly mi ha dato alcune ottime idee e Imani ha mandato questi fiori".

"E Leilani e Roy, le piante", aggiunse Heather.

"Hanno sempre quelle più rigogliose", disse Ginger. "Queste sono simili a quelle che Jack aveva comprato per l'altro patio".

Marina ricordò quella bella sorpresa, dopo che aveva fatto costruire il primo patio. Si chiese se quella sera sarebbe stato lì.

Kai fece un gesto verso gli alberi circostanti. "Shelly, Brooke e io abbiamo posizionato delle luci per illuminare alcune delle nostre palme, limoni e aranci, come fa Shelly al Seabreeze Inn. L'effetto sarà stupefacente".

"Lo adoro", disse Marina, stringendo le mani.

"La gente dovrebbe iniziare ad arrivare alle sei", disse Brooke. "Così avremo tutto il tempo di prepararci".

Marina si chiese se Brooke avesse invitato Chip e i ragazzi. Aveva lasciato a sua sorella la decisione.

"Anche se sarò in cucina per la maggior parte del tempo, dovrò andare in giro e accogliere le persone", disse Marina. "Non ho pensato a cosa indossare". Abbassò lo sguardo sul grembiule macchiato legato su una vecchia maglietta.

"Ma prima…". Heather saltellava sulle punte dei piedi per l'emozione. "Volevamo rendere la giornata di oggi ancora più speciale, quindi abbiamo qualche sorpresa". Lanciò uno sguardo verso il vialetto e fece segno a Ethan di raggiungerli.

"Essere qui a fare tutte le decorazioni è sufficiente", disse Marina.

Ethan scese dall'auto e portò con sé nel patio un grosso pacco di carta marrone con un grande fiocco color corallo.

"Buona inaugurazione, mamma", disse Ethan, abbracciandola. "Heather e io abbiamo pensato che questo potesse servirti. Aprilo".

"Cosa mai potrebbe essere?". Marina strappò la carta. "Un'insegna!", esclamò, passando la mano sulla scritta *The Coral Café*. L'insegna di legno dipinto a mano le ricordava quella di fronte al cottage che Heather e Ethan avevano realizzato anni prima. Era il sostituto di quella creata a suo tempo da Marina e le sue sorelle.

"La adoro", disse Marina, stringendo i suoi figli in un abbraccio.

"La illumineremo anche", aggiunse Ethan. "Vado a preparare subito tutto. Ho un paletto e un supporto per farlo".

Marina era stata così impegnata che non aveva pensato alla segnaletica. Tutti coloro che venivano quella sera sapevano dove si trovava il Coral Cottage, ma non i nuovi ospiti.

"E c'è di più". Kai tirò fuori un grosso sacchetto regalo da dietro un tavolo di servizio ricoperto da una tovaglia. "Sorpresa!".

Marina aprì la borsa e fece un ampio sorriso. "Proprio quello che mi serviva". Tirò fuori una giacca da cuoco a stampa floreale hawaiana con la scritta *Coral Café* ricamata e, sotto, il suo nome. Sollevò la giacca. "Mi sembra che calzi a pennello".

"Ti ricordi quando parlavamo di giacche e grembiuli da chef?", chiese Kai. "Mentre il tuo grembiule va bene per il mercato contadino, abbiamo pensato che una giacca da chef sarebbe stata il meglio per quando fai sul serio in cucina. Quando eravamo a bordo della nave, ho visto come il cibo volava dappertutto".

Anche se era successo solo poche settimane prima, Marina pensò a quante cose aveva imparato da allora.

Ogni giorno era alla ricerca di ricette, ne creava di nuove e stava imparando a gestire una cucina professionale. Aveva anche trovato molti blog di chef e siti didattici. Tutto ciò che aveva imparato lavorando nei bar vent'anni prima e tutti i programmi di cucina che aveva visto le stavano tornando in mente.

Marina si passò la mano sulla giacca. "Adoro questo tessuto; la fantasia nasconde le macchie. Ed è molto brillante e in linea con il logo del locale".

"Lo pensavamo". Ginger tirò fuori un'altra borsa. "Per questo ne abbiamo comprate delle altre per te. Insieme a un paio di zoccoli carini e robusti per cui le cuoche vanno matte. E pantaloni da abbinare a tutte le giacche. Ecco il tuo nuovo guardaroba per il locale".

"Oh, come mi piace". Marina sbatté le palpebre per trattenere le lacrime. "Non so come avrei fatto a gestire tutto questo senza di voi".

"Anche noi ci stiamo divertendo", disse Kai. "Grazie per averci permesso di farne parte. So che non sono stata molto simpatica quando lui-che-rimarrà-senza-nome-per-sempre era qui. Sono così felice di essere tornata in famiglia, ora".

"Ti abbiamo tenuto il posto", disse Ginger, con gli occhi che scintillavano.

"Grazie al cielo, perché sono io a portare il divertimento, qui". Kai scoppiò a cantare e fece girare Marina in un ballo improvvisato.

Ridendo, Marina fece una piroetta. "Ci divertiremo come i nostri ospiti stasera".

"Niente ansia da debuttante?", chiese Heather.

"Non più". Marina si sentiva preparata e sicura di sé. Allargò le mani. "Sono anni che sogno questo momento. Voglio che questa notte sia un momento felice".

Marina prese le mani di Ginger e Heather, Brooke, e anche Kai e Ethan si unirono al cerchio. "Il tono e l'atmosfera che creeremo per i nostri ospiti farà sì che si divertano molto. La voce si spargerà e il locale avrà successo". Inspirò, riempiendo i polmoni con l'aria fresca del mare, che le dava sempre energia. "Gestiremo qualsiasi problema possa sorgere stasera con grazia e buon umore".

"Udite, udite", disse Ginger.

Kai sorrise. "Non vedo nessuna tromba d'acqua all'orizzonte, quindi dovremmo essere pronti a partire".

Marina lasciò la presa e batté le mani. "Andiamo", esultò, e tutti si unirono a lei. Lei e Ginger tornarono in cucina per ultimare i piatti rimasti. Marina aveva stilato un programma di presentazione per il cibo. Antipasti, insalate, piatti principali e dessert. Heather ed Ethan avrebbero girato tra i commensali con i vassoi e avrebbero sistemato i vari piatti sui tavoli.

Kai si sarebbe occupata delle bevande. Ginger e Marina sarebbero state in cucina, anche se avevano già preparato molti dei piatti in anticipo, per quanto possibile. Gli antipasti e le portate calde avrebbero richiesto più tempo per essere cucinati, ma Marina lo aveva previsto.

Marina e Ginger avrebbero fatto i turni per accogliere gli

ospiti, cosa che Marina sapeva essere importante e non voleva sovraccaricare Ginger. Aveva chiesto a Brooke o a Kai di intervenire in caso di necessità. Anche Heather ed Ethan avrebbero dato il loro contributo quando necessario.

"Dove hai perfezionato le tue abilità di organizzatrice?", chiese Ginger. "In onda?"

Quando Marina ci pensò, si mise a ridere. "Anche, ma con i gemelli dovevo essere ben organizzata". Quando Heather ed Ethan erano piccoli, la figlia di una vicina, studentessa universitaria, li portava a scuola la mattina e Marina li andava a prendere il pomeriggio. Quando diventarono più grandi, andavano a scuola da soli, insieme, a piedi.

Marina proseguì. "Tra i vestiti, i compiti e i pranzi che dovevano essere preparati, il mio lavoro e il mio abbigliamento, dovevo prestare attenzione ai dettagli e ai tempi. Sono stati anni stressanti, ma organizzare tutto mi ha aiutato a mantenere la sanità mentale".

Mentre Ginger preparava la salsa, Marina si dedicava al primo antipasto caldo. Aveva condito il tofu e controllato la marinatura del pollo per gli spiedini alla citronella. La salsa di arachidi thailandese era già pronta.

Anche il tavolo dello chef era apparecchiato e pronto per gli ospiti. Immaginò che Brooke sarebbe rimasta nei paraggi, visto che si sentiva ancora a disagio per Chip. Mitch aveva detto che sarebbe passato a vedere come stavano lei e Ginger. Dopotutto, era stata quest'ultima ad avergli insegnato a preparare molti dei prodotti più popolari del suo menù di Java Beach, come i croissant e i muffin.

Kai si affacciò alla porta. "Stiamo andando a prepararci, ma è tutto pronto. Ho anche riservato un tavolo per Vanessa, dove potrà stare comoda".

"Buona idea, grazie. Spero che se la senta di venire".

Dopo che Kai se ne fu andata, Marina completò i preparativi mentre Ginger diede un'ultima sistemata ai banconi. "Penso che siamo pronte per cominciare. Puliamo tutto e cambiamoci i vestiti. Ho alcune cose nuove di zecca per l'occasione".

Ginger prese il braccio di Marina, e si avviarono verso l'edificio principale. "Per quanto riguarda la tua richiesta sullo stato di salute di Vanessa, ho contattato alcuni specialisti e ricercatori che conosco".

Il battito del cuore di Marina accelerò. "E...?"

"Controlleranno in giro. La loro rete di conoscenze si estende in tutto il mondo. Ma non ci spererei troppo. Come sai, la sua condizione è estremamente rara. Comunque, è premuroso da parte tua chiederlo".

"Grazie per averci dedicato del tempo".

"Non è affatto un disturbo. Il giovane Leo ha bisogno di tutto l'aiuto che possiamo dargli. Preparare le giovani menti e i cuori delle prossime generazioni è un lavoro indispensabile".

Marina tenne la porta della cucina per Ginger. Per quanto la nonna potesse essere dura e tenace, aveva anche un debole per i bambini. Sebbene Ginger avesse amato viaggiare in tutto il mondo con Bertrand nel corso degli anni, una volta disse che il tempo trascorso a insegnare era il lavoro più appagante e gratificante che avesse fatto. Questo lo diceva una donna il cui lavoro come decifratrice di codici, probabilmente, aveva salvato innumerevoli vite.

Ginger non aveva mai smesso di stupirla ed esserle d'ispirazione.

14

"Questo piatto è pronto", disse Marina. "Torri di tonno rosso, avocado e mango".

A dieci minuti dall'inizio della festa, Ethan e Heather stavano portando in tavola gli antipasti freddi. Kai stava orchestrando il posizionamento degli ospiti e sorvegliando i primi arrivi.

"Tienine un po' per noi, mamma". Ethan sollevò il piatto con facilità e uscì dalla cucina.

"Ne abbiamo in abbondanza", disse Marina a Heather. "Prendetene un po' per voi e per Ethan. Non posso accettare di lasciarvi a stomaco vuoto".

"Stai scherzando? È tutto il giorno che ci fai assaggiare cose. Sono piena e non ho idea di come Ethan possa mangiare così tanto".

"Gioca a golf e si allena ogni giorno".

Heather fece una pausa. "È molto più felice qui che a Durham. Mi sento in colpa per avergli fatto passare un periodo così difficile".

Marina portò una grande ciotola ghiacciata di gamberi con diverse salse, tra cui una sua specialità al coriandolo e avocado. "Sono sicura che ti ha perdonato e dimenticato tutto, tesoro". Fin da quando erano giovani, Heather e Ethan bisticciavano, ma riuscivano sempre ad appianare le loro divergenze.

"Grazie, mamma". Heather raccolse la ciotola di gamberetti e seguì il fratello all'uscita.

Tutti indossavano abiti di ispirazione hawaiana per la serata, persino Ginger, che aveva vari strati di collane di conchiglie infilate sotto una delle nuove giacche da chef. Quando aveva protestato, Marina aveva insistito.

"Guarda chi c'è", chiamò Kai.

Le loro amiche Ivy e Shelly del Seabreeze Inn entrarono e salutarono. Marina era contenta che fossero già arrivate, così avrebbero potuto parlare prima che ci fosse troppa gente.

"Hai fatto un lavoro straordinario con il cottage degli ospiti", disse Ivy. "Stento a credere alla trasformazione rispetto all'ultima volta che mi hai portato a vederlo. Guarda questa cucina. È così professionale".

Marina era orgogliosa di ciò che avevano realizzato. "Axe è stato meraviglioso. Lui e la sua squadra l'hanno sistemata proprio come volevo. Mi manca il vecchio forno O'Keefe & Merritt in cucina da Ginger, ma questo è più pratico. E possiamo ancora usare l'altro quando c'è così tanta gente". Cosa che avevano fatto durante i preparativi per la serata di apertura.

Ginger offrì a Ivy e Shelly due antipasti provenienti dalla torre di tonno rosso. "Provateli. Attenzione al wasabi piccante mascherato da avocado".

"Ottima presentazione", disse Shelly prima di assaggiarlo. "Mmm, delizioso. È un condimento allo zenzero?"

"Zenzero e semi di sesamo", disse Marina. "Molto leggero. È sufficiente?".

"È perfetto", disse Ivy, annuendo.

"Tutto quello che serviremo stasera sarà presente nel menù", aggiunse Marina. "Con alcuni extra che stiamo valutando". Sarebbero dipesi dall'affluenza di gente. Un menù ampio significava dover avere più ingredienti a disposizione e, finché non ci sarebbe stato molto da fare, poteva anche voler dire un potenziale spreco di cibo, anche se quello in eccesso, invece di gettarlo via, sarebbe stato donato al banco alimentare locale.

Tuttavia, Marina aveva una finestra critica per raggiungere la redditività. Ivy le aveva detto che, mentre in estate quel luogo era molto frequentato, d'inverno la clientela era costituita per lo più da persone del posto. Le due sorelle avevano organizzato settimane e fine settimana speciali durante i lunghi mesi invernali per attirare gli ospiti. Ivy aveva promesso di inviare i clienti al suo locale.

"Quindi, è qui che c'è la festa", disse Bennett, baciando Ivy sulla guancia.

Marina rise. "Sì, di solito ci si ritrova in cucina". Fece un gesto verso il tavolo dello chef. "Il nuovo tavolo serve proprio a questo. Mettetevi comodi".

Axe aveva anche installato delle doppie porte che potevano essere lasciate aperte sul patio, in modo che Marina potesse vedere gli ospiti mentre lavorava in cucina. Le porte aperte creavano un piano di cucina aperto che funzionava anche in uno spazio ridotto. Durante i mesi più freddi, Marina aveva previsto di sistemare all'esterno delle lampade di calore. Con il clima di Summer Beach, non c'erano molti giorni in cui le persone non potessero sedersi all'aperto e godere della vista sull'oceano.

Ivy lanciò un'occhiata fuori. "Stanno arrivando altre persone. Puoi dedicare qualche minuto all'accoglienza degli ospiti?"

"Questo è il piano", disse Marina. "Inizieremo con gli antipasti freddi. Dopo un po' tornerò in cucina e cominceremo a distribuire gli antipasti e le portate calde".

"Sembra molto ben organizzato", disse Ivy.

"Marina è la migliore", replicò Kai. "Andiamo tutti fuori nel patio".

Ginger inclinò la testa. "Vai avanti. Sei la star di questa sera. Tutti vogliono congratularsi con te".

"Tornerò appena possibile", disse Marina mentre si ripuliva.

Ginger toccò il piano della serata affisso sopra l'area di lavoro. "Non preoccuparti. Ho tutto segnato qui, in caso ti trattengano". Premette la guancia contro quella di Marina. "Voglio che tu sappia quanto sono orgogliosa di te per aver ricostruito la tua vita. E credo che anche la mia vecchia amica Julia sarebbe impressionata da quello che hai fatto qui. Soprattutto con il suo *coq au vin*".

Marina mise un braccio intorno a Ginger. "Questa è anche la tua serata. Hai ispirato il mio amore per la cucina. Vieni con me e salutiamo tutti".

"Come desideri, mia cara". Ginger si tolse la giacca con un gesto rapido e intrecciò il braccio con quello di Marina.

Kai sorrise. "È ora di dare il via allo spettacolo". Canticchiando una melodia, le seguì nel patio, dove stavano arrivando altre persone, e poi prese posto per distribuire bibite italiane ghiacciate, acqua frizzante e altre bevande.

La festa era iniziata.

"Un benvenuto a tutti", esclamò Marina, e i suoi amici e familiari scoppiarono in un applauso. Salutò Poppy, la nipote di Ivy e Shelly, e alcuni dei loro ospiti locali di lunga data della locanda. Imani Jones gestiva il chiosco di fiori locale e con lei c'era Clark Clarkson, il capo della polizia, alto e robusto.

Marina lo riconobbe subito. Aveva incontrato l'ispettore Clarkson la prima notte in cui era arrivata senza preavviso a Summer Beach, e stava cercando di entrare nel cottage della nonna.

Gilda, che scriveva articoli per varie riviste, arrivò con Pixie, il suo chihuahua tremolante, infilato in uno zaino fatto su misura per lei.

Le persone applaudirono il nuovo ambiente della caffetteria e si misero in fila per assaggiare il cibo. Leilani e Roy, proprietari del *Giardino Nascosto*, arrivarono con Jen e George, una coppia che gestiva il negozio di ferramenta *Nailed It*. Marina stava chiacchierando con Celia e Tyler, una giovane coppia di tecnici in pensione della Bay Area che sosteneva i programmi musicali delle scuole locali.

"È delizioso", disse Celia, riferendosi all'hummus di noci di macadamia con verdure a fette e pane ai semi fatto in casa. "Non ne ho mai mangiato uno così ben preparato".

"Sono felice che ti piaccia", disse Marina, sentendosi sollevata. L'aveva miscelato a un pizzico di cocco in polvere per dargli una nota polinesiana. "Mi piace combinare i prodotti freschi della California meridionale con i sapori hawaiani e asiatici, oltre agli accenti messicani, spagnoli, italiani e francesi".

"È questo che distingue la cucina californiana", concordò Celia. "Abbiamo così tante persone provenienti da culture diverse che hanno costruito questo Stato. La famiglia della mia trisavola si trasferì dalla Cina nel 1850. Da quando siamo arrivati a Summer Beach, ci è mancata la fusione di sapori che apprezzavamo nei ristoranti di San Francisco. Tyler e io siamo molto contenti che abbiate aperto questo locale. Ci passeremo molto tempo".

Marina apprezzò la sua opinione. "Siete sempre i benvenuti".

Heather aveva realizzato dei cartellini che si trovavano accanto a ogni piatto e, mentre lei ed Ethan giravano con i vassoi, illustravano ogni piatto agli ospiti.

Guardare i suoi figli la riempì di orgoglio. Erano sempre stati ragazzi bravi e laboriosi, desiderosi di aiutare. Come molti, avevano avuto la loro parte di angoscia adolescenziale, ma ora stavano entrambi scoprendo ciò che amavano.

"Se ho dovuto essere sfrattato, sono contento che sia stato per una buona causa".

Marina si voltò. "Oh Jack, ce l'hai fatta". Il suo cuore accelerò, ma cercò di tenere a freno i suoi sentimenti.

"Come potevo perdermi la tua serata di inaugurazione?". Lui sorrise alla sua giacca da chef. "È un bel tocco. Stai benissimo".

"Ginger e Kai mi hanno fatto una sorpresa, portandomi queste. Sono bellissime per cucinare. Vuoi vedere come si presenta ora il cottage degli ospiti?"

Jack si prese un momento per rispondere. "Mi piacerebbe molto".

"Vieni da questa parte", disse, guidandolo verso le porte aperte della sala da pranzo privata che lei e Heather avevano ricavato dalla vecchia camera da letto. "È meno affollato, se entriamo dal retro". La gente si era radunata davanti alla cucina aperta.

Quando entrarono, il volto di Jack si illuminò. "Wow", disse, guardandosi intorno. "Questo posto è un vero gioiello. Hai fatto tutto tu?"

"Ci hanno aiutato Heather e Brooke". Oltre al quadro di Ivy e al reticolo bianco illuminato da luci fiabesche, Marina aveva chiesto ad Axe di appendere un antico lampadario fatto di conchiglie di cristallo soffiato a mano che aveva trovato da *Antique Times*, un negozio di antiquariato del paese. Una delle proprietarie, Nan, che Marina aveva conosciuto in municipio, lo aveva ripulito per lei. Era stato recuperato da un vecchio cottage sulla spiaggia che i nuovi proprietari stavano ristrutturando. Marina lo adorava. Con le luci soffuse, il lampadario creava un'atmosfera davvero romantica. Negli angoli, le palme del salotto frusciavano ai leggeri soffi di brezza. Aveva anche trovato un set di sedie che aveva dipinto di bianco e rivestito di velluto color corallo intenso, con una pistola a punti metallici.

"Questa è la nostra sala da pranzo privata, per le feste o i viaggi di nozze".

"Un bel cambiamento rispetto alla vecchia camera da letto. La vecchia cassaforte è ancora nell'armadio?"

Rise. "Quella bestia non va da nessuna parte. Ci vorrebbe un muletto per spostarla. Aspetta di vedere la nuova cucina".

Per abitudine, gli tese la mano prima che potesse fermare quel gesto.

Jack la prese.

Quando le loro dita si toccarono, Marina sentì un'ondata di energia così forte passare tra loro che trattenne il respiro e lo fissò.

Jack incontrò il suo sguardo. "Siamo ancora amici".

Intorpidita, annuì e lo condusse verso la cucina.

Ginger si voltò e Marina vide che il suo sguardo si posava leggermente sulle loro mani. Rapidamente, Marina sfilò le dita dalle sue. Lui cedette, anche se qualcosa dentro di lei registrò immediatamente quella perdita.

"Jack vorrebbe vedere la cucina", disse lei, forse con un tono troppo acceso. "Abbiamo ampliato la cucina nella vecchia zona pranzo e aggiunto un tavolo da chef in soggiorno. Axe ha aperto quella parete realizzando delle nuove porte che danno sul patio, e poi ci sono i nuovi elettrodomestici, e...".

"Forse Jack vorrebbe mangiare qualcosa", intervenne Ginger, risparmiando a Marina di parlare di cose ovvie.

Jack sorrise. "Non vedevo l'ora".

Marina sentì il suo viso riscaldarsi mentre Ginger preparava un piatto per lui. "Accomodati".

Ginger toccò il programma. "Sto caramellando le cipolle di Maui".

Quella era l'indicazione di Marina. Girandosi verso il frigorifero, tirò fuori un vassoio di ventagli salati già pronti. Aveva usato la pasta sfoglia, o *pâte feuilletée*, arricciandola a forma di ventaglio. Mise il vassoio in forno e, mentre questo cuoceva, mescolò il brie ammorbidito e il cumino in una ciotola a parte.

Poi Marina accese un fornello e in una padella fece girare l'olio d'oliva, aggiungendo funghi e spezie. Mentre il tutto sobbolliva, tirò fuori il vassoio di ventagli e ne fece scivolare la metà su un piatto da portata.

Distribuì nei due ovali un misto di brie ammorbidito e cumino e lo condì con le cipolle caramellate fumanti di Ginger. Ne riservò un po' a Jack, Heather ed Ethan.

"Devo scolare i funghi?", chiese Ginger.

"Grazie", rispose Marina. Usando il resto dei ventagli caldi, riempì gli incavi con i funghi saporiti e le cipolle caramellate. Facendo un passo indietro, suonò un campanello luccicante appeso in alto: il segnale che un ordine era pronto.

Heather si precipitò in cucina. "Hanno un aspetto delizioso, mamma".

"Grazie, tesoro. Funghi a sinistra, brie a destra". Marina mise un paio di ventagli nel piatto di Jack. "Ed ecco a voi. *Buon appetito*".

"I miei complimenti allo chef", disse.

Ridendo, Marina disse: "Dovresti dirlo dopo aver assaggiato il cibo".

"Dipende per cosa ti sta facendo i complimenti", disse Ginger. "Ho ragione?"

Jack ridacchiò. "Esattamente".

"Smettetela, voi due". Marina si sventagliò il viso, sentendosi arrossire. "Oh, si sta facendo caldo qui dentro". Spalancò ancora di più la finestra aperta.

Poi, Marina si mise a grigliare degli spiedini di verdure che Ginger aveva preparato in modo simile a quelli proposti per la cena sullo yacht. Dopodiché, Ginger suggerì che andassero in giro per qualche minuto.

"Avete un po' di tempo a disposizione", disse Ginger. "Vedo molte facce nuove, qui".

"Se vuoi scusarci", disse Marina a Jack. Bennett e Mitch lo avevano raggiunto al tavolo, quindi non le dispiaceva lasciarlo solo.

Marina era ansiosa di allontanarsi da lui. Non perché non apprezzasse la sua compagnia, ma perché le piaceva. E non portava a nulla. Perché all'improvviso si comportava come se fossero migliori amici? Scosse la testa. *Uomini*. Lui la rendeva anche un po' nervosa e lei avrebbe dovuto concentrarsi di più sugli antipasti e sui contorni.

Mentre Ginger iniziava a salutare i vecchi amici che aveva invitato, Marina andò a controllare Kai. "Come va?"

Kai era raggiante. "Che pubblico favoloso. Adorano le bibite analcoliche italiane che hai ordinato, ma ti dirò cosa hanno apprezzato in particolare". Aveva un luccichio malizioso negli occhi.

"Cos'altro avevamo?"

"Ebbene…", disse Kai, alzando un dito. "Ricordi la frutta e lo yogurt che avevo comprato? Beh, ho pensato: e se ci facessi dei frullati, perché cos'è un bar sulla spiaggia senza degli smoothie? Poi ho finito lo yogurt e sono passata al gelato".

Accanto a Kai c'erano un frullatore e dei bicchierini di carta con dei frullati. Marina non poté fare a meno di ridere ricordando il chiosco che Kai aveva allestito davanti al cottage durante un paio di estati, per guadagnare soldi extra.

"Sembra che tutte le mie vecchie ricette siano ancora buone come una volta". Kai gliene porse uno. "Spero che non ti dispiaccia".

"Penso che sia un'ottima idea. Li chiameremo *Kai's Coolers*". Sorseggiò una miscela spumosa che conteneva una pallina di gelato alla crema. "Hai usato le bibite italiane e il gelato?"

"Una sorta di frappé alla ginger beer di lusso. Penso che sarebbe ottimo anche come dessert. Si potrebbero anche aggiungere dei frutti di bosco".

La mente di Marina era piena di nuove idee. Avvolse un braccio intorno alla sorella. "Ultimamente ti ho detto quanto ti voglio bene?"

"Oh, altrettanto, bella", rispose Kai, usando uno dei modi di dire che usava Marina quando Kai era giovane.

Marina rise. "Allora, hai visto Axe?"

Kai inclinò il mento verso destra. "Abbiamo parlato del nuovo teatro e mi ha presentato Carol Reston".

Alla menzione della leggendaria cantante vincitrice di un Grammy, Marina si guardò intorno. "È *qui?*"

"Shh, non fare quella voce sorpresa. Sta parlando con Ginger. Axe ha fatto molti lavori nella loro tenuta sul crinale".

Carol Reston al mio locale. Marina scosse la testa per lo stupore.

"Non mi hai chiesto di cosa abbiamo parlato io e Axe", disse Kai. Strinse le labbra come se il suo segreto fosse lì per sfuggire.

Marina le diede un colpetto col gomito. "È meglio che tu me lo dica".

"Dopo che ho conosciuto Carol, mi ha detto che le sono piaciuta molto. Non ci crederai, ma ha visto uno dei miei spettacoli a Seattle l'anno scorso e...". Kai fece una pausa piena di suspense. "Si ricordava davvero della mia esibizione!".

"Oh, Kai. Sono così felice per te". Marina sapeva quanto questo significasse per lei.

"Non è tutto. Axe vuole incontrarmi domani. Lui e Carol mi faranno una proposta". Kai sembrava sul punto di esplodere di felicità.

"Per recitare a teatro?"

"Beh, probabilmente sì. Ma anche per aiutarli a organizzare, selezionare il cast e promuovere il nuovo teatro. Te lo immagini? Sarò co-produttrice". Fece un cenno con la mano. "Prendi questo, Dmitri".

Marina la abbracciò. "Te lo meriti. Vai a realizzare il tuo sogno, Kai".

"Penso che potrei farcela", disse con un sorrisino. "Chi avrebbe mai immaginato che potesse essere tutto così vicino?".

Marina non le aveva chiesto di Axe, ma non ce n'era bisogno.

"Indovina chi altro è arrivato?". Kai alzò il mento verso

l'entrata, dove Chip e i ragazzi stavano in piedi in modo imbarazzato.

"Li accoglierò io", disse Marina. Chip sembrava essersi sforzato di avere un aspetto gradevole. I vestiti dei ragazzi sembravano leggermente stropicciati, ma erano in un locale sulla spiaggia.

"Aspetta, ci sta andando Brooke".

Marina e Kai guardarono Brooke prendere la mano di Chip e i ragazzi abbracciarla. Era la prima volta che Brooke li vedeva da quasi due settimane. Tutti versarono qualche lacrima e Brooke sembrò felice.

"Brooke dice che questa settimana inizieranno la terapia di coppia", disse Kai. "Pensi che risolveranno le cose?"

"Lo spero", rispose Marina, preoccupata per la sorella di mezzo. "C'è molto amore in quella famiglia. È solo che è stato sepolto dalle loro esigenze di vita". Brooke le aveva detto che non aveva fretta di tornare, finché Chip non avesse capito che lei era la sua compagna, non la sua governante.

Un ospite prese un frullato e fece una domanda, così Marina si spostò. C'erano così tanti ospiti che voleva salutare prima di tornare in cucina.

"È tutto magnifico", disse Nan quando Marina si avvicinò. La receptionist del municipio e socia di *Antique Times* aveva un piatto pieno del cibo di Marina, e se lo stava gustando davvero. "Ho un sacco di persone che muoiono dalla voglia di conoscerti".

"Mi piacerebbe molto", rispose Marina.

Nan fermò un'attraente coppia di giovani. "Vorrei presentarvi Megan e Josh Calloway. Hanno appena comprato una casa a pochi passi da qui. Megan sta lavorando al documentario su Amelia Erickson, l'ex proprietaria del Seabreeze Inn, o *Las Brisas del Mar*, come era conosciuto allora".

"Ivy me ne aveva parlato", disse Marina, salutandoli. Chiacchierarono un po' prima che Marina li indirizzasse verso le opzioni vegetariane richieste.

Mentre il sole stava tramontando, una tonalità rosata di luce illuminò il patio. Kai accese la serie di luci in alto, creando immediatamente un'atmosfera accogliente. Avevano scelto bene, pensò Marina, soddisfatta del risultato.

Prima di tornare in cucina, si fermò a salutare Denise e John. Leo e Samantha erano alla postazione di Kai e stavano assaggiando le bibite italiane. Vanessa si sedette al tavolo riservato a loro, sorseggiando un brodo che Marina aveva chiesto a Heather di portarle. Leo le offrì uno dei frullati cremosi di Kai e lei lo abbracciò e lo baciò sulla guancia. Il cuore di Marina soffriva per loro.

Tornando in cucina, salutò Jim Boz, il responsabile del dipartimento di pianificazione di Summer Beach, che l'aveva guidata nel soddisfare i requisiti necessari per l'apertura.

"Ha messo insieme tutto questo a tempo di record", osservò Boz. "E anche in modo splendido. Congratulazioni".

"Apprezzo il suo aiuto, anche se forse ho avuto un momento di esasperazione per tutta la burocrazia. Anche se non era poi così esagerata, e capisco le motivazioni dietro tutto ciò".

Boz ridacchiò. "Mi capita spesso. Questo compensa tutto, di sicuro".

Ginger le fece un gesto e Marina la raggiunse.

"Visto che tu e Ivy siete ormai così amici, vorrei presentarvi i suoi genitori, Carlotta e Sterling". Ginger presentò una coppia di anziani dall'aspetto artistico. Ivy le aveva detto che si stavano preparando a fare il giro del mondo.

"Che piacere", disse Marina. "Vi sta piacendo tutto?"

"Gli spiedini di gamberi con salsa di coriandolo e avocado sono meravigliosi", disse Carlotta, agitando un braccio pieno di braccialetti di legno dipinti a mano. "Mi ricorda una salsa che faceva mia madre".

"Vedo che avete conosciuto i nostri genitori", disse Ivy mentre si univa al gruppo con la sorella Shelly.

Marina chiacchierò con loro per un po', e poi Ginger

disse: "Abbiamo dei piatti principali speciali che prepareremo adesso".

Si scusarono e tornarono in cucina. "Hai avuto un gran successo", sussurrò Ginger.

"Grazie al tuo aiuto", rispose Marina.

Jack era ancora al tavolo dello chef. Marina non poteva certo cacciarlo dalla cucina, soprattutto se c'era lì anche Leo. Marina serrò la mascella. Non aveva tempo di pensare a Jack. Mettendo da parte le sue emozioni, tornò al lavoro.

Lei e Ginger impiattarono il loro *coq au vin* e lo servirono con un brindisi dedicato a Julia Child. Poi passarono alla pizza ai gamberi e pesto di Marina. Leo si accaparrò il primo pezzo e Marina si accorse che era stata apprezzata proprio come la pizza all'astice. Marina decise che la quell'ultima versione sarebbe stata una specialità dello chef.

Marina suonò il campanello quando il kalbi e i panini vegetariani erano pronti e poi passò alle lasagne che erano state cotte nel vecchio forno O'Keefe & Merritt al chiuso. Aveva coperto tutte le necessità di base: manzo, pollo, frutti di mare, pasta e opzioni vegetariane per gli antipasti. Aveva anche pensato di organizzare una serata a base di grigliata di pesce, una volta alla settimana. Un altro ristorante era specializzato in bistecche. Il suo campo d'azione sarebbe stata la cucina da spiaggia per piacevoli cene tranquille. Non poteva esserci tutto per tutti, ma avrebbe servito piatti leggeri nel pomeriggio e antipasti più sostanziosi la sera.

Ci sarebbe stato molto da fare. Almeno, lo sperava.

"Ultimo round", disse Marina. "Ginger, perché non ti siedi questa volta? Kai può aiutarmi con il resto".

"Va bene, mia cara. Farò entrare Kai".

Proprio in quel momento la musica si fece più forte. Pochi istanti dopo, Kai entrò in cucina schioccando le dita. "Hai chiamato?"

"Aiutami con questi dolci. Ho dimenticato la panna montata".

"Nessun problema".

"Aggiungi un paio di pizzichi di cannella". Marina si fermò. "C'è gente che balla là fuori?"

"L'idea è quella. È una festa", aggiunse Kai strizzando l'occhio.

Leo sbirciò oltre il bancone. "Cosa c'è per dessert?"

Marina intrecciò le dita e si chinò sul bancone. "Ti piace il gelato?"

Gli occhi di Leo si illuminarono e annuì.

"Beh, allora credo che sarai felice. Ho il mio gelato crema e cookies fatto in casa. Con dei brownies al cioccolato".

"Gnam", disse Leo. "Lo dirò a Samantha".

Mentre sfrecciava via, Jack rise. "Ti ricordi quando ci emozionavamo così tanto per un gelato?"

Marina inarcò un sopracciglio. "Non hai ancora assaggiato il mio, fatto in casa".

"Suona come una minaccia", disse Jack, sorridendo.

Marina scosse la testa. Supponeva di doversi abituare alla presenza di Jack. Buoni amici, era tutto ciò che voleva. Forse era semplicemente incline a flirtare. Dopotutto, non lo conosceva da molto.

Marina dispose i quadratini di cheesecake e di torta di carote su un altro piatto da portata e poi tirò fuori le coppe di frutta fresche. Versò una piccola quantità di panna montata su fragole, mirtilli e lamponi. Non tutte le donne in bikini desideravano un dessert calorico.

"È ora di festeggiare", disse Kai suonando il campanello.

Nel patio, molti giovani stavano ballando. Marina riconobbe Misty, la figlia di Ivy, e Jamir, il figlio di Imani. Marina era sicura che Kai sarebbe uscita presto, insieme ai gemelli e ai loro amici.

Heather e Ethan si presentarono per i dolci. "Spero che tu ne abbia tenuti un po' per noi", disse Ethan.

"Lo sapete", disse Marina, facendo un gesto verso la cucina. "Sono nel frigorifero, quando vi va".

"Grazie, mamma", disse Ethan.

"Finalmente". Marina uscì dalla cucina e si sedette su una panca del lungo tavolo da chef. Jack aveva acceso il fuoco nel camino e le versò un bicchiere di vino rosso.

"Da dove arriva?", chiese.

Jack fece un cenno a Ginger, che sedeva di fronte a lui. "Fa parte della riserva speciale di tua nonna".

"Era uno dei preferiti di Julia", disse Ginger. "Ho pensato che fosse il momento giusto per stapparlo".

Marina fece roteare il vino rosso dall'aspetto setoso e ne inalò l'aroma intenso. "Ha un profumo delizioso".

"Il sapore è ancora più buono", aggiunse Ginger, avvicinando il suo bicchiere a quello di Marina.

"Non avrei potuto fare tutto senza di te", rispose Marina. "Mi hai permesso di trasformare il cottage degli ospiti, sei stata la mia *sous-chef* e la migliore nonna del mondo".

Ginger le strinse la mano e le baciò il dorso. "Hai aiutato anche me a realizzare uno dei miei sogni".

Jack si unì a loro. "Sembra che tu abbia trovato il tuo posto, qui a Summer Beach".

"L'ho fatto". In molti modi, pensò Marina. Ora sarebbe iniziato il vero lavoro. Riempire il locale ogni giorno sarebbe stata una sfida, soprattutto con l'aumento della concorrenza nelle comunità vicine. Ma a quello ci avrebbe pensato in un altro giorno. Quella sera, voleva godersi il momento.

Toccò il bicchiere di Jack. "A Summer Beach". In qualche modo, per quanto la disturbasse, le sembrava giusto che fosse lì.

15

"È quella la casa?", chiese Jack a Bennett, mentre l'amico accostava il SUV davanti a una vecchia casa sulla spiaggia, situata su un'altura. "Non c'è nessun cartello".

"Non è ufficialmente sul mercato", rispose Bennett.

Bennett gli aveva già mostrato alcune proprietà, ma nessuna di esse era esattamente ciò che Jack aveva in mente. Non aveva bisogno di molto spazio per sé, ma ora doveva pensare a Leo e a Scout. Una casa a pochi passi dalla scuola di Leo era importante per Jack. Preferiva anche essere vicino alla spiaggia e al paese. Per questo motivo, aveva escluso le proprietà sulla cresta della collina.

"Visto che hai detto di essere bravo nelle riparazioni, ho pensato che avresti potuto dare un'occhiata a questa abitazione. Qualcuno potrebbe dire che è da demolire, ma non sarebbe il caso, in questo quartiere. Che è un quartiere storico. Ma ha un'ottima struttura, anche se l'arredamento è un po'... insolito".

Jack rise. "Di sicuro sai come abbassare le aspettative di un cliente".

"È solo per dirti le cose in modo chiaro e tondo, amico". Bennett fece tintinnare le chiavi.

"Allora, qual è la storia che c'è dietro?"

"Appartiene al padre di uno dei miei clienti. Questa è stata la sua casa per la maggior parte della sua vita, ma si sta trasferendo con il figlio e la sua famiglia. Sono disposti ad affittarla fino a quando non decideranno cosa farne. Se ti piace, in futuro potresti fare un'offerta per acquistarla".

"Sembra che tu abbia tralasciato qualcosa".

Bennett ridacchiò. "Il proprietario era un artista piuttosto noto".

Jack si chiedeva cosa intendesse Bennett. "Forse potrei farci qualcosa".

"È un bel quartiere", disse Bennett. "Mia sorella e suo marito vivono proprio dietro questa casa. Logan, loro figlio, frequenterà la stessa classe di Leo in autunno".

Un altro amico per Leo sarebbe stato un bene, pensò Jack. Mentre salivano i gradini, considerò le sue necessità del momento. Le condizioni di Vanessa potevano peggiorare in qualsiasi momento, quindi Jack doveva essere pronto a prendere Leo con poco preavviso. Anche se le condizioni di Vanessa fossero migliorate per miracolo, avrebbe dovuto trovare una casa per lui. Scout aveva bisogno di un giardino sul retro e Jack poteva allestirlo. Gli sarebbe piaciuto anche avere una vista sull'oceano.

Tuttavia, Jack doveva mettere al primo posto le esigenze di suo figlio. La sua vita era cambiata rapidamente, ma gli stava piacendo. Per la prima volta nella sua vita, aveva qualcun altro di cui occuparsi. E, soprattutto, lo desiderava.

Jack non riusciva ancora a togliersi dalla testa Marina e sperava di non essersi reso ridicolo alla festa di inaugurazione. Dopo averle preso la mano mentre gli mostrava le modifiche apportate al cottage degli ospiti, se ne era pentito. Non avrebbe dovuto mandarle dei messaggi così contrastanti, ma era difficile nascondere i sentimenti che provava per lei.

Bennett aprì la porta ed entrò. Immediatamente Jack capì cosa intendeva. Nel soggiorno, una parete era ricoperta da un murale che raffigurava paesaggi marini. Una serie di finestre si apriva sulla vista dell'oceano e un soffitto a travi aperte era inclinato verso il centro della casa, facendola sembrare più grande di quanto non fosse.

"Mi piace", disse Jack, girando intorno al murale. "È ben fatto e dà sicuramente un'atmosfera da spiaggia".

Bennett rise. "In effetti, è così".

Una parete era fiancheggiata da un camino fatto di pietre bianche naturali. I pavimenti in legno erano usurati, ma avrebbe potuto pulirli o metterci sopra dei tappeti. "Ha del potenziale. Vediamo il resto".

Si diressero verso la cucina, dove il proprietario aveva dipinto una palma su una parete dove probabilmente c'era un tavolo. Ampia e vecchio stile, la cucina aveva molto spazio sul piano di lavoro, una vecchia stufa simile a quella nella cucina di Ginger e un profondo lavello a una vasca.

"C'è il lavello originale della casa colonica, che oggi vanno così tanto di moda", disse Bennett. "Gli elettrodomestici sono antiquati, ma funzionano bene". Indicò il vecchio forno. "La cosa buffa è che, per quanto vecchio, sembra nuovo. Non cucinavano molto".

Jack passò la mano sullo smalto blu scuro. "È così che vivevo a New York. Prendere da asporto era facile, e le cucine erano piccole".

"Il proprietario si recava ogni giorno in rosticceria per una colazione abbondante e pagava una vicina perché gli portasse un pasto fatto in casa la sera. Se lei non cucinava, lui usciva. Ha sempre sostenuto che cucinare interferisse con la sua creatività. Qui lo conoscono tutti".

Jack si dondolò sui talloni mentre si guardava intorno. "Potrebbe andrebbe bene". Bennett aveva ragione. Aveva una buona struttura.

Proseguirono verso una camera da letto. Su una parete,

una scena subacquea mostrava un sommozzatore in attrezzatura d'epoca che nuotava in mezzo a dai banchi di pesci colorati, mentre un polpo era appollaiato su una roccia e un'aragosta salutava.

Jack sorrise. "A Leo potrebbe piacere molto".

"Questa era la camera da letto di suo figlio. Oggi è un oceanografo".

"Vediamo la camera da letto principale", disse Jack. Attraversarono il corridoio, con i tacchi che risuonavano. Bennett aprì la porta.

La camera da letto era più grande di quanto Jack si aspettasse. Aveva spazio a sufficienza per un letto grande e comprendeva un'area salotto con un secondo caminetto. "Molto bella", disse Jack.

"Potresti notare che questa stanza non ha un murale", disse Bennett.

"Perché?"

"Il proprietario ha detto che stava aspettando l'ispirazione giusta. Ma non riusciva mai a decidere. Quindi, in questo caso, puoi arredarla a tua libera scelta".

Jack entrò, da una porta adiacente, in una veranda che sembrava essere stata aggiunta alla casa in un secondo momento.

"Che bella luce", disse Jack, passando la mano sulle vecchie lastre di vetro ondulate. "Potrei riuscire a fare molte cose in questa stanza".

Immaginava di allestire lì la sua postazione di lavoro. Da un lato, poteva vedere chiaramente l'oceano. Dall'altro lato, la vista dava sul cortile. Immaginava Leo e Scout che giocavano lì fuori. Avrebbe dovuto proteggere il suo orto, che poteva essere collocato in un punto soleggiato che aveva già individuato.

Tranne quando aveva aiutato Marina a ricostruire quello di Ginger, dopo che Scout era riuscito a distruggerlo, non aveva mai avuto un orticello o un pezzo di terra da coltivare, da quando aveva lasciato la fattoria di famiglia in Texas.

"Sarà un bel cambiamento rispetto al mio appartamento di New York", disse Jack. "Un gran bel cambiamento, ma che proprio non mi aspettavo".

Controllarono i bagni, che erano funzionali anche se un po' datati. A Jack non dispiacquero. Il bagno principale aveva una grande vasca e una doccia separata. Piccole piastrelle esagonali bianche e nere ricoprivano il pavimento. Un altro bagno simile, nel corridoio, sarebbe andato bene per Leo.

"C'è un'altra unità abitativa sopra il garage, che il proprietario utilizzava anche come spazio di lavoro e deposito. Sono due stanze con bagno e angolo cottura". Salirono le scale sopra il garage per vederla.

Una serie di finestre si apriva su un'altra ampia vista sull'oceano. In quella stanza, schizzi di vernice ricoprivano i pavimenti in legno, mentre nell'altra stanza, in un angolo, si trovava ancora una vecchia scrivania e un angolo cottura era allineato a un'altra parete.

"Probabilmente non userò lo spazio qui dietro", disse Jack.

"Potresti subaffittare questa unità posteriore".

"Necessita di alcuni lavori".

Bennett scosse la testa. "Ai surfisti non importa che ci sia della vernice sul pavimento".

Tornarono al SUV di Bennett e Jack guardò di nuovo la facciata della casa. "Sono pronti ad affittarla, adesso?"

"Potrebbe essere tua entro il fine settimana. Vuoi che faccia un'offerta?".

Jack sbatté le palpebre. Stava succedendo davvero. Si mise a ridere da solo. Non aveva nemmeno dei mobili. Il suo appartamento a New York era stato subaffittato a un collega, anche se Jack non vi aveva lasciato molto, in termini di effetti personali. In tutti quegli anni, aveva viaggiato leggero. Nel suo lavoro, era sempre pronto a fare le valigie e a partire. Troppe cose lo appesantivano.

"Non voglio metterti fretta, ma case come questa non si trovano spesso. Quando sono disponibili, vanno a ruba. Soprattutto quando il prezzo è giusto".

"È un passo importante". Jack dondolò avanti e indietro sui talloni.

"Prenditi il tuo tempo", disse Bennett.

Entrarono nel SUV. Mentre Bennett si allontanava, Jack fissò la casa. Accanto, vide un ragazzo e una ragazza dell'età di Leo. Lo salutarono e Jack alzò la mano in risposta.

"Sai chi abita nella casa accanto?", chiese Jack.

"Una bella coppia. Hanno un negozio in città e questi sono i loro figli. Hanno quasi l'età di Leo". Bennett salutò anche loro.

Jack espirò. "Ripensandoci, è perfetta".

"Bene. Ho con me il contratto di locazione. Che ne dici di pranzare?"

"A te la scelta", rispose Jack. Stavano parlando della casa, quindi Jack non prestò attenzione a dove stavano andando finché Bennett non si fermò davanti al Coral Café.

"È un bene patrocinare le nuove attività commerciali della città". Bennett lanciò un'occhiata al patio, non molto affollato. "Mi sorprende che non ci sia più gente. Pensavo che Marina avesse fatto una grande inaugurazione".

"Ha detto che le catene di fast-food della comunità vicina sono molto competitive".

"So che sono convenienti", disse Bennett, scuotendo la testa. "Ricevo delle critiche da alcuni residenti, ma qui i fast-food e le catene di ristoranti farebbero fallire molti dei nostri ristoranti locali. Questo non solo danneggia gli imprenditori, ma nel tempo va a distruggere anche il carattere della comunità". Molte attività commerciali di Summer Beach fanno affidamento sul flusso di turisti. È per questo che qui non sono ammesse le grandi catene. Essere diversi e offrire un'esperienza unica è ciò che attrae la gente. E i nostri ristoranti offrono cibo migliore, con prezzi simili".

Jack pensò ai luoghi che spesso visitava solo perché gli piacevano certi ristoranti. Bennett non aveva tutti i torti, e gli faceva piacere che il sindaco difendesse l'individualità e le piccole imprese. "È meglio che la gente possieda un ristorante, piuttosto che si metta a servire hamburger per una grande catena, suppongo".

Bennett annuì. "E che si rifornisca localmente, piuttosto che da qualche società fuori dallo Stato o dal Paese, cosa che, a sua volta, fa sì che il denaro rimanga nella comunità. Da noi si guarda a lungo termine".

Mentre camminavano verso il patio, Ginger li salutò. "Bene, ecco due dei miei uomini preferiti. Accomodatevi pure, vi farò servire da Heather". Li accompagnò a un tavolo.

"Marina sta cucinando?", chiese Jack.

"Di sicuro. Le dirò che siete qui e che avete chiesto di lei".

Jack alzò la mano per dirle che non era necessario, ma lei era già andata a dirlo a Marina. "Ah, accidenti". Si passò una mano sul viso.

"Ginger è una vera e propria organizzatrice di incontri", disse Bennett, sorridendo. Dopo una pausa, chiese a bassa voce: "C'è qualcosa tra te e Marina?".

Combattuto tra la testa e il cuore, Jack rifletté per un attimo su quella domanda. "C'è stato un momento particolare, ma ho fatto un pasticcio non dandogli seguito. Mi piace molto, ma non è il momento giusto. Con il fatto che devo prendermi cura di Leo e la salute fragile di Vanessa, non vedo come sia possibile".

"Anche Vanessa sembra tenere molto a te", disse Bennett.

Jack apprezzava l'amicizia di Bennett. Non c'erano molti uomini con cui Jack potesse davvero parlare, anche se aveva molti conoscenti. Gli uomini non condividevano i problemi personali come le donne, ma Jack avrebbe voluto che lo facessero. Molti uomini si preoccupavano di mantenere le apparenze e avevano paura di mostrare qualsiasi segno di debolezza.

Ma Bennett gli aveva parlato di come avesse perso sua moglie, giovane e incinta, un decennio prima. Jack pensava che questo gli desse una prospettiva diversa rispetto agli altri. Stava anche frequentando Ivy, una vecchia amica di Marina che aveva trascorso l'adolescenza lì a Summer Beach.

"Io e Vanessa ci siamo occupati delle stesse storie per giornali diversi". Jack gli raccontò tutta la storia della situazione in cui si erano venuti a trovare. "Non ne vado fiero, ma ora sono impegnato a fare il padre. Vorrei che me lo avesse detto prima".

Aveva vacillato tra le emozioni, dall'incertezza e dalla paura alla rabbia nei confronti di Vanessa per non avergli detto di avere un figlio. Tuttavia, viste le sue condizioni, la sua rabbia si era trasformata in compassione.

"Vanessa sembra avere una forte volontà".

"Certo. Ma è anche estremamente realistica. Pragmatica. Si preoccupa dei sentimenti degli altri, ed è per questo che mi ha tenuto nascosta la sua gravidanza. Per il bene dei suoi genitori".

"Non sembri un tipo così cattivo", disse Bennett con un accenno di risata. "O forse sei cambiato".

Jack si accarezzò la barba incolta. "Cambiato, di sicuro".

"Non capita a tutti".

Jack piegò con noncuranza il tovagliolo a triangolo, mentre pensava. "Probabilmente sono andato un po' troppo sul personale con Marina alla festa di inaugurazione. Ho cercato di tenerle la mano. Lo so, lo so, sembra una cosa abbastanza innocua...".

"Non a una donna".

"E non voglio illuderla. È successo in modo così naturale, non ci stavo nemmeno pensando, ma quando ci siamo sfiorati...". Jack si passò una mano tra i capelli. "È a Leo che sto pensando. Non so gestire molto bene le relazioni con le donne. Se lui spostasse il suo affetto su Marina, dopo Vanessa... sai... sarebbe piuttosto dura per il piccoletto".

"Posso fare qualcosa?"

Jack scosse la testa. "Aiutami a non rendermi ridicolo con Marina, se puoi. So che è difficile".

Bennett si guardò intorno. "Non mi ero reso conto di tutto questo. Forse avremmo dovuto andare da un'altra parte".

"No, va bene così. Voglio essere un suo cliente. Solo che non voglio che sembri che io abbia un particolare interesse".

"Anche se è così".

"Esatto". Jack sorrise. "Sapevo che avresti capito".

Bennett ridacchiò e batté i pugni con Jack. "A dire il vero, sì".

Un conoscente di Bennett si fermò al tavolo e Bennett li presentò. Mentre i due uomini parlavano di affari cittadini, Jack guardò verso l'oceano. Dal locale si vedeva chiaramente il porto turistico. La *Princess Anne* era ancora attraccata.

Dopo che l'altro uomo se ne fu andato, Jack sollevò il mento verso lo yacht. "Perché credi che siano ancora qui?"

"Non saprei dire. Si staranno godendo un po' di tempo qui, suppongo".

Jack abbassò la voce, anche se il locale non era affollato. "Non hai sentito niente di strano su quella coppia? Charles e Anne?"

"Dobbiamo preoccuparci?"

Jack si sentì un po' sciocco. "Non lo so. Questo sembra un porto insolito per loro".

"Sono amici di Carol e Hal, a quanto ho capito".

Jack scosse la testa. "Li conoscono appena".

"Stai fiutando qualche storia?", chiese Bennett.

"Qualcosa del genere", rispose Jack. Parlarono ancora un po' e poi Heather si avvicinò al tavolo.

"Benvenuti al Coral Café. Che ne dite di iniziare con uno dei nostri frullati estivi?". Heather consegnò a ciascuno di loro un menù. "Questo è il nostro primo menù, e ci piacerebbe avere il vostro parere su cos'altro vorreste trovarci o se c'è qualcosa che non vi piace. Potete dirmelo e vi prometto che non dirò a mia madre chi ha riferito cosa".

Jack inarcò un sopracciglio. "In modo completamente anonimo?"

"Assolutamente sì". Heather annuì. "Vogliamo dare ai nostri clienti quello che desiderano. Nei limiti del ragionevole, come dicono Ginger e la mamma".

Bennett ridacchiò. "Parli come una vera imprenditrice".

"Anche a me piacerebbe avviare un'attività commerciale, un giorno".

"Tua madre è una vera ispirazione per te, non è vero?", chiese Jack.

"Non avete idea quanto. Ci ha cresciuti da sola. Non ho capito cosa significasse tutto questo finché non sono andata all'università e ho dovuto fare tutto per conto mio". Batté la matita su un blocco di carta. "Allora, che tipi di frullato posso preparare per voi?"

Jack diede un'occhiata alla lista. "Alla pesca, per come mi sento oggi".

"Fragola, per me", disse Bennett.

"Oh, e mia madre ha detto che le insalate sono buone e abbastanza abbondanti, ma a meno che non siate a dieta, e probabilmente non lo siete, vero? un'insalata e qualcosa come i panini andrebbero bene. A meno che non siate vegani. Oh, ho dimenticato la lista vegana, ma posso procurarvela. Alcuni dei miei amici maschi non mangiano molta insalata, ma mia madre dice che è molto importante per la digestione. Scusate, che tipo di frappé volevate? Volevo dire frullati".

Heather fece una smorfia; chiaramente era un po' imbarazzata. "Mamma mi ha detto di non parlare troppo, ma dato che conosco Jack, sono sicura che non vi dispiace. E Ginger dice che Bennett è il sindaco più bello che Summer Beach abbia mai avuto, e spera che tu rimanga a lungo perché sai anche cosa stai facendo in municipio". Si fermò e si morse il labbro. "Ho detto troppo, vero? Questo è il mio primo giorno.

Sto cercando di fare le cose per bene, ma non ho mai servito ai tavoli prima d'ora".

Jack rise mentre il viso di Bennett diventava anch'esso rosato. "Heather, stai andando benissimo. Anche se forse dovresti tenerti un po' delle cose che hai detto per te. Sai, la parte sul sindaco. Ho sentito dire che è un po' timido. E poi, ci sono i frullati di pesca e di fragola".

"Oh, giusto". Scarabocchiò l'ordine sul suo blocco e poi si avvicinò. "Spero che non pensiate che io sia una testa di rapa. Sono solo un po' nervosa".

"Tua madre si è vantata dei tuoi voti", disse Jack, rassicurandola.

Heather si illuminò. "Grazie, torno subito".

"Ti ricordi quando avevi quell'età?", chiese Bennett.

"Certo che sì. Sembra eccessivamente sincera. Mi ricorda sua madre". Jack poteva vedere Marina in cucina e cercò di non fissarla.

"A proposito del contratto di locazione", disse Bennett. "Possiamo anche includere un'opzione di acquisto, se lo desideri". Tirò fuori i documenti che aveva portato con sé e i due uomini si misero al lavoro. Mentre Jack sfogliava i documenti e firmava la richiesta di affitto, Bennett batteva la penna sul tavolo.

"Una cosa che ho imparato sulle donne, quelle giuste con cui si vuole costruire una vita, è che bisogna avere pazienza".

"Stai parlando di Ivy?"

Bennett sorrise. "È quella giusta per me. Ora, non so se Marina sia quella giusta per te, ma voi due avete molto in comune, oltre ad aver lavorato nei media. Gioca a lungo termine, amico mio. Non te ne pentirai. E chi lo sa? Quella casa è abbastanza grande per una famiglia. Avrai tutto il tempo per ristrutturarla".

Jack pensò al consiglio di Bennett. "La pazienza non è mai stata il mio forte. Nel mio lavoro, dovevo fidarmi dell'istinto e andare a caccia di una storia quando si presentava l'occasione giusta. Ma la pazienza e il saper ricercare mi hanno sempre guidato verso le storie migliori".

"E hai un Pulitzer per dimostrarlo, ho sentito dire".

Jack ridacchiò. "Non ne vincerò altri, ma è vero. È così che ce l'ho fatta".

"Potresti non ricevere premi in questa fase della tua vita, ma sarà molto gratificante".

"Ti manca non avere figli?"

"Hai conosciuto mio nipote Logan alla festa. Lo considero mio figlio, così com'è per mia sorella Kendra e suo marito Dave. Solo che loro non lo sanno. Ma io e Logan siamo molto legati. Lui e Leo andavano d'accordo, alla festa di inaugurazione".

Jack guardò Heather portare le ordinazioni dalla cucina, dove poteva vedere Marina. Lei si sporse e lo salutò, e Jack ricambiò.

Bennett gli aveva dato molti buoni consigli da tenere in considerazione. *La pazienza.* Non era mai stata una delle sue virtù, ma forse era giunto il momento di iniziare a praticarla.

Quando finirono di pranzare, Bennett lasciò Jack alla locanda perché aveva altre riunioni in municipio.

Dopo aver portato Scout a fare una passeggiata, Jack prese il telefono, gli auricolari senza fili e si mise a sedere su una sdraio della terrazza. Trovò della musica rilassante e chiuse gli occhi.

Il sole era caldo e lui si era alzato presto per fare una corsetta sulla spiaggia. Un breve pisolino al sole, seguito da una nuotata, era proprio quello che gli serviva per rinvigorirsi prima di raggiungere Leo per cenare nella casa sulla spiaggia con Vanessa e i suoi amici.

Aveva molte cose a cui pensare, ma possedere un'abitazione avrebbe attenuato molte delle sue preoccupazioni. Presto Leo avrebbe avuto una stanza e un altro posto da chiamare casa. Bennett promise di fargli sapere non appena il proprietario avesse accettato l'offerta di affitto.

A un certo punto, Jack avrebbe dovuto contattare il suo capo, che lo aspettava al lavoro dopo il suo anno sabbatico, entro qualche mese. Avrebbe potuto dedicarsi al giornalismo investigativo come freelance, un lavoro che non prevedeva benefit, ma sarebbe stato d'aiuto per facilitare la transizione verso la sua nuova vita. Il fatto è che gli piacevano gli stimoli intellettuali. Disegnare e assistere Ginger era piacere puro. Avrebbe guadagnato dai diritti d'autore, ma in modo altalenante, a seconda delle vendite del libro.

Mentre Jack rifletteva sul suo futuro, si assopì.

Alcune voci soffocate fluttuavano verso di lui nella brezza dell'oceano. Una delle sue cuffie si spense. Aveva dimenticato di ricaricare le batterie. Pochi minuti dopo, anche l'altra si esaurì. I suoni si alzarono nell'aria.

Senza aprire gli occhi, spostò la mano.

"Shh, si è mosso".

"Non ci sente. Ha le cuffie".

"Fa lo stesso…".

Jack fermò la mano. Immediatamente, la sua formazione professionale entrò in azione. Era sempre attento ai dettagli. *Un uomo. Una donna. Anziana.* Probabilmente in imbarazzo per qualche discussione domestica. Si rilassò, ma il suo interesse si fece vivo. Cosa non volevano che sentisse?

La coppia ricominciò a parlare a bassa voce. In un'altra lingua.

Russo.

La brezza marina trasportava quelle voci, facendole volare sotto la grondaia della vecchia casa e spingendole verso di lui.

Jack aveva seguito alcuni corsi all'università, sperando di ottenere un giorno qualche incarico in Russia. Nonostante ciò, il suo livello di conoscenza della lingua non era così alto come avrebbe dovuto. Ascoltando, riuscì a cogliere alcune parole.

Quando la coppia si alzò per andarsene, Jack aprì leggermente un occhio. *Charles e Anne.* Probabilmente all'inizio non lo avevano visto. E di certo non si erano fermati a salutarlo.

16

_M_arina era seduta al tavolo della sala da pranzo con il suo computer portatile e stava inserendo in un foglio di calcolo i dati relativi alle entrate e alle uscite della prima settimana. Si accigliò e si morse il labbro. Le entrate non erano così alte come avrebbe voluto.

Pensò agli strumenti che aveva a disposizione per controllare i costi. Ridurre le dimensioni del menù, risparmiare sui costi del cibo. Avrebbe potuto intervenire sul personale, ma Heather lavorava per pochissimo e Ginger metteva a disposizione il suo tempo gratis. Marina doveva attirare più clienti. Molti abitanti del luogo la stavano sostenendo, e ne era grata.

La porta della cucina sbatté e Ginger arrivò a casa dalla sua escursione. "Ti chiederei come stai, ma la tua faccia mi dice tutto".

Marina si passò le mani sul viso. "Non sto ancora guadagnando".

"Di solito è difficile, all'inizio. Posso fare qualcosa?"

"Agitare una bacchetta magica?"

Ginger si accomodò su una sedia accanto a lei. "Troverai una soluzione. Parlami del tuo piano di marketing".

"Il mio budget per la pubblicità è piuttosto ridotto e

intendo continuare a investire i profitti per costruire l'azienda".

"Quando dico marketing, intendo altre cose. La tua mailing list, i social media. Come sta andando il *Taste of Summer Beach*?"

"Ho trovato una data libera nel calendario del Comune e ho iniziato a contattare i ristoratori della città. Ma abbiamo anche bisogno di molte attività di marketing per far sì che questo evento abbia successo. Non ho tempo per fare tutto. O i soldi per pagare qualcuno che se ne occupi".

"Quando hai avuto l'idea, non pensavi che ne avrebbero beneficiato anche molte altre persone?"

"Certo. Ma non ho il tempo di stare dietro a tutte le cose a cui avevo pensato".

"Allora, prova a barattare qualcosa con qualcuno. Tutti devono mangiare".

Marina alzò gli occhi dal suo foglio di calcolo. "Perché non ci ho pensato prima?"

"Perché sei troppo coinvolta e un po' sopraffatta dal problema".

"Ottimo. Mi serve solo un professionista del marketing che sia abbastanza affamato. Letteralmente". Ci pensò un attimo. "E so già chi chiamare. Grazie per il consiglio, Ginger".

Si alzò dal tavolo. "Saresti arrivata alla stessa conclusione. A volte abbiamo bisogno di qualche scorciatoia. I miei studenti venivano da me con un problema di matematica e, quando finivano di spiegarlo, trovavano la risposta da soli".

Marina compose un numero sul telefono. "Ciao Poppy, sono Marina. Abbiamo scambiato due chiacchiere alla festa di inaugurazione. Ho un'idea di cui vorrei parlarti".

DOPO IL PRANZO, Poppy arrivò al Coral Café e Marina era lì, pronta ad accoglierla.

"Ciao, Marina", disse Poppy. "Sono felice che tu mi abbia chiamato. E sì, sto morendo di fame".

"Vieni in cucina. Posso preparare quello che vuoi".

"La pizza al pesto e gamberetti che hai servito alla festa era deliziosa".

"Arriva subito". Marina chiese a Heather di occuparsi del locale mentre lei parlava con Poppy.

Poppy aveva una personalità solare e i suoi lunghi capelli biondi erano raccolti indietro, lasciando libero il suo volto fresco e pulito. Sembrava più giovane della sua età, ma Ivy le aveva detto che si era laureata alla University of Southern California e aveva diversi clienti privati a Los Angeles nel campo della moda e del design. Si stava facendo un nome occupandosi del marketing e della pubblicità per loro. Ivy le aveva detto che Poppy era estremamente ben organizzata e proattiva.

Mentre Marina tirava fuori gli ingredienti per la pizza, iniziò a spiegarsi. "Come sai, ho appena iniziato, quindi non ho molti soldi a disposizione. Posso pagarti, ma potrei anche offrirti un bel numero di pasti gratuiti qui, o di occuparmi del catering per qualsiasi evento tu voglia organizzare. Questo vale anche per il Seabreeze Inn. Uno scambio così andrebbe bene per te?".

Mentre guardava Marina spalmare la salsa al pesto sull'impasto della pizza, Poppy tirò fuori un taccuino. "Possiamo ragionarci su insieme. Mi piacerebbe avere un posto dove portare i clienti o cenare".

"Lo apprezzo molto", disse Marina, sollevata.

Poppy diede qualche colpetto con la penna. "Ho stilato un elenco di blogger e influencer. Potrei scrivere un comunicato stampa, fare foto e video del locale e intervistarvi. Potremmo organizzare un pranzo per i media e invitare le persone a conoscervi e a fare domande".

"Sarebbe di grande aiuto". Marina aggiunse alla pizza la sua miscela di formaggi italiani e i gamberetti, per poi infornarla. Sto anche organizzando un evento chiamato *Taste of Summer Beach* e ho coinvolto molti ristoranti. Potrebbero offrire un aiuto finanziario per promuovere anche quell'evento. Dovrò chiedere".

"Posso occuparmi di entrambe le cose", disse Poppy, prendendo nota. "Preparerò una proposta, e sarò gentile. Ho un paio di clienti importanti nel campo della moda a Los Angeles che sono molto generosi. Finanziano volentieri progetti pieni di passione come questo".

"Cosa ne pensi sul fatto di organizzare l'evento qui?"

Poppy si guardò intorno. "A seconda di quanti ristoranti parteciperanno, potrebbe non esserci abbastanza spazio. Che ne dici di ospitarlo alla locanda? Chiederò a Ivy e Shelly, ma abbiamo più spazio e la fiera d'arte dell'anno scorso ha avuto un'ottima affluenza. Credo che parte del successo sia stata dovuta alla curiosità della gente per quella vecchia casa. Tutti pensavano che fosse infestata".

"Lo è davvero?"

Poppy rise. "Solo da un fantasma amichevole, ma Ivy non lo ammetterà mai".

Marina lasciò andare un sospiro che non si era resa conto di aver trattenuto. "Mi piacerebbe molto, e credo che anche gli altri ristoratori lo gradirebbero".

"Ci penso io", disse Poppy, aggiungendo tutto alla sua lista.

Marina sfornò la pizza e Poppy mise da parte il suo taccuino. Marina la raggiunse e, mentre gustavano la pizza e l'insalata, continuarono a parlare dei potenziali partecipanti, del programma e di altri dettagli.

Quando Poppy se ne andò, Marina era sollevata ed emozionata. Tornò al cottage per raccontare a Ginger del successo dell'incontro.

Bussando alla porta della camera da letto della nonna, Marina attese, rispettando la sua privacy.

Mentre il resto del cottage era arredato in modo informale, pensando a nipoti e pronipoti chiassosi, la stanza di Ginger era diversa. Racchiudeva i ricordi di una vita e rifletteva il suo gusto raffinato. Il suo profumo persisteva, così come la biblioteca di Bertrand conservava ancora un lieve odore del suo tabacco da pipa alla vaniglia.

"Entra pure", disse Ginger.

Dopo essersi tolta le scarpe, Marina si avvicinò al morbido e intricato tappeto di seta che Ginger aveva acquistato durante un viaggio da un importante rivenditore di tappeti persiani. Ogni cosa nella stanza di Ginger aveva una storia alle spalle, di solito associata ai suoi viaggi e alla sua vita con Bertrand.

Marina amava il profumo di rose che era sempre presente lì. Sua nonna le tagliava fresche dal giardino e, quando nei suoi roseti non ce n'erano, ne comprava altre da Imani, al chiosco dei fiori. Un lampadario di cristallo brillava alla luce del sole. Quella stanza aveva la migliore vista sull'oceano di tutta la casa.

La suite privata di Ginger era una finestra sulla vita dei nonni di Marina. Foto incorniciate dell'attraente coppia con diplomatici e capi di Stato erano posizionate in tutta la camera da letto e nel salotto adiacente. Su una poltrona si trovavano i cuscini che Ginger aveva realizzato con delle frasi in codice a punto croce. Erano regali che aveva fatto a Bertrand. Alcuni commemoravano il loro amore, mentre altri riguardavano delle sorprese, come il viaggio a Capri che Ginger aveva organizzato per il loro anniversario.

Ginger era seduta a un'antica scrivania francese e stava scrivendo una lettera. Togliendosi i mezzi occhiali, si girò. "Dalla nuova espressione del tuo viso, sembra che tu abbia buone notizie".

"Io e Poppy abbiamo appena avuto una bellissima conversazione. Avevi ragione. Ha accettato di aiutarci con il marketing del locale e il *Taste of Summer Beach*. Ha delle idee meravigliose e molti contatti con dei travel blogger".

"Sembra che tu abbia un rapporto simbiotico con il

Seabreeze Inn. Vi rivolgete a un pubblico simile". Ginger accarezzò una sedia accanto alla sua scrivania. "Accomodati. Ho delle novità anche per te".

Marina sprofondò sulla sedia. Ginger aveva un'aria seria e questo la rendeva nervosa. Sua nonna era una donna sana e piena di spirito, ma non era più giovane. "Cosa c'è?"

"Ho parlato con un mio amico medico".

Marina trattenne il respiro.

Ginger vide l'espressione della nipote. "Rilassati. Non si tratta di me. Le ho chiesto di informarsi sulle condizioni di Vanessa".

Un senso di sollievo la pervase. "E...?"

Ginger le prese la mano. "Ha scoperto che in Europa stanno conducendo ricerche sulla sua rarissima condizione. Sembrano piuttosto promettenti. E visto che Vanessa è ancora relativamente giovane, si metteranno in contatto con la sua équipe medica per renderla disponibile. Se è una candidata valida, vorrebbero che partecipasse allo studio. Il trattamento è ancora in fase sperimentale, ma finora i risultati sono stati piuttosto buoni. Anzi, miracolosi".

Marina avvolse le braccia intorno a Ginger. "Grazie mille. Credo che Vanessa sarà entusiasta di sentirlo. E Leo...". Marina si premette la mano contro il cuore mentre si commuoveva.

Ginger sorrise. "Potrebbe non sapere mai che sei stata tu a fare questa gentilezza. Ti va bene così?"

"Certo. Non ho bisogno di alcun riconoscimento. Voglio solo vederla vivere più a lungo, per se stessa e per il bene di suo figlio. Ancora oggi, ai gemelli manca il padre che non hanno mai conosciuto".

Ginger posò una mano sul ginocchio di Marina. "Se Vanessa si riprende, devi capire che ciò che hai messo in moto avrà un impatto su Jack. Sei pronta ad accettare queste conseguenze?"

"Non capisco dove vuoi arrivare".

"Vanessa sembra piuttosto affezionata a Jack", pensò Ginger. "Con questo nuovo trattamento, potrebbe avere ottime possibilità di sopravvivere". Scelse le parole con attenzione. "Conoscendo Jack, potrebbe voler fare la cosa giusta per come la vede lui, cioè ricongiungersi con Vanessa per il bene di Leo. So che tieni a lui. Sei pronta per questo?"

Marina inspirò. "Sarà una decisione di Jack. E se questa è la sua decisione, allora darò loro la mia benedizione".

Lei sbatté gli occhi, lucidi per le lacrime calde che le orlavano le ciglia. "Forse avrò il cuore un po' spezzato, ma ho imparato che i cuori guariscono. Una volta, una donna saggia mi ha detto che le cicatrici rendono il cuore più forte e resistente".

Ginger afferrò le mani di Marina. "Non potrei essere più orgogliosa di te".

17

*M*arina si occupò dei dettagli gestionali della sua attività. Apportò delle modifiche al menù, tagliando alcune voci e aggiungendone altre in base a ciò che la gente ordinava. I frequentatori della spiaggia sembravano gradire pizze, insalate, hamburger e antipasti a pranzo, mentre gli ospiti dell'ora di cena preferivano piatti completi. Aggiunse un elenco di ingredienti per le pizze tra cui le persone potevano scegliere, oltre a delle patatine dolci con maionese all'aglio e patatine ricce. I piatti più popolari erano quelli semplici, che i clienti ordinavano senza pensarci troppo. Marina desiderava realizzarli al meglio.

Per incoraggiare gli affari locali, stampò dei volantini con un buono per un aperitivo gratuito. Camminò di negozio in negozio per il villaggio, presentandosi e invitando negozianti e dipendenti al Coral Café. Nan Ainsworth le chiese se volesse lasciare dei volantini in più per i loro clienti, e Marina lo fece. Anche altri glielo permisero.

Le piacque incontrare altri proprietari di negozi, e tutti promisero di diffondere la notizia del *Taste of Summer Beach*. Se quell'evento era in grado di attirare gente nella comunità, era un bene per tutti.

Gli affari aumentavano costantemente, ma non ancora al livello desiderato.

Un giorno, Carol Reston e suo marito Hal vennero a pranzo. Marina era impaziente di vedere la leggendaria cantante. Heather era semplicemente troppo nervosa.

"È un piacere rivedervi", disse Marina, porgendo loro i menù. Carol era una rossa minuta dalla voce potente. Marina e sua sorella erano cresciute ascoltandola intonare una hit dopo l'altra. Suo marito era un uomo attraente dai capelli brizzolati. "Ginger dovrebbe tornare presto, le dirò che siete qui".

"Ginger è una delle mie persone preferite al mondo", disse Carol. "Con tutte le storie che ha, è in grado di conversare a tavola con chiunque. Una volta l'ho fatta sedere accanto a un brillante scienziato, anche se piuttosto reticente, e sapete che Ginger conosceva i suoi studi? Chi l'avrebbe mai detto? Quell'uomo se ne andò sentendosi come se fosse stato l'anima della festa. Ginger è semplicemente divina".

"Abbiamo sentito parlare molto del nuovo evento che stai organizzando", disse Hal. "*Taste of Summer Beach*, giusto?"

"Con più di trenta ristoranti del posto", disse Marina con orgoglio. "Sarà all'interno del Seabreeze Inn. Speriamo di attirare le persone a Summer Beach per far scoprire loro la cucina locale. Possiamo fare di questa comunità un paradiso per i buongustai".

"Ci piacerebbe", disse Hal.

Carol fece una smorfia. "Ho sentito dire che le catene di ristoranti ti stanno rubando gli affari".

"Un po' a tutti, temo. Torno tra qualche minuto, se intanto volete dare un'occhiata al menù".

Hal alzò una mano. "Sappiamo cosa vogliamo". Diede a Marina il loro ordine.

Marina si voltò per andare in cucina, ma Carol la richiamò.

"Ho appena avuto un'idea". Gli occhi di Carol brillarono

di emozione. "Avete bisogno di un personaggio di spicco per attirare la gente, e non sto parlando di me, anche se sarò presente all'evento. Piuttosto, intendo qualcuno del mondo della gastronomia. Un grande chef. Ne conoscete qualcuno?"

Marina scosse la testa. "Ne conosco alcuni a San Francisco, ma non li definirei grandi chef".

Carol tamburellò le unghie laccate sul tavolo. "Hal, caro, dovremmo chiamare Alain George. È un nostro caro amico. Ha cucinato per il matrimonio di nostra figlia Victoria al Seabreeze Inn dopo quel terribile incendio. Abbiamo dovuto spostare l'intera cerimonia all'ultimo momento. Ivy e Shelly hanno allestito una location spettacolare e l'acustica di quella vecchia casa è sorprendentemente buona".

Hal sembrava dubbioso. "Carissima, forse Alain andrebbe contattato con più anticipo".

"Potrebbe fare il giudice. Gli piacerebbe".

"Deve esserci qualcosa di adatto per lui".

Carol tamburellò le dita più velocemente. "Penserò a qualche altra cosa".

"Perché non una sfida come quelle che fanno in quei programmi di cucina in televisione?". Le parole erano già uscite dalla bocca di Marina, prima che si rendesse conto di tutto ciò che comportava. Cucinare in una gara contro uno chef di fama mondiale? Probabilmente sarebbe finita con un colossale fallimento e un altro meme.

Si morse il labbro. Ginger le avrebbe detto di smettere di pensare in quel modo. Sollevò il mento. "Alain potrebbe scegliere un piatto per cui è famoso e noi potremmo fare a gara. Potremmo filmare il tutto per i social media". Poppy era in grado di trovare qualcuno che girasse video professionali. In qualche modo, ci sarebbero stati i soldi per farlo.

"Lo chiamo", annunciò Carol. "Alain è in debito con noi perché gli mando tanti clienti affamati. Inoltre, ama stare in nostra compagnia. Gli dà un motivo per staccare dai suoi ristoranti".

Marina tornò in cucina, sentendosi un po' sopraffatta. Che cosa aveva messo in moto? Cucinare contro un grande chef era una follia. Ma se fossero riusciti a convincere Alain George a venire, l'evento avrebbe potuto attirare i media e le persone necessarie. Era un tentativo azzardato, ma che valeva la pena di fare.

Marina era in cucina a preparare il pranzo per Carol e Hal quando entrò Ginger. Alzò lo sguardo. "Carol e Hal sono qui. E non indovinerai mai chi vogliono portare all'evento".

"Conoscendo Carol, deve essere un personaggio di spicco".

"Lo chef Alain George".

Gli occhi verdi di Ginger si accesero di emozione. "Che idea meravigliosa".

"E poi, ho proposto una gara".

"È meglio che vada a parlare con loro". Ginger si affrettò verso il loro tavolo.

Heather entrò in cucina portando un vassoio. "Mamma, ho appena sentito quello che hai detto. Sarebbe fantastico".

"Incrociamo le dita. Gli abbiamo dato un preavviso piuttosto breve".

"Sarebbe fantastico. Aspetta che Ethan lo venga a sapere". Heather indicò un altro tavolo. "Quando hai un minuto, è richiesta la tua presenza al tavolo numero quattro".

"Chi c'è?"

"Jack e Leo. E sua mamma".

"Digli che sarò lì presto".

Marina terminò l'ordine per Carol e Hal e lo inviò a Heather, che le assicurò di potercela fare. Marina si ricompose e si diresse verso il tavolo numero quattro.

"È così bello vedervi tutti qui", disse Marina. Arruffò i capelli di Leo, che le sorrise. Vanessa aveva il viso più colorito di quanto Marina ricordasse e Jack era raggiante. Sembrava che avessero tutti qualche segreto.

Incominciò Vanessa. "L'ultima volta che siamo stati qui

per la tua festa, non sono riuscita a mangiare molto, ma sembrava tutto così delizioso". Vanessa allungò la mano verso quella di Jack, dall'altra parte del tavolo. "Così, quando ho cominciato a sentirmi meglio, questo è stato il primo posto in cui sono voluta venire".

"Sono molto contenta di sentirlo", disse Marina. "Ti preparerò quello che vuoi, purché abbia gli ingredienti in cucina". Cercò di tenere lo sguardo lontano dalle mani giunte di Vanessa e Jack.

"Vedi, stiamo festeggiando", aggiunse Jack. "Il medico di Vanessa ha chiamato e le ha parlato di un nuovo trattamento sperimentale che può iniziare subito. E ora, guardala".

"Non avevo così tanta energia da secoli". Vanessa mise un braccio intorno a Leo. "Ero così stanca che non riuscivo a pensare di iniziare un nuovo trattamento, ma visto che Leo ha insistito, come potevo non fare un tentativo?". Gli baciò la fronte e Leo la guardò raggiante. "I miei due uomini mi sono stati vicini".

"È una notizia meravigliosa". Marina pensò a ciò che aveva detto Ginger e trattenne le lacrime che le erano salite all'improvviso. Era come doveva essere. Jack, Vanessa e Leo erano una famiglia. Deglutì a fatica col groppo in gola. "Cosa posso fare per voi?"

Vanessa rise dolcemente. "Non sono ancora pronta per un banchetto. Ma se riuscissi a preparare un brodo di pollo con pomodori, avocado e coriandolo, una versione più leggera della zuppa di tortilla, mi piacerebbe molto, con un po' di salsa. E credo di poter reggere anche un piccolo frullato di mango. Sembrano deliziosi".

"Sono contenta che ti stia tornando l'appetito", disse Marina, e lo pensava davvero. Vedere Leo che guardava sua madre con un amore così puro negli occhi le ricordava Ethan e Heather a quell'età. Erano tra i suoi ricordi più preziosi. Aveva assaporato tutto il tempo trascorso con loro, sapendo fin troppo bene che avrebbe potuto interrompersi tutto all'improvviso, come era successo al loro padre.

Marina pensò a ciò che Ginger aveva detto una volta. *Vivere senza paura è l'atto più coraggioso.*

Prese il resto dell'ordine e si affrettò a tornare in cucina. Il pensiero di Jack le offuscava la mente mentre lavorava, e si asciugò le lacrime dalle guance. Ginger l'aveva previsto.

Lavorando più velocemente di quanto probabilmente avrebbe dovuto, per non pensare a Jack, versò il brodo di pollo in una pentola. Tirò fuori dei pomodori a fette, un avocado dalla consistenza perfetta e un mazzetto di coriandolo, che mise su un tagliere. Con gli occhi annebbiati dalle lacrime, prese in mano il suo coltello da chef e iniziò a tagliare.

In un sol colpo, fece cadere il coltello, e gridò mentre le scivolava di mano.

Ritirando la mano bruscamente, sobbalzò quando il coltello cadde a terra con un rumore metallico. Il sangue colava da un lungo taglio sul dito.

Heather si precipitò in cucina. "Che cosa è successo?"

Marina aprì il rubinetto dell'acqua e tenne il dito ferito sotto l'acqua calda per pulirlo. Il sangue sgorgava e il dito faceva male. "Sai che mi piacciono i coltelli affilati".

"Mamma, stai piangendo". Heather si precipitò al suo fianco.

"Andrà tutto bene. Mi sono solo spaventata, tutto qui". Lanciò uno sguardo all'ordine a metà. Ginger era con Carol e Hal, e non voleva distrarla da quella discussione.

"Posso fare qualcosa?"

Marina controllò la ferita. Era più profonda di quanto avesse pensato. Immediatamente si sentì stordita. Fece pressione sul dito per arginare quella copiosa emorragia. "Heather, devi finire quest'ordine".

"Non sono sicura di sapere come...".

"Ti spiego come fare. Devo pulire il dito e tenerlo premuto. Per prima cosa, sbarazzati del tagliere e del coltello.

E di tutto il cibo sul tagliere. Prendi il disinfettante e assicurati che l'area sia pulita. Dovrai ricominciare da capo".

Marina si guardò di nuovo il dito. Era quasi certa che avrebbe avuto bisogno di punti. Ma voleva assicurarsi che i desideri di Vanessa fossero soddisfatti. Quel pasto significava molto per entrambe.

Heather ce l'avrebbe fatta.

Passo dopo passo, Marina guidò Heather nel realizzare i piatti. Sua figlia era cresciuta osservandola in cucina, dando una mano durante le vacanze e preparando omelette e panini al formaggio grigliato man mano che diventava più adulta.

Mentre Heather stava sistemando l'ordine su un vassoio, Ginger entrò in cucina. "Santo cielo! Cosa sta succedendo qui?"

"Solo un piccolo taglio, ma lo sto tenendo premuto. Ci pensa Heather. Ci sono altri clienti là fuori?"

"Non preoccuparti, fammi vedere la ferita", ordinò Ginger. Quando Marina gliela mostrò, Ginger disse: "Heather, porta tua madre alla clinica sulla Main. Ha bisogno subito di farsi mettere dei punti. Mi occuperò io del locale". Guardò il vassoio di Heather. "Porto fuori tutto".

Marina avvolse uno strofinaccio pulito intorno alla mano, mentre Heather prendeva le chiavi della Mini-Cooper.

"Assicurati che facciano un buon lavoro, perché hai un appuntamento importante", disse Ginger, mentre aspettavano Heather. "Tu e altre persone di Summer Beach cucinerete contro Alain George. È tutto già organizzato. Carol lo ha chiamato e gli ha detto che è per beneficenza. Il tema sarà la spiaggia estiva, e la sfida quella di usare un ingrediente associato a un paradiso tropicale. Te lo spiegherò più tardi. Ora, vai".

18

"Aspetta, bello", disse Jack a Scout, mentre girava la chiave nella porta della sua nuova casa ed entrava. *La sua nuova casa.* Era qualcosa più di un affitto: per la prima volta nella sua vita adulta, aveva la possibilità di acquistarne una, e mettere radici da qualche parte. Un tempo aveva scartato l'idea della stabilità, ma ora la cosa lo attraeva. Non doveva più inseguire la prossima storia o avventurarsi in territori pericolosi solo per il brivido di uscirne vivo.

Doveva quel cambiamento d'opinione a Leo e Vanessa.

Scout balzò dentro e si mise a correre per la casa, annusando ogni angolo. I passi di Jack risuonarono nel soggiorno vuoto. Allungando la mano, sganciò un drappo impolverato e lo lasciò cadere sul pavimento di legno. Gli acari della polvere vi si aggiravano intorno.

La luce del sole illuminava l'ambiente attraverso i vetri danneggiati dalle intemperie e la casa sembrava crogiolarsi in quel gradito sole.

"Questo scalderà le tue vecchie ossa", disse Jack, passando la mano su una vecchia mensola del camino. "Bennett aveva ragione. Una buona struttura".

Jack aprì le finestre per far entrare la fresca brezza proveniente dal mare in quella casa piena di muffa. Appoggiò lo zaino in camera da letto. Quando il contratto di subaffitto sarebbe terminato, alla fine dei sei mesi sabbatici originari, Jack sarebbe tornato a New York e avrebbe ripulito la casa. Aveva affittato quell'appartamento già ammobiliato, quindi non aveva molto da spedire a Summer Beach, vestiti e libri a parte.

"C'è nessuno in casa?". Vanessa e Leo erano sulla porta.

"Ehi, papà", disse Leo, sbattendo contro Jack con il suo solito entusiasmo. "Posso vedere la mia nuova stanza?"

"Certo che sì. Vieni, ragazzo". Jack prese Leo per mano.

Jack aveva programmato di andare a prenderlo, ma Vanessa gli aveva detto che lei e Denise avevano prenotato una giornata alle terme per alcuni massaggi e trattamenti del viso. Lo avrebbero accompagnato loro. Vanessa sembrava migliorare di giorno in giorno. Anche se la strada da percorrere era ancora lunga, il medico e la sua équipe avevano dato segnali incoraggianti.

"Wow!". Esclamò Leo. Si fermò stupito davanti alla porta della sua stanza. "Posso far finta di essere un esploratore subacqueo".

Leo corse verso la parete e passò le mani sul vecchio murale a tema sottomarino. Poiché le tende erano sempre state chiuse, i colori blu marino e verde turchese dell'oceano non erano sbiaditi. Pesci dai colori vivaci sembravano sfrecciare tra i coralli marini rossi. "È come il giorno in cui siamo andati a fare snorkeling. Possiamo andarci di nuovo, papà?"

"Ci puoi scommettere", disse Jack ridendo. "Ma prima dobbiamo comprare un letto per te".

"Va bene, ma dopo, ci possiamo andare?"

"Perché no?". Quasi tutto poteva aspettare. Jack pensò di prendersi un giorno per fare un giro lungo Main Street e comprare tutto ciò che gli serviva, che non era molto. Un paio di letti, alcuni cuscini, lenzuola e degli asciugamani. Una caffettiera, un set di piatti, posate e pentole e ci sarebbe stato tutto il necessario. Qualche sgabello per il bancone piastrellato della cucina, per dare loro un posto dove sedersi, sarebbe bastato per il momento.

Jack era più preoccupato di allestire il suo orto, perché la stagione era ormai inoltrata. Probabilmente avrebbe potuto ancora coltivare pomodori, peperoni e piselli a foglia larga a crescita rapida, se fosse riuscito a comprare delle piantine sane. Per fortuna, su un lato della proprietà c'era una fila di alberi di agrumi – mandarini, limoni, pompelmi – e sull'altro lato c'erano albicocchi, prugne e peschi. Un grande albero di avocado dai rami intricati in un angolo sembrava poter produrre tutti quelli che avrebbero potuto mangiare, e ce ne sarebbero stati anche da regalare ai vicini.

"Noi andiamo", esclamò Vanessa. "Divertitevi, voi due".

"Te lo riporto dopo cena".

"*Adiós, mijo*", disse Vanessa, avvolgendo le braccia intorno a Leo. "Fai il bravo con Jack. Con tuo padre", aggiunse sorridendo a Jack.

Prima di andarsene, Vanessa lo abbracciò. "Grazie per aver fatto tutto questo. Leo è così entusiasta di passare più tempo con te. Mi mancherà, però".

Denise appoggiò una mano sulla schiena esile di Vanessa. "Ti terrò occupata. Hai molto da recuperare".

"Rilassatevi e divertitevi", disse Jack. Non riusciva a credere a quanto si fosse dimostrata reattiva al nuovo trattamento farmacologico.

"Papà, posso andare in giardino con Scout?"

"Ci vediamo lì".

Jack accompagnò Vanessa e Denise all'auto. Aprì la portiera a Vanessa e, dopo essersi assicurato che fosse al sicuro all'interno, si inginocchiò accanto a lei sul marciapiede. "Stai benissimo, Vanessa. Non avrai più bisogno di quei documenti che hai fatto redigere al tuo avvocato".

"Vedremo, ma apprezzo che tu lo dica". Vanessa sorrise. "Questa è la speranza più grande che ho da molto, molto tempo. Non riesco ancora a credere che il mio medico abbia scoperto questo programma sperimentale. È una benedizione. Soprattutto per Leo".

"E per me. Non voglio perderti, Vanessa. Sei la madre di mio figlio. Sembra strano dirlo".

Lei rise. "Avresti mai pensato di farlo?"

Scosse la testa. "Neanche per sogno. Ma non potrei essere più felice".

"Spero che tu lo sia davvero, Jack. Ho paura che ti venga la voglia di partire e viaggiare di nuovo".

Jack fece un cenno verso il suo furgone. "Quel furgone ha quattro posti letto. C'è spazio in abbondanza per Leo e Scout".

"Sai cosa voglio dire".

"Ho già schivato abbastanza proiettili, là fuori. Non ho intenzione di sfidare ancora la sorte. Stare seduto sulla mia veranda a disegnare e aiutare Ginger a dare vita ai suoi libri per bambini è tutto ciò che voglio. Tranne, forse, fare un raccolto di pomodori da urlo. Sono figlio di contadini, ricordi?"

Un sorriso le illuminò gli occhi. "Ci vediamo stasera. Non lasciare che Leo si ingozzi di dolci".

Jack lo promise, poi chiuse la portiera e salutò mentre si allontanavano. Stava salendo i gradini del portico quando sentì un'altra macchina. Si girò e vide una Mini-Cooper turchese accostarsi al marciapiede. Le sue pulsazioni accelerarono e andò incontro a Marina.

Aveva tra le braccia un cartone di pizza. "Ho pensato di portare la tradizionale sorpresa di benvenuto".

"Non hai idea di quanto ci stia bene. Leo è in cortile con Scout. Entra pure".

Marina entrò e la sua reazione fu uguale a quella di Jack. "È incredibile. Ginger mi ha parlato dell'artista che ha vissuto qui per anni".

Jack percepì una lieve nota di profumo provenire dai suoi

capelli quando si voltò, come i fiori di campo. Era così vicino che gli veniva voglia di toccarla, di seppellire il viso tra i suoi capelli, ma non poteva. Lo aveva promesso.

Jack si schiarì la gola. "La maggior parte delle stanze ha dei murales, e in quelle degli ospiti sopra il garage sembra di essere dentro un quadro di Jackson Pollock. Schizzi di vernice ovunque". Abbassò lo sguardo sulla mano fasciata. "Come va il dito? Ginger mi ha detto cos'è successo".

"Mi hanno dato qualche punto di sutura", rispose lei, trattenendo lo sguardo su di lui un po' più a lungo del necessario. Poi, interrompendolo, aggiunse: "Per la verità, un bel po', ma dovrebbe andare tutto a posto. I cuochi di solito hanno un assortimento di cicatrici per via di tagli e bruciature". Girò l'altra mano. "Ne ho già una piccola collezione, ma questa sarà il pezzo forte".

"Spero che non ne aggiungerai altre", disse, facendo un passo indietro. "Ti è sfuggito il coltello?"

Marina sembrò un po' imbarazzata. "Mi sono distratta. Comunque, tu e Leo dovreste mangiare finché è caldo, o mettere tutto in forno. Da che parte è la cucina?"

"Da questa parte", rispose lui, conducendola in cucina. Accarezzò l'imponente forno che regnava lì da decenni. "Guarda questa vecchia reliquia! Mi hanno detto che funziona, quindi immagino andrà bene per riscaldare la pizza".

Marina rise. "E per fare molto di più. È un vecchio cavallo da battaglia". Passò una mano sullo smalto liscio. "Sembra che sia stato usato pochissimo. Hai davvero avuto la fortuna di esserti ritrovato una cucina fantastica. Un giorno dovrò trovare una casetta come questa".

"Non hai intenzione di rimanere a casa di tua nonna?"

"Potrebbe piacerle, ma credo che entrambe abbiamo bisogno della nostra privacy. C'è il pienone in questo momento". Marina si scostò i capelli dalle spalle. "A volte penso che si stia divertendo più lei che io, con il locale. Ha la possibilità di cucinare e socializzare quanto vuole, ma niente contabilità e ordini da gestire".

"È una donna straordinaria". *Come sua nipote*, Jack voleva dire, ma evitò. Con il miglioramento delle condizioni di salute di Vanessa, una domanda a cui non aveva pensato si affacciò nella sua mente.

Jack accompagnò Marina a fare un rapido giro della casa e poi si unirono a Leo e Scout nel cortile. Esplorarono le stanze sopra il garage, che Jack non usava molto.

Ma gli occhi di Marina brillarono. "Potreste fare molte cose con questo spazio che hai a disposizione. Quando i tuoi amici e la tua famiglia sapranno che vivi sulla spiaggia, avrai un sacco di ospiti".

"Spero che a loro vada bene un materasso ad aria", disse Jack, scherzando solo a metà.

All'improvviso, un altro bambino chiamò da oltre la recinzione posteriore. "Ehi, Leo. Mio zio mi ha detto che ti saresti trasferito".

"Tuo zio è il sindaco?", chiese Jack, mentre Leo si dirigeva verso la recinzione.

"Sì, lo zio Bennett".

I genitori del ragazzo si avvicinarono al recinto posteriore. "Tu devi essere Jack", disse la donna. "Ti ho visto alla festa di inaugurazione del Coral Café, ma non abbiamo avuto modo di parlare. Mio fratello mi ha parlato di te. Io sono Kendra, lui è mio marito Dave e lui è Logan. I ragazzi si sono incontrati alla festa e io ho parlato con Vanessa".

Jack li presentò tutti. "Va bene se Logan viene a mangiare la pizza? Marina l'ha portata dal suo locale".

Quando i genitori acconsentirono, Logan scavalcò la recinzione posteriore e si calò dall'altra parte.

"Vuoi vedere la mia stanza?", chiese Leo. "È così bella". I due ragazzi corsero via e Jack e Marina li seguirono all'interno.

"Ha già un amico", disse Marina sorridendo. "Sei capitato bene".

Quando Marina fece tintinnare le chiavi, Jack chiese subito: "Puoi restare per la pizza?"

"Non posso. Sto andando a incontrare Poppy al Seabreeze Inn per parlare del luogo dell'evento che sto organizzando con Ivy e Shelly. Volevo solo lasciarti la pizza. Terrai la tua stanza alla locanda finché non arrivano i mobili?"

"Ho fatto il check-out questa mattina. Ho un letto nel furgone che andrà bene finché ne non avrò altri veri qui".

"Hai intenzione di campeggiare nel tuo vialetto?"

"Certo". Indeciso se abbracciare Marina o stringerle la mano, si ficcò le mani in tasca. Tra Vanessa e Marina – e il senso del dovere e i sentimenti persistenti per Marina – la sua mente era un guazzabuglio.

Marina sorrise. "Va bene. Mi avvio verso l'uscita". Se ne andò rapidamente.

Mentre Jack la guardava allontanarsi, sentì il cuore stringersi. Ricordò le parole di Bennett. *Pazienza*. Ma la guarigione di Vanessa avrebbe potuto cambiare tutto.

Più TARDI, quella sera, dopo che i ragazzi avevano divorato la pizza ed erano andati a casa, Jack si era diretto verso il suo vecchio furgone Volkswagen con Scout che gli trotterellava dietro. Batté le nocche sul lato del furgone. "Buonasera, Ronzinante, vecchio amico. Come va?".

Aprì la porta e Scout salì, sistemandosi in un angolo mentre Jack faceva scorrere la panca nella posizione del letto e stendeva un sacco a pelo. *Semplice*.

Pensava che avrebbe trascorso lì solo un paio di notti. A Jack non dispiaceva: era stato la sua base durante i viaggi attraverso il Paese. Dopo aver tirato le tende, tirò fuori il portatile e accedette ai database di ricerca della sua azienda attraverso la connessione telefonica. Qualcosa lo tormentava.

Le sue dita volarono sulla tastiera. *Yacht Princess Anne.* Premette il tasto *invio* e iniziò a scorrere i risultati. Non trovò molto finché non iniziò a effettuare una serie di ricerche booleane con Charles e Anne e alcune altre parole chiave.

Jack alzò le sopracciglia. Charles e Anne avevano un passato piuttosto turbolento, anche se ciò non significava che fossero colpevoli di qualcosa al momento. Si accarezzò il mento, pensieroso. Eppure, quello era uno yacht terribilmente costoso. Una delle sue prime lezioni di giornalismo era stata: *segui i soldi.*

Jack si chiese cosa stessero architettando Charles e Anne.

19

*M*arina e Kai stavano passeggiando nel giardino del Seabreeze Inn. Kai era arrivata un po' prima e Ginger era intenta ad occuparsi del locale, cosa che, nel momento in cui Marina uscì, significava che stava intrattenendo una tavolata di amici dai capelli grigi con i suoi racconti di viaggio. Stavano ordinando degli stuzzichini − le cosiddette "tapas", che Ginger preferiva chiamare così − e lei stava versando degli spritz al limone. Marina sospettava che un ospite avesse portato una bottiglia di limoncello. Si stavano divertendo molto quando Marina se ne andò.

Ma erano stati gli unici clienti.

"E laggiù è dove si possono allestire stand e tavoli", disse Poppy, attorcigliando i suoi lunghi capelli biondi per evitare che si scompigliassero nella brezza oceanica. "Abbiamo delle prolunghe elettriche, ci assicureremo che vengano coperte".

"Sarà molto divertente", disse Kai.

Con il suo prendisole a stampa floreale che le svolazzava intorno ai polpacci, Marina iniziò a camminare lì intorno. "Tu ti occuperai dell'intrattenimento; io di preparare tutto e cucinare".

"Ma guarda un po', stai iniziando di nuovo a preoccuparti", disse Kai, dandole un bonario colpetto alla spalla. "Ti ho detto di rilassarti. Perché sappiamo tutti che è così che accadono gli incidenti".

Marina non poteva che essere d'accordo. "Mi assicurerò che nel menù ci sia una buona dose di intrattenimento".

Se non fosse stata così agitata, non si sarebbe quasi tagliata via un dito. E ora doveva competere in una sfida contro uno chef di fama mondiale con un dito ferito che avrebbe dovuto infilare in qualche modo dentro un guanto.

"Di solito non c'è così tanto vento, qui fuori", disse Poppy, allontanandosi da un'altra folata.

"È la spiaggia", disse Marina. Si segnò mentalmente di mettere al sicuro tutto ciò che avrebbe potuto volare via al locale.

"Posso coordinare anche gli altri fornitori", disse Poppy. "L'ho fatto per la mostra d'arte e immagino che tu abbia altre cose da fare".

"Sarebbe meraviglioso", aggiunse Marina. "Far partire il locale, anche con pochi clienti, è stato molto più faticoso di quanto pensassi".

"Anche trasformare questo vecchio posto in una locanda", disse Poppy. "Il primo anno è il più difficile, ma ora stiamo andando molto meglio. Abbiamo dei clienti dell'anno scorso che sono tornati".

"Grazie per avverceli mandati", replicò Marina. "È stato davvero d'aiuto".

"Volevo dirti una cosa", osservò Poppy. "Ieri mattina stavamo facendo la passeggiata con alcuni ospiti e ho notato che dalla spiaggia non si vede l'insegna perché la bouganville la oscura. Dovreste tagliarla o trapiantarla. E pensare di mettere un'insegna anche dove le persone svoltano sul viottolo. Credo proprio che le autorità comunali te lo permetteranno".

"È un ottimo suggerimento", disse Kai. "Posso chiedere

ad Axe di realizzare un paio di cartelli. Ethan e io possiamo dipingerli. E sono sicuro che Axe ci aiuterà a installarli".

"Ottima idea". Marina scambiò un sorriso con Poppy. "Kai ha iniziato a lavorare con Axe al nuovo teatro".

"Ne ho sentito parlare", disse Poppy. "Un teatro attirerà sicuramente altri visitatori a Summer Beach".

"È molto emozionante", rispose Kai, con gli occhi scintillanti. "Stiamo organizzando uno spettacolo speciale per le feste. Non l'abbiamo ancora fatto sapere, ma posso dirti che sarà incredibile".

"E spero che ci sia anche tu in scena".

Kai sorrise e annuì.

Marina schioccò le dita. "Il Coral Café potrebbe offrire cestini da picnic e stuzzichini da portare allo spettacolo. E posti a sedere prenotati per coloro che ci andranno". Tutto ciò che doveva fare era assicurarsi che il locale potesse rimanere a galla fino ad allora. Al ritmo a cui stavano procedendo, era nervosa. Ma quello era proprio uno dei motivi per cui si trovavano lì quel giorno.

"Tutte ottime idee", disse Poppy. "Ma torniamo al *Taste of Summer Beach*. C'è la possibilità che Carol Reston canti?"

"Credo che Ginger possa convincerla", rispose Marina.

"Immagina di cantare con Carol Reston", aggiunse Kai, con gli occhi che le brillavano. "Che sogno sarebbe".

"Potremmo anche montare il palco che abbiamo già usato", disse Poppy. "Lo conserviamo al piano inferiore. Mi assicurerò che sia pronto. Il mio compito è quello di prevedere cosa potrebbe andare storto".

"Tipo cosa?", chiese Marina.

"Ho imparato che bisogna dire no ai Martini con pan di zenzero flambé".

Kai scoppiò a ridere. "Ne ho sentito parlare. A Natale, vero?"

Poppy annuì. "Avrebbero potuto dare fuoco alla casa".

"Faremo del nostro meglio perché non succeda", disse

Marina. "Ordinerò alcuni estintori". Di certo ci aveva già messo lo zampino, quando si trattava di disastri col fuoco. Guardò il prato. "Succederà davvero, no?"

Poppy rise. "Ma certo. Vieni dentro, ti faccio vedere le risposte che abbiamo avuto finora".

Quando Marina lavorava all'emittente televisiva, non aveva mai avuto la possibilità di sognare qualcosa e vederlo realizzato in quel modo. Lo trovava emozionante e le dava un profondo senso di realizzazione. Ma soprattutto, sentiva che ora stava diventando parte di Summer Beach.

Una folata di vento le portò all'interno, ridendo, mentre i loro capelli si scompigliavano sul viso. Ivy le accolse nell'atrio della grande casa antica. Con i suoi pavimenti in legno color miele, i lampadari di cristallo e le alte porte-finestre aperte sul mare, l'imponente costruzione sulla spiaggia era ancora bellissima, e aveva più di cento anni.

"Come procede l'organizzazione dell'evento?", chiese Ivy.

"Poppy sta facendo miracoli", disse Marina.

Tutti seguirono Poppy in biblioteca, dove aprì il comunicato stampa del *Taste of Summer Beach* sullo schermo del suo computer. "Sta andando alla grande. Ho avuto molte risposte. I giornali locali e i siti di viaggi ne stanno dando una buona copertura".

Marina si chinò e iniziò a leggere. "Summer Beach: Una nuova destinazione per i buongustai. Il famoso chef Alain George ospiterà il nuovo "Taste of Summer Beach" al Seabreeze Inn, insieme ai più premiati ristoranti locali".

Ivy sbirciò alle spalle di Marina. "Di sicuro, avere uno chef famoso come ospite d'onore sarà d'aiuto".

"Questo grazie a Ginger e Carol". Marina sapeva a chi era dovuto il merito.

"Hai avuto un'idea brillante", disse Poppy. "Soprattutto la gara di cucina. Puoi dirci su cosa verterà?"

Marina inarcò un sopracciglio. "Vorrei poterlo fare, ma tutti i partecipanti hanno giurato di mantenere il segreto. Lo chef Alain vuole che sia una sorpresa. Ma posso dire che si tratta di un cibo popolare con un tocco da spiaggia". Quando lo chef Alain l'aveva proposto, Marina era rimasta sorpresa. Ma poi aveva saputo che era uno dei suoi piatti preferiti.

Poppy illustrò loro altri progressi ottenuti e Marina rimase impressionata dal lavoro svolto da quella giovane donna.

Mentre si dirigevano verso la porta d'ingresso per uscire, Ivy disse a Marina: "Dovresti unirti a noi per le passeggiate mattutine sulla spiaggia. Kai sta frequentando il corso di yoga di Shelly, quindi potreste venire insieme la mattina. Avresti la possibilità di conoscere nuovi ospiti e di invitarli al tuo caffè".

"Che bella idea", disse Marina. "Porterò anche mia sorella Brooke". Brooke era a una seduta di terapia di coppia con Chip, quel pomeriggio. Stavano facendo progressi, e per cena Brooke andava con lui e i ragazzi al ristorante. Lei non avrebbe più cucinato, finché loro non avessero aiutato ad apparecchiare e a lavare i piatti. Marina non pensava che fosse una richiesta esagerata, ma anche Chip doveva essere d'accordo.

"Questo ci darebbe la possibilità di parlarne ulteriormen-te", disse Ivy. "Ho imparato tante cose su Summer Beach da quando mi sono trasferita qui. So che Ginger vive qui da anni, ma intendo dal punto di vista lavorativo. Possiamo tutti aiutarci a vicenda".

"Mi piacerebbe molto", disse Marina. "Inoltre, ho bisogno di un po' di esercizio fisico regolare". La degustazione dei piatti cominciava ad appesantire il suo giro vita, già piacevol-mente tondo, e sapeva di dover fare attenzione. Doveva anche mantenere la sua resistenza per stare in piedi e lavorare in cucina. Per quanto amasse ciò che faceva, gestire un ristorante era un lavoro impegnativo.

Mentre Marina e Kai camminavano verso la macchina, Kai chiese: "Ti piacerebbe vedere la proprietà di Axe e sentire le idee che abbiamo per il teatro?"

Marina controllò l'orologio. "Penso che Ginger e Heather

possano farcela a mandare avanti tutto ancora per un po'".
Salirono sull'auto di Marina.

Mentre Marina guidava, Kai indicò l'appezzamento libero
e Marina rallentò l'auto. La proprietà del teatro era a pochi
passi dal villaggio. "Non pensavo fosse così vicino".

"È anche a circa dieci minuti a piedi dal Coral Café",
disse Kai.

"Sarà un bene per la nostra attività".

Marina si fermò sul ciglio della strada e loro scesero. Sulla
proprietà troneggiava un grande cartello con l'illustrazione di
un rendering, su cui si leggeva: *Futura sede del Teatro delle Arti di
Summer Beach*.

Kai si girò felice. "Dovremo trovare un nome più accatti-
vante, non credi? Come *Arena di Summer Beach* o *Teatro sulla
spiaggia*".

"Ti verrà in mente. Caspita, è proprio un bel posto".
Marina guardò la proprietà, pianeggiante da una parte e in
pendenza sul fianco della piccola collina dall'altra.

"Axe ci ha spiegato che il terreno si presta a diventare un
anfiteatro naturale", disse Kai. "Carol ha donato il palco,
quindi per la stagione estiva inviteremo le compagnie locali a
esibirsi. È uno dei miei compiti. Alle nuove produzioni piace
anche testare gli spettacoli davanti a un pubblico dal vivo
prima di andare a Broadway o in altri teatri importanti. Quale
posto migliore di Summer Beach?"

"È perfetto per te, Kai". Marina si stupì della trasformazione della sorella dopo Dmitri.

Gli occhi di Kai brillavano di entusiasmo. "Quest'autunno, quando non ci saranno tanti turisti e tanti lavori da
fare, Axe metterà una squadra all'opera per costruire degli
spalti. Contribuirò anche io a raccogliere dei fondi. Carol mi
ha dato alcuni contatti e ne ho alcuni miei. Oltre a Dmitri".

"È un bel modo di pensare". Marina prese la mano di Kai
e la strinse. "Chi avrebbe mai pensato che ci sarebbe stato così
tanto da fare a Summer Beach?"

"Per quanto mi piacesse viaggiare, era giunto il momento di smettere per un po'", disse Kai. "È l'opportunità perfetta. Posso produrre e recitare. E anche iniziare a fare la regista".

Sebbene Kai avesse assunto quella posizione solo da poco tempo, Marina aveva percepito un profondo cambiamento in lei. Sospettava che non fosse solo il lavoro ad emozionare Kai. "E Axe, come sta?"

Kai strinse le labbra come se avesse un segreto. "È un gigante buono. E dovresti sentirlo cantare. Siamo andati al karaoke in paese. Quando è salito sul palco, la folla ha applaudito". Si premette le mani sulle guance. "Ha una voce baritonale incredibile: è così bravo che potrebbe andare a Broadway. Ha trascorso un anno alla Julliard prima di dover tornare al ranch per aiutare i suoi genitori in un periodo difficile".

"E non ci è tornato?"

"Mi disse che a quel punto era cresciuto, e i soldi erano pochi. Pensava di poter lavorare nell'edilizia fino a quando non avesse avuto un'occasione a Hollywood o con una band. Non ha funzionato, ma la sua impresa edile sì. È buffo come vada la vita, no? E ora eccoci qui, a lavorare su quello che potrebbe essere il prossimo Hollywood Bowl. Un po' più piccolo, ma comunque di grande successo".

"La vita è proprio buffa, a volte". Marina era consapevole che Kai non aveva risposto del tutto alla sua domanda su Axe, ma andava bene così. Kai si stava ancora rimettendo dal trattamento che le aveva riservato Dmitri. Per lei, lavorare con Axe e conoscerlo nel tempo era una buona idea.

Marina pensò a come era arrivata lì a Summer Beach. Nonostante tutte le sfide, amava davvero quello che faceva. I suoi figli stavano trovando la loro strada. Marina poteva anche restare vicina a Ginger mentre la nonna invecchiava, anche se Marina sospettava che sarebbe stata una centenaria attiva, avvolta nella sua collezione di caftani di seta e di splendide collane che aveva raccolto in tutto il mondo.

Marina poteva vedere l'intero percorso estendersi davanti

a lei. Una volta Ginger le aveva detto di non pianificare troppe cose in anticipo, in modo da poter approfittare di opportunità che non avrebbe mai immaginato. C'era molto di vero. Non aveva mai pensato che avrebbe cucinato con lo chef Alain.

Un anno fa aveva pensato che il suo fidanzato avrebbe progettato la loro nuova casa e che avrebbero organizzato il matrimonio. Per quanto potesse sembrare bello, non era reale. Questo, sì. Poteva stare benissimo senza un uomo nella sua vita. Sollevò il mento nella brezza dell'oceano.

E questo includeva anche Jack Ventana.

"È PERFETTA". Marina fece un passo indietro per ammirare la nuova insegna del Coral Café che Axe aveva piantato nel terreno.

Marina si era appellata a Bennett e Boz del Municipio per ottenere il permesso per la segnaletica sulla strada che portava al Coral Café. Come imprenditrice, Marina stava imparando un'importante lezione: andare a chiedere ciò che desiderava. Sebbene all'emittente televisiva avesse imparato a essere assertiva – aveva dovuto farlo, lavorando per Hal – gestire un'azienda era diverso. La sua mente doveva essere sempre due passi avanti per essere pronta ad affrontare gli imprevisti.

Si era unita a Ivy nelle passeggiate mattutine sulla spiaggia con gli ospiti, che avevano contribuito a portare gente al suo locale. Lentamente, i tavoli cominciavano a riempirsi. Anche la nuova insegna avrebbe aiutato. Tutto serviva, e le persone lo dicevano ai loro amici, quindi anche il passaparola stava funzionando.

Tornata al bar, andò in cucina a lavorare sull'impasto della pizza che aveva perfezionato. Fedele allo spirito dell'estate, e in linea con il nuovo ristorante che stava promuovendo, lo chef Alain George aveva deciso che il tema della gara sarebbe stato la pizza. Essendo nato a Napoli, e facendo di cognome

Giorgeschi, intendeva proporre la sua versione delle focacce italiane e delle nuove pizze.

Marina pensò all'evoluzione della pizza sulla costa occidentale degli Stati Uniti. A Berkeley, in California, la chef e ristoratrice Alice Waters era stata la pioniera della pizza gourmet con ingredienti esotici, al suo *Chez Panisse*, uno dei ristoranti preferiti di Marina.

Sulla base delle sue idee, lo chef Wolfgang Puck, insieme all'ex chef di *Prego*, Ed LaDou, avevano elettrizzato gli avventori dei ristoranti di Los Angeles aprendo *Spago* a West Hollywood, dove si servivano pizze di alto livello ad una clientela benestante in un ambiente arioso, con tovaglie bianche e cucina raffinata. Ben presto, *Spago* e le sue raffinate pizze avevano portato a Wolfgang Puck una certa fama e vari contratti di licenza.

Alain George stava seguendo una tendenza popolare, ma Marina si chiedeva quali altri cambiamenti avrebbe potuto apportare.

Pensò anche a cosa avrebbe potuto fare di diverso lei. Contro lo chef Alain, avrebbe dovuto scegliere qualcosa di spettacolare.

Era come se fosse in onda.

20

"Benvenuti alla prima edizione del *Taste of Summer Beach*". Marina accolse i primi partecipanti sul prato del Seabreeze Inn, che Poppy aveva trasformato in un luogo stravagante a tema culinario. Sebbene la mattinata fosse stata nuvolosa e ventilata, il sole stava facendo capolino attraverso il freddo strato di aria marina. Le persone si stavano già liberando delle giacche per riscaldarsi ai raggi del sole.

Marina indossava una delle sue nuove giacche da chef a fiori in stile hawaiano con ricamato *Coral Café* e il suo nome. Lei e Heather stavano distribuendo le guide ai vari stand.

In un'area centrale, Alain George teneva banco con un team di assistenti che lo aiutavano a preparare i suoi piatti più famosi. Nel pomeriggio, Alain avrebbe invitato altri chef a cucinare con lui in una competizione amichevole. Almeno, Marina immaginava che sarebbe stata così.

Nell'aria si sprigionavano degli aromi stuzzicanti, dai panini per la colazione gourmet di Mitch con prosciutto, camembert fuso e uova su croissant fatti in casa ai tacos tradizionali di Rosa con salmone perfettamente grigliato, mais arrostito, avocado e salsa chipotle all'arancia. Un altro nuovo ristorante vegetariano in città serviva piatti vegani e vegetariani, con tacos di jackfruit alla griglia, muffin per la colazione a base di tofu strapazzato e tapas di cavolfiore alla buffalo.

"Siamo rimasti affascinati, quando ne abbiamo sentito parlare nel nostro podcast gastronomico preferito", disse una donna mentre si avvicinava all'ingresso. "Abbiamo portato spesso i nostri figli a Summer Beach, ma non avevamo mai pensato a questa comunità come a un luogo rinomato per la cucina. Di solito finivamo nella comunità vicina, in un posto che serviva hamburger perché volevano quei pasti con i giocattoli inclusi".

"Avremmo dovuto rimanere a Summer Beach", disse il marito. "Mmm, basta sentire il profumo".

"Bisogna sapere dove guardare". Marina strizzò l'occhio. "La gente del posto ha deciso che aveva tenuto nascosti i suoi segreti migliori abbastanza a lungo, quindi stiamo cercando di far conoscere questi particolari ristoranti a tutti".

Dalla sua esperienza nel mondo dei media, Marina sapeva come dare un tocco di esclusività agli argomenti. Più un ristorante era particolare o difficile da trovare, più la gente voleva andarci. "Alcuni ospitano eventi per VIP, quindi assicuratevi di essere nella loro lista. E procuratevi i loro biglietti da visita".

"Sono felice che tu me l'abbia detto", disse la donna. "I posti migliori sono sempre quelli più affollati".

Il marito guardò l'opuscolo che Marina gli aveva dato. "E i biglietti d'ingresso vanno a beneficio di associazioni di beneficenza per bambini locali?"

"Esatto. Per finanziare borse di studio nelle arti culinarie, e altre arti", Marina spiegò col movimento di una mano. "Lo chef Alain è molto generoso, e siamo lieti che abbia scelto Summer Beach".

Soddisfatto, toccò il foglio che teneva in mano. "Dovremo visitare Summer Beach più spesso".

"Ci farebbe molto piacere. Troverete la cucina informale

da spiaggia sulla destra e i nostri ristoranti di alto livello sulla sinistra. *Bon appétit.*".

Marina vide un'altra troupe giornalistica dirigersi verso l'ingresso laterale e Poppy le diede il benvenuto. Marina era rimasta sorpresa dalla buona affluenza dei media, anche se Poppy le aveva detto che l'interesse era stato alto.

Dopo aver mostrato loro dove collegare le apparecchiature necessarie e il tavolo per la stampa pieno di gadget gratuiti, Poppy ritornò da Marina.

"Mi sorprende che i media se ne stiano occupando così tanto", disse Marina.

Poppy sorrise. "Tutto ciò che serve è una celebrità di spicco con un grande seguito. Il modo in cui riescono ad attirare la folla è incredibile. Ora, Marina, devo fare in modo che anche tu sia presente nel maggior numero possibile di foto. Heather e Brooke possono occuparsi degli ingressi? Tu devi essere allo stand del Coral Café, soprattutto perché sarai sul palco centrale a cucinare con Alain".

"Solo se riuscirò ad arrivare in finale", disse Marina. Siccome c'erano così tanti ristoratori e chef che avrebbero voluto cucinare con Alain, il suo team aveva proposto una gara culinaria. Si sarebbe dovuto competere per avere quell'onore.

"Vai tu, mamma". Heather le prese gli opuscoli. "Sunny e Jamir hanno detto che mi raggiungeranno tra qualche minuto. Sono in fila per prendere i tacos al peperoncino poblano scottato con ricotta e lime. Sto morendo di fame".

"Sono tra i miei preferiti". Marina stava già testando diversi tacos gourmet con i suoi amici e familiari al tavolo dello chef in cucina.

Heather guardò la folla che si stava radunando e fece cenno ai suoi amici di affrettarsi. "Vanno all'università di San Diego, e mi diranno tutto quello che mi serve per iscrivermi lì in autunno". Fece una pausa e sorrise. "Ora mi sento davvero bene dopo aver preso questa decisione, mamma".

"Mi fa piacere. Grazie, tesoro". Marina era contenta che Heather si stesse facendo degli amici lì.

Ivy le aveva raccontato dei problemi che aveva avuto con Sunny, talmente viziata dal padre che, dopo la morte di quest'ultimo, la figlia ci aveva messo un po' di tempo a capire che il loro stile di vita non sarebbe stato più lo stesso. Dopo aver fatto amicizia con un gruppo di giovani adulti dalle abitudini più semplici, Sunny aveva persino parlato di avviare un'attività commerciale con un amico, dopo l'università. Jamir, il figlio di Imani, stava studiando medicina e Marina pensava che non avrebbe potuto trovare un'amica migliore per accompagnarla.

Mentre Marina e Poppy si dirigevano verso lo stand del Coral Café, fecero una sosta lungo il percorso per dare il benvenuto agli altri ristoratori e assaggiare i loro piatti. Marina era rimasta colpita dalla cordialità dei suoi colleghi del settore a Summer Beach. La maggior parte di loro era accogliente e felice di aiutare. Quelli che non lo erano stati, avevano rifiutato di partecipare all'evento. Ovunque si vada, capita sempre di incontrare qualche persona acida, pensò Marina.

Ginger era allo stand del Coral Café e accanto a loro c'era quello dello Starfish Café, una casa vittoriana sulla collina trasformata in bistrot. Lo chef serviva cucina americana e francese, dalle crêpes salate e dolci ai popolari piatti parigini alla griglia.

"Sono contenta che tu sia venuta", disse Ginger. "La gente ha chiesto di te. Si è sparsa la voce su alcuni dei tuoi piatti".

Ginger aveva preparato una piastra e collegato un frigorifero portatile. Avevano pensato ad alcuni piatti da servire caldi e Ginger stava mostrando a Brooke come prepararli.

Marina si pulì le mani e indossò i guanti di sicurezza per gli alimenti, che dovette tirare un po' per farli calzare intorno al dito ancora fasciato. Il tutto la rallentava un po', ma era grata di avere ancora il suo dito. In futuro, avrebbe fatto più attenzione ai coltelli. "Ginger, se vuoi andare a fare pubbliche relazioni, posso occuparmene io".

"È proprio qui che voglio stare, mia cara", Ginger sospirò. "Alla mia età, se la gente vuole vedermi, sa dove trovarmi".

"Vengono anche Chip e i ragazzi, oggi", disse Brooke.

"Come vanno le sedute?", chiese Marina.

Un sorriso che mancava da troppo tempo illuminò il volto di Brooke. "Chip e i ragazzi si sono messi lì e hanno elaborato insieme un programma di compiti da svolgere: devono raggiungere un certo numero di punti per poter uscire con gli amici. Chip ha accettato di aiutarmi a farlo rispettare. Ha riparato la porta, la lampada e le mie nuove persiane. I ragazzi hanno creato un nuovo orto per me".

"È meraviglioso", disse Marina, davvero felice per la sorella.

"E ho imparato così tanto aiutandoti al mercato contadino che, insieme a un amico, gestirò uno stand al nostro mercato locale. Con una parte dei soldi guadagnati, assumerò una persona che pulisca una volta al mese. Anche se i ragazzi stanno migliorando, non mi fido ancora che puliscano sotto i loro letti o dietro il water".

"Sembra fantastico". Marina abbracciò Brooke, mentre Ginger annuiva soddisfatta.

"Quindi, sembra che non rimarrò al Coral Cottage ancora per molto". Brooke si rivolse a Heather. "Domani parto, e potrai riavere la mia vecchia stanza. Ma voglio fare un pranzo tra sorelle almeno una volta al mese".

Tutti furono d'accordo, e tornarono al lavoro.

Marina e Ginger avevano preparato in anticipo tutti i piatti possibili. Mentre Ginger distribuiva piccole ciotole di insalata di fragole e spinaci, Marina accese la piastra, versò dell'olio d'oliva in una padella e organizzò i piatti che doveva passare. Avevano anche due grandi forni tostapane per riscaldare i tranci di pizza al pesto e gamberetti che stavano distribuendo.

Due donne si fermarono per assaggiare il pane fatto in casa di Marina e l'assortimento di insalate. "Delizioso", disse una di loro, mentre mettevano dei soldi nel barattolo delle mance.

Ginger consegnò loro una cartolina che Kai aveva disegnato e stampato. "Il Coral Café è nuovissimo e si trova proprio sulla spiaggia, con uno dei migliori panorami della città. Da dove venite, signore?"

"San Diego e Riverside. Abbiamo deciso di incontrarci a metà strada, ed eccoci qui. Che bella idea. Ci piace venire a Summer Beach".

"Fatelo più spesso", disse Ginger.

"Penso proprio di sì". Le donne si spostarono verso lo stand dello Starfish Café accanto al loro.

Proprio lì di fianco, il team dello Starfish Café stava distribuendo mini-crêpes salate di verdure irrorate di salsa olandese e besciamella, nonché altre dolci, ai frutti di bosco misti, guarnite con della panna montata. Una donna con una maglietta sgargiante che aveva una cravatta stampata sopra si sporgeva dall'altra parte della parete per distribuire i piatti. "Benvenuti a Summer Beach. Conosco Ginger da molto tempo. Mi chiamo Colette".

Marina si presentò e le porse un assortimento dei piatti che avevano preparato. "E ne arriveranno altri".

"Grazie per aver avuto questa idea", disse Colette. "Sarà un vero aiuto per tutti noi che abbiamo dei ristoranti in città. Molti turisti non sanno nemmeno che esistiamo".

Tornando alla cucina, Marina versò i ravioli di spinaci fatti in casa con purea di zucchine e mascarpone in un brodo di cocco aromatizzato allo zenzero. Nella padella accanto, fece saltare velocemente un contorno di patate dolci spiralizzate, dando loro una finitura croccante. Voleva vedere la reazione delle persone a quel piatto che stava pensando di introdurre nel menù serale, o nella parte dedicata agli antipasti e ai contorni. I ravioli erano abbastanza facili da preparare e avevano un sapore unico, diverso da quelli tradizionali all'italiana.

"Continuate a fare uscire le portate", disse Ginger. "Alle insalate ci sto pensando io".

"Sei la miglior *sous-chef* di sempre, mi sa che dovresti stare al mio posto".

"Con tutte quelle responsabilità? No, grazie". Ginger rise. "Io posso divertirmi e vivere il mio sogno".

Marina diede un colpetto alla spalla della nonna. "Cosa avrei fatto senza di te? Mi hai insegnato quasi tutto quello che so sulla cucina e sulla vita".

"Alcune di queste cose le hai dovute imparare nel modo più difficile, e mi dispiace".

Una voce profonda risuonò. "C'è proprio un buon profumino qui".

Marina alzò lo sguardo.

"Jack!".

Immediatamente, trattenne la sensazione di tensione che le si formava nel petto ogni volta che lo vedeva. Doveva solo abituarcisi.

"Desideri qualcosa?"

Lo sguardo di lui si posò sul suo, mettendola ancora più a disagio. "Qualsiasi cosa tu faccia è buona".

Ginger intervenne e gli porse un assaggio. "Questi ravioli sono molto diversi dal solito. Si chiamano *Ravioli del Paradiso*".

"Prova l'assortimento di insalate". Marina non poteva permettersi di sbagliare. Distolse l'attenzione, togliendo rapidamente dall'incarto il pesce fresco che aveva comprato quella mattina presto da un peschereccio locale che serviva molti ristoranti della zona − e non ci sarebbe stato bisogno di affettarlo. Dopo aver spolverato i filetti con del panko e del pistacchio tritato, li mise nella padella sfrigolante. "Dov'è il burro al limone?", chiese a Ginger.

"Proprio qui". Ginger glielo passò. Tornò a mettere su un

vassoio degli assaggi di hummus alle noci di macadamia e triangoli di pita.

"I ravioli sono eccellenti", disse Jack, finendo di mangiare. Lasciò cadere qualche banconota nel barattolo delle mance. Dietro di lui, Denise ondeggiava al ritmo della musica jazz che riempiva l'aria. Salutò la folla con la mano.

Marina alzò lo sguardo. Vanessa si stava dirigendo verso di loro con Leo in una mano e Samantha nell'altra.

"Eccovi", disse Vanessa. Salutò Marina e Ginger.

La prima cosa che Marina notò furono i suoi capelli, molto corti e ricci. "Mi piace il tuo nuovo stile", disse Marina.

Vanessa passò la mano sulla corta chioma. "Le chiazze si stanno riempiendo. Mi ero stancata di indossare foulard. Quando siamo andate alla spa e al salone, Denise mi ha convinta a tagliarli". Arruffò i capelli corti. "È una sensazione bellissima".

"Sei bellissima", disse Marina. "C'è qualcosa qui che ti sembra buono?"

"La tua zuppa di tortilla era deliziosa. Non ho mai avuto modo di dirtelo".

Marina alzò il dito fasciato. "Sono dovuta uscire di corsa per occuparmi di questo".

"Mi dispiace tanto".

"Guarirà".

Un piccolo sorriso sfiorò le labbra di Vanessa. "Il corpo umano ha un'incredibile capacità di farlo".

"Sono felice che tu stia meglio, Vanessa". Marina e Ginger avevano deciso di non rivelarle il loro coinvolgimento per evitare che pensasse ad una loro intromissione. La decisione di intraprendere un trattamento o meno era meglio prenderla in privato.

"Patatine fritte ricce fresche", disse Leo, spalancando gli occhi di fronte alle patate dolci.

"Penso che proverò l'hummus", disse Vanessa.

Mentre Marina porgeva loro gli assaggi, Vanessa le toccò

la spalla. "Leo mi ha detto che hai portato la pizza a casa. Voglio ringraziarti per essere stata così gentile con mio figlio. E per essere una così buona amica di Jack".

Jack tossì. "Sono qui, signore".

Marina si limitò a sorridere. "È bello vedervi tutti. Oh, avete mai provato lo Starfish Café?"

"Ciao!", disse Colette.

Dopo una lunga occhiata, Jack proseguì con il loro gruppetto.

Un attimo dopo tornò. Jack si avvicinò a Marina con uno sguardo preoccupato. "Hai visto Anne e Charles, ultimamente?"

"Erano qui prima", rispose Marina.

"Se li vedi, puoi farmelo sapere?"

"Ora vuoi che ti chiami?"

"Per favore. È importante".

Alla fine, Marina acconsentì. Mentre lui si allontanava, sospirò.

"Cosa significa quel sospiro?", chiese Ginger.

"Che avevi ragione".

Ginger le mise un braccio intorno alla spalla. "Andrà tutto bene".

"Sì, andrà bene", disse Marina con nuovo vigore.

Stava costruendo la nuova vita che voleva lì a Summer Beach e si stava facendo degli amici nella comunità. Soprattutto, stava facendo la differenza nella vita delle persone mentre si manteneva da sola. Le sue entrate stavano aumentando, forse più lentamente di quanto avrebbe voluto, ma la tendenza era nella giusta direzione e le spese erano basse.

Anche i suoi figli stavano bene. Ethan stava inseguendo il suo sogno e Heather cambiando università. E tutti trascorrevano più tempo con Ginger di quanto non ne avessero fatto da molto tempo.

Marina appoggiò la testa contro quella di Ginger. "Sono così felice che tu sia qui".

"Non vorrei che fosse diversamente". Ginger baciò la fronte di Marina. "Sai quanto sarebbero orgogliosi di te i tuoi genitori in questo momento?"

"Vorrei che fossero ancora qui. E nonno Bertrand".

"La vita continua, tesoro". Ginger si accarezzò il cuore. "Li porto con me ogni giorno, così non sono mai sola".

Marina amava la visione della vita di sua nonna. Si chiese se Ginger avesse mai dubitato delle sue capacità o se ci fosse nata, con quella sicurezza. In ogni caso, era la donna che ora ispirava tutte loro.

"Ecco la tua amica", disse Ginger.

Ivy si fece largo tra la folla che si stava radunando. "Come va, qui?"

"Stiamo distribuendo un sacco di assaggi", rispose Marina, offrendone alcuni. "È una folla molto più numerosa di quella che pensavo potessimo attirare".

"Questo è tutto merito di Poppy, per te". Ivy diede un morso alla pizza. "Mmm, è deliziosa. Anche noi abbiamo avuto molte richieste di camere. Sono felice che abbiate deciso di organizzare questo evento proprio qui. Dovremmo farlo ogni anno. Shelly e Mitch si stanno divertendo molto".

La sorella di Ivy era lì vicino, allo stand di Java Beach, insieme a Mitch, ed erano in modalità da spiaggia, in tutto e per tutto. Shelly aveva un pareo e una coroncina di fiori tra i capelli, mentre Mitch indossava in modo sbarazzino un vecchio cappello di paglia da spiaggia.

Un altoparlante sopra di loro crepitò: "E ora, l'elenco dei finalisti che cucineranno contro lo chef Alain". L'annunciatore era Arthur, il marito di Nan, l'altra proprietaria di *Antique Times*, che lesse l'elenco con il suo accento inglese.

Trenta ristoratori si erano contesi solo tre posti nella gara di pizza sulla spiaggia. Le pizze non dovevano essere necessariamente ispirate a quel luogo, ma pensate per essere gustate lì. Marina aveva presentato la sua *Vegetarian Beach Supreme*, con funghi, zucchine e carciofi grigliati, cipolle di Maui caramellate e mozzarelline marinate su di una salsa alla marinara. L'aveva preparata per Kai ed era un'altra delle preferite nel menù del pranzo.

La maggior parte degli altri partecipanti aveva optato per salse di pomodoro, carni, verdure e formaggi tradizionali. Secondo Marina, erano tutte eccezionali. La gente faceva la fila per accaparrarsi ciò che era rimasto dopo che i giudici avevano preso le loro decisioni. Marina aveva puntato a distinguersi per passare al livello successivo.

Arthur lesse i primi due finalisti e l'applauso riempì l'aria. "Per il terzo e ultimo concorrente, che cucinerà contro lo chef Alain, vi presentiamo la creatrice della *Vegetarian Beach Supreme*, Marina Moore del Coral Café".

Brooke strillò e lei e Ginger la abbracciarono. Marina stentava a credere di essere arrivata in finale. Aveva pensato di invertire l'ordine delle sue due proposte e, in realtà, aveva lanciato una moneta per decidere.

L'altoparlante gracchiò di nuovo. "Diamo il benvenuto al primo concorrente del concorso *Best Beach Pizza* dello chef Alain George". Ogni ora, un finalista diverso avrebbe gareggiato con il famoso chef.

Uno chef locale si avvicinò all'anello di tavoli dove Alain stava lavorando. Il sudore gli imperlava il viso roseo e squadrato, e il suo torace robusto era strizzato nella giacca da chef. La sua squadra di aiutanti aveva portato dei forni portatili a legna per la pizza, che Marina trovò piuttosto impressionanti.

In questo round finale, la regola era che le pizze dovevano avere almeno un ingrediente proveniente dal mare o che si potesse trovare su un'isola tropicale. La folla si era radunata, e Alain prese il microfono per spiegare cosa stava preparando. Poteva essere imponente, chiassoso ed elitario, ma conosceva il suo mestiere e si sapeva bene come affascinare il pubblico. Era una personalità di grande spessore, che dava sempre il meglio di sé.

Kai entrò di corsa dal retro della cabina e stampò un

bacio sulla guancia di Marina. "Congratulazioni! Ho appena sentito il tuo nome. Scusa il ritardo, ma io e Axe stavamo parlando del teatro e abbiamo perso la cognizione del tempo. E Carol voleva parlarmi di nuovo".

"Non c'è problema". Marina rise. "Mi fa piacere che ti stia divertendo".

L'altro concorrente stava preparando una pizza sottile con dell'ananas. Marina sapeva che si trattava di un ingrediente controverso. Alcuni lo amavano, altri lo odiavano, ma un ananas grigliato nel modo giusto poteva essere delizioso.

Alain era al centro della scena, anche se molte persone stavano ancora visitando gli stand e assaggiando i piatti.

"Hai tutto quello che ti serve per la prova finale?", chiese Kai. "Se hai dimenticato qualcosa, posso tornare di corsa al cottage per te".

"Ho tutto".

"Anche il cognac?"

Marina diede una gomitata alla sorella. "Soprattutto il cognac".

Mentre Alain e l'altro chef lavoravano, Marina lo osservava mentre gestiva i suoi piatti. A un certo punto, era così assorta che quando uno dei suoi forni tostapane si era acceso, aveva quasi fatto un salto.

La pizza era abbastanza facile da preparare, ma come per ogni piatto, l'arte consisteva nell'utilizzare gli ingredienti migliori, nel sapere come i sapori si sarebbero amalgamati, nel cuocerla alla perfezione e nel presentarla al meglio.

Quando le pizze furono pronte, una giuria, composta da altri chef della California meridionale e da celebrità televisive raccomandate da Alain, ne ricevette una fetta. Valutarono la presentazione, l'aderenza al tema e, naturalmente, il gusto. Ognuno di loro prendeva appunti su una scheda di valutazione.

Kai incrociò le braccia. "La commissione giudicante è ovviamente schierata a favore di Alain".

Ginger scrollò le spalle. "Ci aspettiamo che vinca, non perché abbia il miglior piatto, ma per il suo ego. Come ha detto Poppy, l'importante sono le fotografie e il valore promozionale di cucinare accanto ad Alain. Marina potrà usarlo per il suo locale. Alain ha acconsentito che i partecipanti abbiano questo diritto. Carol se ne è assicurata. Ogni ristorante ha speso molto in cibo per questo evento".

Marina annuì a quel commento. "Sono contenta che voi due ci abbiate pensato. E che Carol si sia occupata di pagare le spese legali". Per quanto a Marina piacesse vincere, capiva lo scopo dell'evento e della competizione.

Era quello di promuovere i ristoranti di Summer Beach, creando un evento annuale che avrebbe reso la comunità una destinazione rinomata per la buona cucina. Perciò, Marina sarebbe stata felice, sia che avesse vinto sia che avesse perso.

Quando Marina alzò lo sguardo dal lavoro, si accorse che Vanessa era in piedi davanti a lei. Ma le sue amiche non c'erano.

Vanessa sembrava preoccupata. "Possiamo parlare un momento?"

"Puoi aspettare? Tra poco devo cucinare con Alain".

"Ho controllato gli orari", Vanessa sorrise di nuovo. "Hai un'ora di tempo. Ci vorranno solo pochi minuti". Vanessa lanciò un'occhiata alle sue spalle. "Tutti mi girano intorno, ma ora siamo soli. Per favore".

Marina lanciò un'occhiata a Ginger, che annuì. "Da questa parte", disse Marina, facendo cenno all'altra donna di raggiungerla dietro la tenda.

21

"Facciamo un giro sul retro della casa", disse Marina. Tutti gli ingredienti per la pizza erano pronti e mancava almeno un'ora al suo turno.

Camminando accanto a lei, Vanessa fece dei piccoli respiri ansiosi. Il sole le illuminava le punte rossastre dei capelli corti e castano scuro. Quell'acconciatura metteva in risalto i suoi occhi scuri ed espressivi.

Dopo che ebbero girato l'angolo e furono fuori dalla vista, Vanessa indicò una panchina da giardino. "Possiamo sederci? Sono ancora molto debole".

"Certo", disse Marina, sentendosi vicina a Vanessa e alle sue difficoltà di salute. Si sedettero sulla panchina.

Vanessa appoggiò la mano su quella di Marina e cominciò. "Voglio che tu sappia che Jack è il miglior padre che potessi desiderare per Leo. Nessuno è perfetto, ma lui è proprio giusto per mio figlio".

Marina non poté far altro che annuire in segno di assenso. "Lo vedo".

"Forse Jack te ne ha parlato, ma si dà il caso che io sappia che ha intenzione di chiedermi di sposarlo".

Marina sentì un forte dolore al petto. Avrebbe voluto che

Vanessa non avesse scelto quel momento prima della gara di cucina per dirglielo. Tuttavia, suppose che Vanessa sospettasse quanto lei teneva a Jack, e che stesse cercando di attenuare il colpo. Lo apprezzò. "Sono molto felice per te", riuscì a dire.

"Jack ha chiesto a Denise e John di occuparsi di Leo il prossimo fine settimana", disse Vanessa. "È un gesto premuroso da parte sua".

Marina deglutì. Non poteva sopportare di sentire quei dettagli. "Grazie per avermelo detto". Si alzò bruscamente. "Devo andare".

"Per favore, aspetta un momento".

Marina aveva voglia di correre verso la spiaggia, di farlo fino a quando il suo cuore non avesse ceduto. Ma non era il modo di reagire. Sapeva che sarebbe successo, eppure non aveva rimpianti. Quello che aveva fatto era per Leo e per Vanessa. Chi avrebbe voluto fare del male a una donna così gentile? Immediatamente Marina si sentì in colpa per quel momento di gelosia. Si sedette. "Ho ancora un po' di tempo. Cos'altro volevi dirmi?"

Vanessa si stropicciò il bordo della gonna. "È ironico, vero? Jack è probabilmente l'uomo più bello, intelligente e compassionevole che conosca. Eppure, non ho mai provato alcun sentimento romantico per lui. Oh sì, lo so. Abbiamo avuto una notte di passione, ma non si trattava di amore. È stato un ultimo, disperato atto di consolazione perché non sapevamo se saremmo stati vivi al mattino. Quello è stato il mio ultimo incarico pericoloso. Mi sono licenziata quando sono tornata".

"Non l'avevo capito". Marina ascoltò.

"A quel tempo non avevo intenzione di sposarmi. Non avrei mai voluto farlo, e legarmi a un uomo per il resto della mia vita. Avevo visto come mia madre si era occupata di mio padre – e il loro era un buon matrimonio – ma quel ruolo non faceva per me. Essendo figlia unica, sapevo che mi sarei occupata dei miei genitori; non volevo dovermi occupare anche di un marito esigente. Nella mia cultura non tutti sono progressisti come potresti essere tu".

Marina lo recepì, ma ancora non capiva dove Vanessa volesse arrivare. "Ne hai passate tante, in questi anni. Hai cambiato idea, adesso?"

"La mia prospettiva è cambiata sotto molti aspetti". Vanessa si lisciò la gonna fluente. "Vedi, quando ho scoperto di essere incinta, ho deciso di tenere Leo. Non potevo dare ai miei genitori il matrimonio che avevano sognato per me, ma potevo dare loro il nipotino che volevano. Fortunatamente, hanno avuto la gioia di conoscerlo prima di morire. Alla fine hanno accettato che non mi sarei mai sposata con nessuno". Vanessa fece una pausa e alzò lo sguardo. "Non ho cambiato idea su questo".

Marina cercò di soffocare il barlume di speranza che provava. "Jack ne è al corrente?"

"Lo è. Ma Jack è una persona buona, di quelle che si preoccupano sempre per gli altri. Come reporter, ha indagato su situazioni insidiose: cartelli della droga, corruzione politica, spionaggio. Ha semplicemente trasferito a me e a Leo la sensazione di essere un bravo ragazzo. Per mio figlio, è quello che speravo. Ma per me...".

Scosse la testa.

"Quindi non hai intenzione di accettare la sua proposta?". Marina trattenne il respiro.

"Non lo farò. Su questo sono abbastanza decisa". Vanessa le prese la mano. "Anche se lo facessi, non potrei sposare un uomo che è così palesemente innamorato di un'altra donna".

Marina sbatté le palpebre. "Non è molto che ci conosciamo. Non siamo nemmeno usciti insieme".

"È per questo che voglio parlare con te. Sembra che anche tu tenga molto a lui. Qualche settimana fa, mentre mi stavo preparando al peggio, mi dava soddisfazione pensare che tu e Jack avreste potuto stare insieme e che ti saresti occupata di Leo".

Marina sorrise. "È un po' prematuro".

"Lo so, ma ho dovuto pensare così tanto al futuro per pianificare tutto per Leo. Per la sua università, per i miei nipoti. Ed è questo che ho visto. E se non tu, qualcuno come te. Con le tue caratteristiche. Ma in cuor mio so che tu saresti stata perfetta per Leo, e lui ti adora".

Marina si pulì la coda dell'occhio. Da donna a donna, non riusciva a immaginare di dire queste parole sui suoi figli a un'altra persona. Vanessa aveva più forza e coraggio di quanto Marina potesse immaginare. "Leo è così bravo", riuscì a dire. "È un bambino meraviglioso".

"Sì, lo è". Vanessa strinse la mano di Marina. "Ora, so che Jack non è perfetto. Ha sempre avuto un atteggiamento da vagabondo, anche se ora sembra essere migliorato. E può essere molto determinato e tenace nelle cose che lo appassionano. Ti chiedo solo di capire perché ha deciso di chiedermi di sposarlo. Per quanto io abbia cercato di scoraggiarlo, credo che senta di dover fare uno sforzo, ora che sembra che io sia in via di guarigione".

Marina annuì. Anche se lo sapeva, non poteva ancora dirlo a Vanessa.

"Lo spingerò nella tua direzione, e sta a voi decidere se volete fare qualcosa al riguardo. Mentre io intendo prendere una casa qui per Leo, e stare a Summer Beach vicino ai nostri amici più cari, lascio libero Jack".

Il sollievo invase Marina, lasciandola indebolita dalla gioia. Mentre le lacrime le salivano agli occhi, Marina abbracciò Vanessa, stringendo il corpo esile della donna con delicatezza. "Grazie per aver condiviso con me la tua storia. Non hai idea di quanto mi hai alleggerito il cuore. E mi prenderò sempre cura di Leo, anche se io e Jack non staremo insieme. Anche se spero che tu non vada da nessuna parte per molto, molto tempo".

Vanessa premette la mano sulla guancia di Marina. "Non molti di noi si rendono conto che viviamo davvero solo un giorno alla volta. Quindi, fallo oggi". Vanessa si staccò e il suo viso fu avvolto da un dolce sorriso di sollievo. "È ora che tu vada di nuovo al lavoro".

Le due donne si alzarono e tornarono indietro. Al banco, Vanessa disse: "Vorrei che ci tenessimo in contatto".

"Anch'io", disse Marina, e lo pensava davvero.

Quando Marina rientrò allo stand, Ginger la guardò con curiosità. "Va tutto bene?"

"Non sono mai stata meglio". Marina strinse le mani della nonna e sorrise. "Te lo dirò dopo aver fatto vedere a quello chef chi è il vero capo, qui".

"Santo cielo, non ti vedevo così determinata da...". Ginger guardò Vanessa, che si voltò e fece a Marina un segno di buon auspicio. Ginger ridacchiò. "Santo cielo, credo di sapere cosa è appena successo".

Marina abbracciò Ginger. "E mi assicurerò che tutti sappiano del Coral Café".

Marina e Ginger continuarono a servire gli ospiti mentre il concorrente successivo gareggiava contro Alain. Dopo un po', la squadra dello chef portò un carrello per raccogliere le provviste che Marina aveva portato. Ormai era tardi, ma Marina doveva ancora dare il meglio di sé. E se qualcuno del pubblico avesse anche solo accennato alla parola *meme*, lo avrebbe ignorato. Questa volta era pronta a tutto. Si sistemò i capelli, lisciò la giacca e fu pronta.

Le telecamere stavano riprendendo tutto.

Arthur Ainsworth le fece l'occhiolino mentre lei gli forniva la descrizione che aveva scritto. Prese posto nel cerchio della competizione. "E l'ultimo sfidante di oggi è Marina Moore, proprietaria del nuovo ristorante di Summer Beach, il Coral Café, proprio sulla spiaggia e aperto a pranzo e cena. È anche la responsabile dell'organizzazione del nostro primo *Taste of Summer Beach*. Un applauso a Marina".

L'applauso si diffuse tra la folla e Marina abbassò la testa in segno di riconoscimento. Nel farlo, vide Jack. Invece di distogliere lo sguardo, lo guardò dritto in faccia e sorrise.

Con la coda dell'occhio, vide Ginger che si faceva largo tra la folla e si dirigeva verso Jack con uno sguardo determinato. Quando lo raggiunse, lui si chinò e lei gli sussurrò qualcosa. Jack alzò la testa di scatto, e Ginger annuì in direzione di Charles e Anne.

Sembrava strano, ma Marina non poteva pensarci ora. Si girò verso Alain e gli strinse la mano.

Alain le guardò la mano e alzò il sopracciglio. "Ti sei ferita".

"Questo non mi rallenterà", disse Marina.

Un lento sorriso si allargò sul volto arrossato di Alain. "Cuciniamo".

Arthur impostò il timer ed esclamò: "Via!".

Marina e Alain si girarono verso le loro postazioni. Marina accese subito un fornello e gettò il burro in una padella. Mise il cognac vicino.

Vide Alain che la guardava, chiaramente interessato. Voltandosi, gettò della farina sull'area di lavoro in acciaio inossidabile. Rapidamente, prese una palla di impasto che aveva preparato in precedenza e vi premette sopra il palmo della mano. Aveva usato una ricetta a base di farina, olio d'oliva, sale kosher, lievito e miele. Lavorando l'impasto, lo stese a mano e lo lisciò sul banco infarinato, lasciando il bordo un po' più spesso.

Poi, spennellò sulla pasta una salsa bianca a base di senape secca con un pizzico di peperoncino di Cayenna, e cosparse il formaggio – fontina e parmigiano – con pezzetti di mozzarella.

Con la coda dell'occhio vedeva Alain che lavorava febbrilmente. Scorse un contenitore. *Confit d'anatra. Caviale. Funghi selvatici. Salsa di mango.*

Marina deglutì. Quell'uomo era davvero un professionista.

Scrollatasi di dosso quel momento di perplessità, Marina

tornò a concentrarsi sul suo lavoro. Doveva eseguirlo alla perfezione. Sistemò rapidamente i gamberi e i funghi porcini intorno ai bordi, formando un'ampia cavità al centro. Fece scivolare una pala sotto la pizza e la mise nel forno.

Mentre cuoceva, Marina continuò a lavorare. Sentiva gli occhi di Alain su di lei, ma questa volta non alzò lo sguardo. Lui continuava a scherzare e a incitare la folla, ma Marina si limitò a sorridere e a continuare a lavorare.

Sistemò il giro di ingredienti successivo, che aveva preparato in precedenza. *Rosette di salmone affumicato, perfettamente arricciate e rifilate. Gamberi tigre con la coda e pezzi di aragosta.* Fece saltare rapidamente i gamberi e l'aragosta nel burro, aggiunse una generosa dose di cognac e fece cuocere la salsa fino a quando non si ridusse. Sempre in anticipo su Alain, tirò fuori la pizza dal forno e cominciò a allestire la presentazione finale.

Correndo contro il tempo, Marina formò un cerchio di gamberi tigre intorno alla fossetta interna, con le code che si ergevano in posizione verticale. Poi fu il turno dell'aragosta saporita con cui riempì l'intera area rimanente prima di aggiungere un filo di aioli alle erbe. Infine, lavorando con cura, dispose le rosette di salmone al centro come una corona.

Rapidamente, affettò il tartufo bianco italiano e cosparse di foglie di basilico l'aragosta e i gamberi. Infine, al centro delle rosette di salmone affumicato, sistemò un'enorme pallina di caviale Beluga russo, omaggio di Anne e Charles. L'avevano dato a Marina al termine della festa sullo yacht.

Marina fece un passo indietro proprio quando Arthur chiamò il tempo e alzò le mani. Aveva fatto del suo meglio, ma sarebbe bastato?

Arthur toccò il microfono. "Ecco a voi. Pizza all'anatra confit con mango dello chef Alain George e pizza all'aragosta Thermidor di Marina Moore, ispirata alla chef Julia Child".

I fotografi dei media si erano radunati lì intorno per scattare foto. Marina si trovava dietro la sua creazione, orgogliosa del risultato ottenuto. Anche Kai, Heather e Jack stavano scattando.

Poi, avevano presentato il loro lavoro ai giudici e affettato le pizze per loro. Marina rimase in attesa mentre i giudici assaggiavano e assegnavano un punteggio ai loro sforzi.

Alain si rivolse a Marina. "È stata una creazione piuttosto ambiziosa".

"Anche la tua era fantastica". Lei accolse le sue parole come un complimento, anche se lui non aveva detto esattamente di ammirarla.

"È nel tuo menù?"

"È piuttosto costosa per un locale sulla spiaggia. Magari per delle ordinazioni speciali. Mi piacerebbe assaggiare l'anatra confit".

"Facciamo uno scambio di assaggi". Alain ne affettò un pezzo per lei e lei fece lo stesso.

Marina diede un morso e sgranò gli occhi. "È assolutamente deliziosa".

Alain ispezionò la sua creazione prima di assaggiare la fetta. "È un intero banchetto su una pizza".

Marina rise. "Suppongo di sì". Aveva puntato sulla presentazione, ma forse aveva esagerato. *Troppo?*

I giudici sommarono i punteggi e li consegnarono ad Arthur.

"Signore e signori. Facciamo le nostre congratulazioni a tutti i concorrenti e ai ristoratori per l'impegno profuso oggi".

Alain posò per le foto con i concorrenti. Marina sapeva che quelle immagini sarebbero state un ricordo inestimabile per i suoi colleghi chef e che la copertura mediatica sarebbe stata estremamente preziosa. Una donna del team di Alain chiese agli ultimi concorrenti di aspettare sul palco. Marina prese il suo posto e salutò la sua famiglia, che si trovava davanti.

Dopo che gli applausi e le acclamazioni si furono placati, Arthur continuò. Annunciò il terzo classificato, la *Chicago Deep*

Dish Pizza, nello stile tradizionale ma con spinaci e alghe. La *Island Pineapple Pizza* si era aggiudicata il secondo posto.

E ora, la sfida era tra Marina e Alain.

"Per la sfida finale…".

Marina trattenne il respiro, sperando contro ogni previsione.

"Per la pizza all'anatra confit con mango, lo chef Alain George".

La folla accolse l'annuncio con un applauso. Alain si avvicinò al microfono e ringraziò tutti per la partecipazione. Marina era un po' delusa, ma doveva rimanere salda nella sua prospettiva. Inoltre, si aspettava davvero di vincere contro uno chef esperto? Doveva ridere di se stessa per averlo anche solo sognato. *Forse tra qualche anno.* Si avviò verso la sua famiglia.

"Prima di concludere, devo rivolgere un ringraziamento speciale alla mia collega Marina Moore", disse Alain. "Trovare una tale creatività qui a Summer Beach − da parte dell'intera comunità di ristoratori − è una sorpresa molto gradita e il motivo per cui sono qui oggi. Non immaginavo che sarei stato superato da una donna che ha appena aperto il suo primo ristorante, il Coral Café".

Aveva sentito bene? Marina si voltò e vide Alain che le faceva cenno di raggiungerlo.

"In questo caso, i giudici erano chiaramente prevenuti", disse Alain tra gli applausi della folla. "Riconosco un capolavoro quando lo vedo e lo assaggio. Marina merita questo premio".

Tra gli applausi, Marina sentì Kai e Shelly urlare all'unisono. "Woo-hoo!".

Jack si precipitò lì davanti, a scattare foto. Ginger sorrise e salutò.

Le ginocchia di Marina si sentirono deboli mentre si dirigeva verso Alain.

"Hai vinto lealmente". Allungò la mano per congratularsi con lei. "Hai molto talento. Ti dispiace se ti chiamo? Abbiamo degli ospiti nel mio programma e vorrei che i miei spettatori vedessero chi mi ha battuto nella gara di pizza sulla spiaggia. Ben fatto, davvero".

Mentre Marina gli stringeva la mano, le sembrò che il mondo le girasse intorno. "Ne sarei onorata, grazie".

Dopo altre foto, le pizze vennero tagliate e condivise. Ginger, Kai, Heather, Ethan, Brooke e la sua famiglia si riunirono intorno a lei per congratularsi. Kai sussurrò: "Devo scappare. Non andare da nessuna parte".

Marina si chiese cosa intendesse dire. Altre persone vennero a congratularsi con lei: Colette dello Starfish Café, Mitch di Java Beach e Rosa del chiosco dei tacos. Erano tutti molto contenti che una di loro avesse scalzato Alain George e parlavano di cosa avrebbero potuto fare l'anno successivo.

Marina vide avvicinarsi Jack e lo salutò con la mano. Lui si affrettò verso di lei e le prese le mani.

"È stato incredibile", disse Jack, abbassandosi per baciarle la guancia. "Che donna straordinaria che sei".

Proprio in quel momento, la musica si diffuse tra la folla e Carol Reston salì sul palco. Tutti cominciarono ad applaudire e a fischiare. Iniziò con una delle sue canzoni più popolari, un duetto, e all'improvviso Kai salì sul palco, con la sua voce che si levava sulla folla.

Fischi e applausi risuonarono intorno a Marina, mentre gli amici e la famiglia facevano il tifo per Kai. Marina sapeva che cantare sul palco con la leggendaria Carol Reston era uno dei sogni di sua sorella. Kai stava mettendo nella canzone tutto quello che aveva, mentre i media scattavano foto e video. Era anche il suo momento.

"Non è favolosa, Kai?". disse Marina a Jack, ma quando si voltò, lui non c'era più.

22

"*A*vresti dovuto restare e festeggiare la tua vittoria con tutti", disse Ginger mentre entravano nel cottage. "Avrei potuto tornare da sola".

Dopo la chiusura della prima edizione del *Taste of Summer Beach*, la sera stessa, il proprietario di *Spirits & Vine* sulla Main Street aveva invitato tutti i ristoratori partecipanti a unirsi a lui per festeggiare.

Marina lasciò cadere la borsa sul divano, si tolse gli zoccoli e fece roteare le caviglie doloranti. "Sinceramente, mi ha fatto piacere che tu volessi andare a casa. L'evento è stato incredibile, i ristoranti avranno un aumento di clientela e abbiamo avviato una nuova tradizione, ma sono esausta". Il suo cellulare squillò e Marina lo tirò fuori dalla borsa.

Controllò il telefono e lo porse a Ginger perché lo vedesse. "L'app di prenotazione che Kai ha creato ha lampeggiato per tutto il giorno. La gente ora pensa che sia necessario prenotare". Era stupita e piena di gratitudine.

"Oserei dire che presto tutti dovranno prenotare un tavolo, nelle ore di maggior affluenza". Ginger strizzò l'occhio al telefono. "È impressionante. Ben fatto".

"È interessante che molte persone presenti all'evento non

fossero a conoscenza della varietà di ristoranti che ci sono a Summer Beach". Marina si appoggiò al divano, spense la suoneria e rimise il telefono in borsa, desiderosa di una pausa. "Tutto il resto può aspettare fino a domani".

Kai era andata con Axe da *Spirits & Vine* per rappresentare il Coral Café. Era entusiasta di aver condiviso il palco e una canzone con Carol Reston, che ammirava da tempo. La folla dei partecipanti all'evento aveva riempito Main Street e la maggior parte dei negozianti era rimasta aperta fino a tardi per servirli. Heather ed Ethan erano usciti con gli amici, e Brooke aveva raggiunto Chip e i ragazzi alla sala giochi del villaggio. Il Coral Cottage era insolitamente tranquillo.

Ginger posò la borsa. "Dormiremo tutti bene, stanotte".

"Sono così grata che non dobbiamo scaricare", disse Marina.

Quella mattina, Ethan e il suo compagno di stanza avevano aiutato Marina a caricare i tavoli e gli elettrodomestici dello stand sul furgone dell'amico e avevano anche smontato tutto dopo l'evento. Non era rimasta nemmeno una briciola di cibo. I ragazzi avevano promesso di riportare tutto l'indomani e Marina avrebbe preparato la colazione per loro mentre scaricavano.

Mentre la maggior parte della famiglia e degli amici di Marina era fuori a festeggiare, lei aveva bisogno di distendersi e rilassarsi. Comodamente rannicchiata nel soggiorno, fissò il vecchio camino in pietra e i gigli della pace verde lucido con spighe bianche raggruppati intorno ad esso. Un caldo senso di realizzazione le soffocò le membra doloranti.

Ginger si rivolse a lei con un sorriso trionfante. "Congratulazioni, mia cara. La giornata di oggi ha dimostrato che i grandi risultati richiedono idee coraggiose e una pianificazione accurata. E, soprattutto, la capacità di saperle realizzare".

"Non avrei potuto farlo senza il coinvolgimento di tutti. Il vostro, in particolare".

"Nessuna persona avrebbe potuto fare tutto questo. Ma hai gestito lo sforzo e lo hai portato a termine. Hai scelto le persone giuste per aiutarti. E con la tua creatività e il tuo coraggio hai dimostrato di essere un valido concorrente, anche ai massimi livelli. Devo dire: ben fatto".

Marina sorrise e mosse le dita dei piedi. "È bello sapere di essere in grado di gestire tutto questo, dal caffè all'evento. Inoltre, mi piace sapere che posso farmi strada senza dover dipendere dagli Hal di turno". E, cosa ancora più bella, stava trascinando nel suo successo anche tutti i suoi nuovi amici e ristoratori.

Ginger si sedette accanto a Marina e le mise un braccio intorno alle spalle. "Perché non apriamo una buona bottiglia di vino per celebrare questa occasione e festeggiare? Possiamo sederci fuori nel patio, ascoltare l'oceano e goderci la quiete".

Stiracchiandosi, Marina disse: "Sembra paradisiaco. Accendiamo il camino. Non ho quasi mai il tempo di sedermi e godermelo". Il caminetto aveva una chiara vista sull'oceano e sul porto turistico, dove gli ospiti potevano osservare le barche che andavano e venivano.

"La serata è sublime. Accendiamo anche noi quelle magiche luci fatate". Ginger si alzò e tese le mani a Marina per aiutarla ad alzarsi. "Goditi il tuo momento. Sono sicura che domani sarai molto impegnata".

Passeggiarono verso la casetta degli ospiti.

Marina era felice. Tutto era a posto con il mondo, e il futuro sembrava luminoso come non mai.

"Se accendi il camino, porto il vino", disse Ginger. "Ho lasciato una mezza bottiglia sul tavolo da chef". Alzò lo sguardo verso il bagliore che proveniva dal cottage. "Sembra che abbiamo lasciato una luce accesa".

Mentre Ginger entrava nel cottage degli ospiti, Marina si avviò verso il camino. All'improvviso, sentì un urlo, una colluttazione e un tonfo sordo. Marina corse verso la porta aperta, con il cuore in gola. Nel farlo, vide una figura scura che correva verso la strada. Il terrore la attraversò.

"Ginger!". Marina scattò verso la casetta degli ospiti, temendo il peggio. "Ginger!". Una scarica di adrenalina le fece varcare la porta.

Ginger si girò di scatto. "Ce ne sono due. Hai visto l'altro?".

Sua nonna era in piedi davanti a un uomo robusto, steso sulle piastrelle del corridoio di fronte alla sala da pranzo privata. Un liquido scuro si spandeva intorno a lui. In mano teneva il collo di una bottiglia di vino, il cui contenuto gocciolava dal vetro frastagliato, con il tappo ancora al suo posto.

Marina afferrò Ginger. "Allontanati da lui".

"Non andrà da nessuna parte. È quello che gli ho detto, ma non mi ha creduto. Non l'avrei colpito, se non mi avesse minacciato fisicamente". Sollevò i resti della bottiglia rotta. "Che spreco di buon vino".

Marina si precipitò fuori con Ginger. Subito lo stridore delle sirene squarciò la notte e le luci lampeggianti illuminarono il patio. Arrivarono diverse auto della polizia e l'ispettore Clarkson scese da una di esse. "State bene, signore?"

"Un colpevole a terra, capo", disse Ginger. "Non è morto, è solo svenuto. Il polso c'è ancora".

"Un altro è andato da quella parte", aggiunse Marina, indicando la direzione in cui era scappato l'altro uomo.

L'ispettore diede ordine alla sua squadra di perquisire la proprietà.

"Perché non mi hai chiamato?", chiese Marina. Stava ancora tremando, anche se Ginger sembrava calma e ancora più spavalda.

"Non sei stata l'unica a prendere lezioni di autodifesa". Ginger baciò la fronte di Marina. "Non è la prima volta che sorprendo un intruso, anche se a Summer Beach, questa è la prima volta. Forse non ti ho mai raccontato di quella volta che ho incontrato...". Ginger si interruppe. "Dall'espressione tragica del tuo caro viso, mi tengo questa storia per un'altra volta".

"Lo apprezzo molto". Marina stava ancora cercando di riprendere fiato dopo lo shock dovuto alla paura che a Ginger fosse stato fatto del male, o peggio.

Dopo essersi assicurati che nessun altro si trovasse nella proprietà, gli agenti di polizia sistemarono il giovane che Ginger aveva steso nel retro di un'auto della polizia. L'ispettore Clarkson chiamò Ginger e Marina nel cottage.

"Non toccate nulla", consigliò l'ispettore Clarkson. "Domattina verrà qui una squadra per esaminare tutto alla ricerca di prove".

"Riusciremo ad aprire a mezzogiorno?". Marina pensò alle prenotazioni in sospeso.

"Possiamo usare la cucina della casa principale per cucinare", disse Ginger. "Basta che possiamo servire nel patio".

"Potrebbe andare", disse l'ispettore Clarkson. "Inizieranno presto".

"E prepareremo la colazione per loro", aggiunse Ginger.

L'ispettore sorrise. "È gentile da parte sua, ma non è necessario".

"Vedrò di fare il necessario per assicurarmi che la sua squadra sia adeguatamente rifornita per dare il meglio di sé. E ho dei sospetti su chi possa esserci dietro a tutto questo".

"Sì, signora. Jack me l'ha detto".

Marina guardò Ginger con stupore, chiedendosi come potesse essere coinvolto Jack e cosa sapesse Ginger di tutto ciò. Poi ricordò che Ginger si era precipitata a parlare con Jack proprio mentre Marina era in gara contro Alain.

L'ispettore di polizia si diresse verso la sala da pranzo privata, dove il lampadario d'epoca era ancora acceso, anche se oscurato. Indicò la cassaforte vicino alla porta posteriore. "È questa che cercavano".

L'armadio era stato forzato e la cassaforte trascinata sul pavimento, lasciando graffi sulle piastrelle Saltillo.

L'ispettore Clarkson indicò la porta aperta. "Sembra che non siano riusciti ad aprirla, quindi hanno cercato di portarla con sé. Ho l'impressione che ci sia stato un terzo complice con un camion. Abbiamo anche ricevuto una denuncia del furto di un veicolo".

"Chi avrebbe potuto fare una cosa del genere?". Marina non riusciva a immaginare chi potesse essere a conoscenza della cassaforte. A parte Jack. Ma no... sicuramente no. "E come sapeva di dover intervenire così in fretta?"

L'ispettore Clarkson lanciò un'occhiata a Ginger. "La nonna e Jack possono spiegarlo. Lui ha fatto una soffiata, e mi ha detto che vi stava chiamando per avvisarvi di evitare il cottage. Immagino che nessuno di voi abbia sentito le sue chiamate".

Di riflesso, Marina cercò il suo telefono. L'aveva lasciato dentro la borsa sul divano.

"No, ma ero in guardia", disse Ginger. "Jack aveva condiviso con me le sue intuizioni qualche tempo fa. Stasera gli ho chiesto di avvertirla, ispettore".

Proprio in quel momento si fermò un'altra auto della polizia. Jack scese e attraversò il prato verso di loro. Incontrò Marina e la prese in braccio. Lei non era mai stata così felice di vederlo e si sciolse nel suo abbraccio.

"Sono felice che tu sia al sicuro", disse. "E Ginger? Come sta?"

"Sta meglio di me". Marina stava ancora tremando per quello che era successo. "Ma ho molte domande da fare a voi due". Avrebbe dovuto accompagnare Ginger nella casetta degli ospiti. Oppure, quando Ginger aveva visto la luce accesa, avrebbero dovuto chiamare subito la polizia. Se Ginger aveva il sentore di un problema, perché era entrata?

Perché non voleva che le fosse fatto del male. Sua nonna non aveva paura. Ma quella situazione avrebbe potuto finire in modo molto spiacevole. Marina ne avrebbe parlato con Ginger, anche se sapeva che non sarebbe servito a molto. Sua nonna era una testa dura come... beh, come lei. Marina sospirò e scosse la testa. Avrebbe fatto lo stesso per Heather e Ethan.

Uno dei poliziotti lo chiamò e Jack si girò di scatto. In lontananza, la *Princess Anne* si stava allontanando dal porto.

"Avviseremo la Guardia Costiera", disse l'ispettore Clarkson. "Non andranno lontano".

"Vorrei che qualcuno mi dicesse cosa sta succedendo", disse Marina.

"Lo faremo". Ginger si strofinò la spalla. "Qui ci vuole il vino preferito di Julia".

"Finalmente", disse Marina.

Jack ridacchiò. "Ho sentito dire che una volta, quando un sommelier le aveva chiesto quale fosse il suo vino preferito, lei aveva risposto che era il gin".

"Proprio la mia Julia", disse Ginger con un sorriso affettuoso. "Avrebbe potuto dire che la serata richiedeva uno Champagne Brut o uno Château d'Yquem, ma le piacevano i rossi e i bianchi della Borgogna, quelli che noi chiamiamo borgognoni. A meno che non avesse voglia di un gin tonic".

Jack scosse la testa e Ginger tornò in casa con uno dei poliziotti. Marina rimase a guardare stupita: Ginger stava discutendo di vini con l'agente, come se non avesse appena sconfitto un intruso. L'atteggiamento indifferente di Ginger non permetteva agli altri di rubarle la gioia che provava, anche se avevano cercato di svaligiarle casa.

Jack indicò le sedie Adirondack che circondavano il caminetto. "Perché non ci sediamo lì?"

"È lì che eravamo diretti quando Ginger ha affrontato il ladro". Marina si accomodò su una sedia mentre Jack accendeva il gas. Le fiamme divamparono avidamente nell'aria notturna e Marina rabbrividì. Jack si tolse la giacca di jeans e gliela stese sulle spalle.

"Non devi…". Marina si fermò. In un lampo si rese conto che il suo automatico rifiuto di piccole cortesie, un tempo, era legato alla sua autostima. Persino Ginger l'aveva ammonita, consigliandole di essere più diretta. Accetta complimenti e aiuti con grazia, mia cara. Poi, se davvero non li desideri, la gente capirà. Marina sollevò il mento. "Lo apprezzo molto. E tutto quello che hai fatto per Ginger e per me".

"Vale per entrambi", disse Jack, accomodandosi su una sedia accanto a lei. "A Leo è piaciuta la pizza che hai portato. Anche a me".

Il petto di Marina si riscaldò a quel pensiero. "Mi piace fare cose per le persone a cui tengo". Ecco, l'aveva detto.

Jack le porse la mano, ma proprio in quel momento Ginger tornò con una bottiglia impolverata di Saint-Émilion. "Con questo frescolino di giugno nell'aria della sera, sono sicura che Julia avrebbe scelto un buon Bordeaux".

Jack le aprì la bottiglia e ne versò tre bicchieri. Dietro di loro, l'ispettore Clarkson stava ancora parlando con i suoi agenti.

"Ispettore, le offrirei un bicchiere", esordì Ginger, "ma so che rifiuterà. Tuttavia, una sera torni per una cena. E porti quella bella donna, Imani Jones".

Marina sorrise e incrociò lo sguardo di Jack. "Stai mettendo di nuovo insieme delle coppie, Ginger?"

"Ma lo faccio raramente", replicò, con gli occhi che scintillavano sopra il bicchiere alla luce del fuoco. "Dopo aver presentato Anne a Charles – a proposito, non sono i loro veri nomi – ho giurato di smettere". Scrollò le spalle. "Le vecchie abitudini, però...".

Marina si alzò a sedere. "Li hai fatti incontrare tu?"

"È successo anni fa, mentre Bertrand era di stanza in Europa. Charles era un giovane allievo di mio marito durante la guerra fredda. Non sono nemmeno americani, mia cara". Ginger alzò il bicchiere verso Jack. "Quello yacht mi ha subito insospettito. Le navi di grandi dimensioni sono generalmente di proprietà di capi di Stato, uomini d'affari di grande successo o dei loro eredi, o persone dedite ad affari loschi".

"Charles si presentava come un investitore azionario", disse Jack. "Tuttavia, non era aggiornato sulle ultime novità in materia di investimenti".

Ginger annuì. "Erano viscidi. Non so perché siano venuti qui, ma quando li ho avvistati al festival del cibo, li ho riconosciuti dopo anni. Jack aveva già espresso i suoi sospetti su quella coppia, così gli ho detto di chiamare il capo della polizia per sorvegliarli".

"Ma come facevi a sapere che avrebbero potuto esserci dei problemi, qui?", chiese Marina.

"Non ne ero sicuro", rispose Jack. "Al festival, Charles mi aveva chiesto se Ginger vivesse ancora nel Coral Cottage. Dopo aver parlato con lei, non era una cosa che mi faceva stare tranquillo".

Le incongruenze della coppia ora avevano più senso, ma Marina era ancora confusa. "Cosa pensi che stessero facendo qui?"

L'ispettore Clarkson si voltò. "Anche i superiori ci avevano segnalato il loro atteggiamento".

"Dalle mie ricerche, credo che si tratti di droga", disse Jack. "Puntano a distribuirla lungo la costa. Ho fatto molte ricerche. Se Charles e Anne fanno parte del giro o c'è sotto dell'altro, resta da vedere".

Dopo essere stata a bordo e aver sentito quella coppia discutere, Marina poteva immaginarlo. "Ma perché irrompere qui?"

Ginger sorseggiò il suo vino e annuì. "Bertrand una volta aveva delle prove incriminanti su Charles. Sapevano che era morto; probabilmente pensavano che lo fossi anch'io". Ginger inarcò un sopracciglio. "Sai che Charles e Anne hanno cenato qui una volta, diversi decenni fa? Ricordo vagamente che Bertrand e Charles avevano trascorso del tempo nel cottage degli ospiti, dove mio marito scriveva molto. Forse quel giovane aveva visto la cassaforte. Potrebbe aver pensato che Bertrand custodisse delle prove lì. O forse cercava qualche documento dal mio precedente lavoro. Ma non c'è mai stato". Ginger si batté la tempia e sorrise.

I codici e le chiavi per decrittarli. Marina aveva quasi paura di chiederglielo. "Nella cassaforte ci sono vecchie prove contro di loro?"

Ginger rise. "Non più. Ma è così terribilmente pesante che è quasi impossibile spostarla senza appositi attrezzi. Ci tenevo le mie storie per evitare che venissero smarrite".

"Non sei obbligata a dirci cosa c'è lì dentro", disse Jack, alzando una mano.

Ginger si alzò e Jack la seguì per cortesia. "Concludo con il caro Clark e la sua squadra, e poi vado a dormire. Per quanto sia buono questo vino, qualche sorso è tutto quello che posso reggere stasera. Buonanotte, miei cari".

Dopo che Ginger li ebbe lasciati, Jack si chinò in avanti, appoggiando gli avambracci sulle ginocchia. "Se vuoi restare qui fuori ancora un po', mi siedo con te. Non voglio lasciarti sola".

Marina prestò finalmente attenzione a Jack, guardandolo di traverso. Poteva seguire Ginger o rischiare. La luce del fuoco tremolò, riscaldando il volto di Jack. "Rimani. Ma non pensare di farlo per proteggermi".

"Se c'è una cosa che ho imparato è che la tribù Delavie-Moore non ha bisogno di essere protetta. Sono i cattivi, che dovrebbero avere paura di tutti voi".

"Soprattutto di Ginger, a quanto pare". Quella serata sarebbe senza dubbio entrata a far parte della tradizione familiare, destinata a essere raccontata e riraccontata durante le cene di famiglia. Sempre più accaldata, Marina avvicinò il suo bicchiere di vino a quello di Jack e sorseggiò. Quella sera era troppo stanca per qualsiasi giochetto, ma si sentiva più forte, grazie a ciò che aveva realizzato. "Pensavo che tu fossi uno dei cattivi ragazzi di cui si innamorano le donne. Ma ora credo di aver fatto male i conti".

"Non ti mentirò: ci sono stati momenti in cui avrei dovuto

essere più premuroso, nelle relazioni. Ero troppo veloce a correre dietro alle storie da raccontare. È una delle sfortunate esigenze del mio lavoro".

"Eppure, quella era la tua professione", disse Marina. "E tu eccellevi".

Jack rise dolcemente. "Mi sono sempre immaginato come un supereroe con la penna".

"È un tale cambiamento di stile di vita per te", disse Marina, pensierosa. "Un nuovo figlio, una nuova casa, una nuova carriera...".

"E un nuovo cane, hai dimenticato". Jack sorrise. "È un cambiamento, certo, ma che accolgo con piacere. Che ne pensi della tua nuova vita qui?"

"Dalla primavera sono passata ad essere una conduttrice, star dei meme, a proprietaria di un locale. È stata una bella sfida, ma ora non potrei essere più felice. A volte, quando il tuo mondo esplode, tra le macerie scopri dei frammenti scintillanti". Marina si sistemò i capelli dietro l'orecchio e studiò Jack, soppesando le opzioni che aveva davanti. "Come te".

Facendo roteare il vino, Jack rise. "Non mi sono mai sentito descrivere come un frammento scintillante prima d'ora, ma lo accetto". Si spostò sulla sedia. "C'è qualcosa che devo dirti".

Marina sentì una nota di angoscia nella sua voce e pensò a ciò che le aveva detto Vanessa. Strinse la presa sul bicchiere e si stabilizzò per ascoltare la sua storia. "Continua".

"Sappi che Vanessa sta rispondendo bene al nuovo trattamento. Mi sono anche perso molte cose della giovane vita di mio figlio. Come puoi immaginare, non c'è nulla che non farei per cercare di rimediare". Dondolandosi leggermente, guardò nel fuoco.

Marina lo guardò e aspettò. Sembrava che fosse alle prese con una decisione.

Alzando le sopracciglia, disse: "Ho pensato di dare a mio

figlio qualcosa che non ha mai avuto. Una casa con due genitori".

Riflettendo su questo, Marina roteò il suo vino, ascoltando i suoni della spiaggia notturna. Grilli in lontananza, fruscio delle palme, onde infinite. Non avrebbe voluto altro che avere Stan al suo fianco, ma era orgogliosa dei suoi figli e del lavoro che aveva fatto crescendoli da sola.

Infine, aggiunse: "Sebbene questo sia un ideale ammirevole, molti genitori allevano i figli da soli, per una serie di motivi. L'importante è che i bambini siano accuditi e si sentano amati".

"Mi dispiace, so che non avevi scelta", disse rapidamente. "Heather e Ethan sono bambini fantastici e testimoniano la tua capacità di essere genitore". Fece una pausa e si passò una mano tra i capelli. "Per un attimo ho pensato di chiedere a Vanessa di sposarmi, per il bene di Leo. È una donna ammirevole, ma...". Esitò. "Non posso sposare qualcuno che non amo, non quando...".

Quando Jack le toccò la mano, Marina trattenne il respiro.

"Non quando sento un'attrazione così forte per te", concluse. "Sto rischiando, e puoi dirmi di andare a buttarmi nell'oceano quando vuoi".

Infilando le sue dita tra quelle di lui, chiese: "Vanessa ha rifiutato la tua offerta?"

Jack scosse la testa. "Da un certo punto di vista, è la cosa giusta. Tuttavia, dovrei pensare che la maggior parte delle donne vuole il cento per cento dal proprio marito. Lo stesso vale per noi uomini".

"Quelli buoni, giusto?". Marina sorrise.

Una raffica di vento soffiò tra di loro, quasi spegnendo il fuoco, che tuttavia si rianimò, più forte di prima.

Gli occhi di Jack scintillavano alla luce tremolante delle fiamme. "Ho pensato al tipo di donna che è Vanessa e a cosa vorrebbe. Non vuole pietà. Non ha mai voluto sposare né me né nessun altro, quindi devo rispettarlo". Esitando, le sfiorò con un dito il dorso della mano. "E non vorrei mai che tu pensassi di essere la mia seconda scelta".

Marina sentì un groppo in gola e sbatté le palpebre contro le lacrime improvvise.

Le tese la mano. "Ti va di fare una passeggiata con me sulla spiaggia, come una volta?".

Marina si avvolse intorno la giacca e si alzò. Jack le passò un braccio intorno alle spalle e Marina si scaldò alla loro vicinanza.

Mentre passeggiavano verso la spiaggia, Marina lanciò uno sguardo dietro di sé al cottage. Le sembrò di intravedere un movimento oscuro attraverso la finestra della cucina, ma un attimo dopo non c'era più nulla.

Tranne, forse, Ginger che si allontanava dalla finestra, sorridendo tra sé e sé. Marina fece qualche passo e guardò di nuovo indietro.

Ginger sollevò la mano e le diede un bacio.

Il cuore di Marina si riempì di gratitudine: per la devozione di sua nonna e per essersi trovata al sicuro quella notte.

Raggiunsero la spiaggia, dove le onde si infrangevano e l'acqua salata e schiumosa inseguiva i loro passi.

Incantata dal mare, Marina pensò alla costanza dell'oceano e a quella del vero amore. Entrambi potevano avere i loro flussi e riflussi, ma la forza della costanza superava ogni vicissitudine. Pensò all'amore di Ginger per Bertrand e a quello che ancora provava per Stan.

Poteva nascere qualcosa di simile con Jack? Mentre camminavano, lei si chinò verso di lui, soddisfatta che fossero lì soli, insieme.

Jack si voltò verso di lei, con il volto ombreggiato dalla debole luce della luna nuova. "E se promettessi di richiamare questa volta?"

Marina gli strinse la mano. "Le azioni parlano più delle promesse", rispose lei, stuzzicandolo.

"Me lo sono meritato". Jack fece una smorfia, e sorrise in

modo peccaminoso. "Tuttavia, mi piacerebbe che quest'estate ci conoscessimo meglio, se lo desideri, naturalmente. E non solo quest'estate, ma spero per molto, molto tempo. Marina Moore, sono tuo, se solo mi darai un segno".

Prima che Marina potesse rispondere, un bagliore blu elettrico brillò sulle onde che correvano verso di loro. A ogni colpo di marea, la misteriosa illuminazione scompariva e riappariva. Improvvisamente, il fenomeno si propagò attraverso le onde su entrambi i lati, illuminando il litorale con una brillantezza mozzafiato.

Jack riprese fiato. "Che cos'è?"

"Si chiama bioluminescenza. Un raro miracolo della natura".

Impressionata, Marina strinse la mano di Jack e rimasero insieme, incantati.

"Quando il minuscolo plancton viene disturbato, emette questa luce radiosa e bioluminescente". Lei gli sorrise. "Ecco il segno che cercavi".

Ridendo, Jack la portò tra le sue braccia. Sentiva il cuore di lui battere al ritmo del suo. Alzando il viso verso di lui, Marina chiuse gli occhi mentre le loro labbra si incontravano. Questa volta il loro legame era solido. Quello era l'uomo che voleva: intelligente, compassionevole, gentile e molto di più.

Intorno a loro, l'oceano scintillava e brillava come se celebrasse la magia che li univa. Quando Marina finalmente prese fiato, il suo cuore si riempì di una sensazione squisita che aveva conosciuto solo una volta nella sua vita.

"Questa vista è ancora più spettacolare di quella là fuori", mormorò Jack, accarezzandole la guancia.

Marina rise dolcemente. "Mi stai paragonando a una forza della natura?"

"Non c'è gara", rispose Jack. "Povera madre natura".

Marina lo baciò di nuovo e poi, tenendosi l'un l'altro, fissarono la notte nera come l'inchiostro e l'oceano scintillante, incantati dalla dinamica luminescenza del mare e dal loro amore crescente.

Note di Jan Moran

Grazie per aver letto *Coral Café*, e spero che vi sia piaciuto prendere parte all'inaugurazione del nuovo locale di Marina. Unitevi a lei, Kai e al resto della famiglia Delavie-Moore mentre il bistrot si espande, e viene inaugurato anche il centro per le arti dello spettacolo in *Natale a Coral Cottage*.

Se avete letto la serie *Seabreeze Inn at Summer Beach* (attualmente disponibile in inglese) siete anche invitati anche a un matrimonio in *Seabreeze Wedding*, il prossimo libro.

Tenetevi aggiornati sulle mie nuove uscite sul mio sito web, JanMoran.com/Italiano. Iscrivetevi al mio VIP Reader's Club per ricevere notizie su offerte speciali e altre novità. Inoltre, troverete altre occasioni per divertirvi, unendovi ad altri lettori che la pensano come voi nel mio gruppo di lettori su Facebook.

NOTE DELL'AUTRICE

Altre delizie da gustare

Se questo è il primo libro della serie *Coral Cottage*, assicuratevi di conoscere prima Marina al momento del suo arrivo a Summer Beach in *Ritorno a Coral Cottage*.

Se non avete letto la serie *Seabreeze Inn at Summer Beach* (attualmente disponibile in inglese) vi invito a conoscere l'insegnante d'arte Ivy Bay e sua sorella Shelly mentre ristrutturano una storica casa sulla spiaggia in *Seabreeze Inn*, il primo della serie originale *Summer Beach*.

Potreste anche godervi il sole e i viaggi internazionali con un gruppo di amici nella serie *Love, California,* (attualmente disponibile in inglese) a partire da *Flawless* e da un emozionante viaggio a Parigi.

Infine, vi invito a leggere i miei romanzi storici in volume unico autoconclusivo, come *Hepburn's Necklace, Il giardino dei profumi perduti, La casa dei profumi dimenticati,* e *La piccola bottega del cioccolato*, due storie ambientate nella splendida Italia degli anni Cinquanta.

La maggior parte dei miei libri è disponibile in ebook, in brossura o in copertina rigida, in audiolibro e in versione large print. E come sempre, vi auguro buona lettura!

RICETTE DEL CORAL CAFÉ

Poiché *Un nuovo inizio a Coral Cottage* è incentrato sul cibo, ho voluto condividere con voi lettori alcune delle mie ricette preferite, molte delle quali sono ispirate ai prodotti freschi e ai frutti di mare che si trovano in California quasi tutto l'anno. Lo Stato è anche la patria dei famosi chef Alice Waters e Wolfgang Puck, che hanno reso popolare in California la pizza gourmet, con ogni tipo di farcitura. La varietà di pizze e focacce di questo tipo è pressoché infinita.

Vorrei includere qui tre delle mie ricette casalinghe che potreste provare: una pizza vegetariana alle cipolle caramellate, una semplice pizza al salmone affumicato e una pizza suprema ai frutti di mare. Ho incluso anche una ricetta di base per pizza simile a quella che Wolfgang Puck ha reso popolare allo Spago di Los Angeles. Tutte le ricette di queste pizze possono essere realizzate con altrettanta facilità con una piadina o focaccia, o delle basi per pizza alternative senza glutine.

Per le pizze con ripieni leggeri, la pasta sfoglia può essere un'alternativa deliziosa che renderà il vostro piatto molto più particolare. A me piace farcirla con una semplice spennellata di olio d'oliva o *crème fraîche* con funghi, cipolle caramellate, spinaci e ricotta o parmigiano a scaglie.

Per dare un tocco particolare alla vostra serata a base di pizza, distribuite focacce o basi per pizza in porzioni individuali, mettete a disposizione i condimenti e lasciate che ognuno guarnisca come preferisce. Questo è un ottimo approccio per far affascinare i bambini alla cucina, insegnando loro a cucinare, o per trascorrere una serata divertente con gli amici.

Pizza suprema vegetariana

Le cipolle caramellate, dolci e saporite, sono l'ingrediente chiave della pizza vegetariana che Marina prepara in questa storia. Il processo di trasformazione delle cipolle dolci in un gustoso condimento può richiedere dai 30 ai 60 minuti, a seconda del contenuto di zucchero e acqua delle cipolle. La buona notizia è che le cipolle caramellate possono essere preparate in anticipo e si conservano in frigorifero per tre o cinque giorni.

Le cipolle caramellate sono deliziose anche nella zuppa di cipolle francese o come condimento per gli hamburger. Preparatene una quantità più abbondante nel fine settimana per averle pronte all'uso. Quando acquistate le cipolle, ricordate di cercare in particolare quelle dolci, che sono le migliori per la caramellatura grazie al loro elevato contenuto di zucchero.

Le persone hanno spesso opinioni contrastanti sulle salse per la pizza, quindi vi suggerisco di usare quella che preferite. In questo caso, consiglio il pesto o il sugo alla marinara, ma se lo desiderate, potete omettere del tutto la salsa e spennellare semplicemente la base con una generosa quantità di olio d'oliva per rendere il pane più croccante.

Per quanto riguarda il formaggio, mentre la mozzarella tradizionale si scioglie facilmente, il Gruyère è un'alternativa ricca e dal sapore deciso. Anche il rosmarino si sposa bene con il Gruyère. Oppure optate per la fontina o il parmigiano.

Le verdure sono un altro potenziale argomento di discussione. Provate con i funghi: champignon, portobello, porcini o un mix di funghi selvatici. Abbondate con le zucchine e i carciofi a fette, con pomodori Roma, ciliegini o perini tagliati a metà, o qualsiasi varietà vi piaccia.

Ravvivate la vostra pizza con una nota delle vostre spezie fresche o secche preferite. Soffriggete l'aglio prima di aggiungerlo alla pizza per ottenere un sapore dolce, delicato e particolare.

Per soddisfare gli amanti della carne, sarà sufficiente aggiungere salsiccia italiana a fette, prosciutto o salame piccante sul loro lato della pizza. Soprattutto, usate la vostra immaginazione e cucinate ciò che vi piace mangiare.

Per realizzare: 1 pizza grande o 2 pizze piccole o focacce

Preriscaldare il forno a 225° C (450° F)

Ingredienti:

1 base per pizza o focaccia da circa 25 cm di diametro (fatta in casa o acquistata in negozio)
170 grammi di funghi freschi, a scelta, tagliati a fette
1 zucchina (piccola o metà di una più grande)
170 grammi di cuori di carciofo (in scatola, scolati)
1 o 2 cipolle dolci medie (Maui, Vidalia, Walla Walla o altre cipolle gialle dolci)
170 grammi di mozzarella a fette o Gruyère grattugiato
1/3 di tazza (80 ml) di pesto o salsa marinara (acquistata in negozio o fatta in casa)
1 cucchiaio di olio extravergine di oliva (15 grammi)

1 cucchiaio di burro (15 grammi)
Un pizzico di spezie fresche o secche a piacere: origano, prez-
zemolo, aglio, rosmarino
Sale kosher e pepe a piacere

Per guarnire:

1 mazzo di foglie di basilico fresco, affettate o strappate

Istruzioni:

Per caramellare le cipolle dolci: tagliare le cipolle a fette sottili
(da 3-5 mm), rotonde o nel senso della lunghezza a seconda
della varietà. Scaldare l'olio d'oliva e il burro in una padella
grande e larga.

Aggiungere le cipolle affettate in modo da coprirne solo il
fondo, senza che siano troppo strette fra di loro. Soffriggere a
fuoco medio-alto per 10 minuti. Ridurre a fuoco medio-basso
e cuocere fino a quando le cipolle saranno morbide e dorate,
mescolando spesso, per circa 30-40 minuti. Condire con sale
kosher e pepe a piacere. Per evitare che le cipolle si secchino,
aggiungere un po' d'acqua o di brodo per deglassare la
padella, se necessario.

Le cipolle finite devono essere morbide e di colore marrone
ambrato, ma non mollicce. Per favorire il processo di caramel-
lizzazione, aggiungere un cucchiaino di zucchero, se necessario. Togliere dal fuoco e lasciare raffreddare.

Affettare funghi, zucchine, cuori di carciofo e altre verdure a
piacere. Soffriggere i funghi in poco olio d'oliva per eliminare
l'umidità in eccesso, aggiungere spezie secche o fresche.
Mettere da parte.

Spalmare il pesto o la salsa marinara a piacere sulla base della pizza o sulla focaccia non cotta. Cospargere poi di mozzarella a fette o di groviera grattugiato. Distribuire le cipolle caramellate sul formaggio. Disporre sopra le verdure affettate.

Infornare a 225°C (450°F) per 8-10 minuti (o 5-6, se si usa una base precotta), o fino a quando il formaggio è fuso e la crosta è dorata. Lasciare raffreddare per 2 o 3 minuti prima di affettare.

Pizza fredda al salmone affumicato

Un tempo la pizza non regalava molte soddisfazioni agli amanti dei frutti di mare. Ricordo ancora la prima pizza ai gamberetti che ho mangiato in un bar sulla spiaggia di San Diego. Era semplice, a base di salsa al pesto, gamberi saltati, mozzarella e basilico fresco. Al *Coral Café*, Marina aggiunge questo piatto al menù. È un'alternativa leggera da spiaggia, soprattutto se preparata con la pasta sfoglia.

Uno dei miei piatti estivi facili preferiti è una semplice ricetta a base di salmone affumicato ispirata alla famosa pizza servita originariamente al ristorante *Spago* di Wolfgang Puck. Si tratta di un piatto particolarmente leggero e saporito per l'estate. Questa ricetta è facile e veloce da realizzare, soprattutto se si utilizza una focaccia o una base per pizza acquistata in negozio.

Questa pizza al salmone affumicato si abbina bene a uno dei vini bianchi bordeaux leggermente ghiacciati preferiti da Julia Child o a un bicchiere di champagne, una bibita gassata italiana o dell'acqua frizzante. Se volete, potete aggiungere un po' di rucola, irrorarla con dell'aceto balsamico, o servirla con un'insalata. Chi ha detto che il fast food deve essere un cibo noioso?

Per realizzare: 1 pizza grande o 2 pizze piccole o focacce

Ingredienti:

Base per pizza o focaccia al forno (fatta in casa o acquistata in negozio)
225 grammi di salmone affumicato a fette sottili
Salsa alla panna (vedere sotto) o 1/2 tazza di *crème fraîche* (100 ml)

Salsa alla panna:
1 tazza e 1/2 di panna acida (350 grammi)
2 cucchiai di scalogno tritato (6 grammi)
2 cucchiai di erba cipollina fresca tritata (o prezzemolo, o aneto) (6 grammi)
1 cucchiaio e 1/2 di succo di limone (22 ml)
Un pizzico di pepe bianco

Opzioni per la farcitura:
1 grammo di caviale, caviale di storione Hackleback o bottarga (30 grammi) (o meno)
Mazzo di foglie di basilico tritate o strappate
Rucola con salsa all'aceto balsamico

Istruzioni:

Mescolare gli ingredienti, coprire e lasciar raffreddare. Spalmare sulla base per pizza o sulla piadina o focaccia cotta al forno.

Disporre il salmone affumicato a fette sottili sulla salsa alla panna. Guarnire con caviale o bottarga a piacere. Si può anche guarnire con foglie di basilico fresco o rucola condita con un leggero filo di aceto balsamico.

Alternativa più semplice: Si può sostituire la salsa alla panna con 1/2 tazza di *crème fraîche* (100 ml). Aggiungere spezie, erba cipollina o aneto a piacere.

Pizza suprema ai frutti di mare

Per la sfida a base di pizza tra un grande chef e Marina, quest'ultima aveva bisogno di una ricetta spettacolare, come l'aragosta alla Thermidor per la quale Julia Child è diventata famosa (insieme a molti altri piatti).

Nella mia cucina, opto per un metodo più semplice: spennello semplicemente dell'olio d'oliva con aglio sulla base per esaltare il gusto dei frutti di mare, ma aggiungo i sapori dell'aragosta alla Thermidor per aggiungere carattere. Questa è una pizza con un sapore di grande impatto. Aggiungete dell'insalata, una candela, del vino e gustatevela.

Se vi chiedete il perché di questo nome, Thermidor fa riferimento a un'opera teatrale francese, ed è una ricetta creata al ristorante *Maison Maire* da Leopold Mourier, assistente del famoso chef Auguste Escoffier a Parigi. Si tratta di un interessante pezzo di storia della cucina del XIX secolo.

Il Thermidor di aragosta è una miscela dal sapore antico di polpa di aragosta, tuorli d'uovo, senape e cognac, un intingolo francese dall'aspetto molto ricco. Tradizionalmente viene servito nei gusci di aragosta o in piatti gratinati, con formaggio groviera o parmigiano fuso sopra. Il Thermidor è una ricetta un po' più laboriosa, ma in rete se ne trovano molte versioni da adattare e ridurre per ottenere una salsa per pizza deliziosamente diversa dal solito.

Per realizzare: 1 pizza grande o 2 pizze piccole o focacce

Preriscaldare il forno a 225°C (450°F)

Ingredienti:

1 base di pizza grande o 2 piccole (fatte in casa o acquistate in negozio)
2 spicchi d'aglio, tritati
4 cucchiai di olio d'oliva (60 ml)
225 grammi di funghi porcini o portobello piccoli, affettati
1/2 tazza di parmigiano grattugiato (100 grammi)
1/2 tazza di fontina grattugiata (100 grammi)
16 gamberi medi, senza coda
8 gamberi tigre, con la coda
Circa 150 grammi di aragosta, tagliata a tocchetti
2 cucchiai di burro (30 grammi)
1/3 di tazza di cognac o brandy (75 ml)
Un pizzico di senape secca
Un pizzico di spezie fresche o secche a piacere: origano, prezzemolo, aglio, rosmarino
Sale kosher e pepe a piacere

Per guarnire:

1 etto di salmone affumicato, affettato e arrotolato a rosetta (30 grammi)
Un mazzo di foglie di basilico tritate o strappate
Facoltativo: 30 grammi di caviale

Istruzioni:

Soffriggere l'aglio tritato con il pizzico di spezie desiderate nell'olio d'oliva in una grande padella, a fuoco medio. Spennellare metà dell'olio e dell'aglio sulla base per pizza, piadina o focaccia.

Cospargere la crosta di parmigiano e fontina. Affettare i funghi, saltarli leggermente per eliminare l'umidità in eccesso e scolarli. Disporre i funghi intorno al bordo, lasciando 1/2 o 1 pollice (25 mm) di base, come desiderato.

Saltare i gamberi nell'olio d'oliva rimanente e nell'aglio a fuoco medio-alto fino a cottura ultimata. Lasciare raffreddare 1 o 2 minuti. All'interno del perimetro dei funghi, posizionare i gamberi saltati, circa 2 per fetta (per una pizza tagliata in 8 fette), o 1 per fetta su una pizza piccola.

In una padella grande a fuoco medio-alto, unire 2 cucchiai di burro (30 grammi), senape secca e pepe bianco a piacere. Aggiungere i gamberi, l'aragosta e fare saltare. Aggiungere il cognac, portare a ebollizione, quindi abbassare la fiamma e cuocere fino a quando la salsa si riduce e i gamberi e l'aragosta sono cotti. Lasciare raffreddare da 1 a 2 minuti.

Disporre i gamberi, con la coda rivolta verso l'alto, all'interno dell'anello di gamberi. Disporre i pezzi di aragosta all'interno dell'anello di gamberi, raggruppati al centro.

Infornare a 225°C (450°F) per 8-10 minuti (o 5-6, se si usa una base precotta) o fino a quando il formaggio è fuso e la crosta è dorata. Togliere dal forno. Lasciare riposare da 2 a 3 minuti.

Arrotolare il salmone tagliato a rosette. Utilizzare come guarnizione al centro della pizza. Facoltativo: versare caviale o bottarga al centro della rosetta. Cospargere di basilico. Tagliare a fette, servire e gustare.

Base per pizza gourmet

Se avete tempo e voglia, questa è una ricetta per una base abbastanza facile che si sposa bene con la maggior parte delle pizze. Può essere preparata con uno o due giorni di anticipo.

Dosi: 2 basi più piccole o 1 base grande (175 grammi)

Preriscaldare il forno a 225°C (450°F)

Ingredienti:

1/2 confezione di lievito secco attivo o lievito fresco (1 cucchiaino da tè e 1/8, 10 grammi)
1/2 cucchiaino di miele (3 ml)
1/2 cucchiaino di sale kosher (3 grammi)
1/2 tazza di acqua calda (da 40 a 45°C, 105 a 115°F)
1 cucchiaio di olio extravergine di oliva (15 ml)
1 tazza e 1/2 di farina integrale (180 grammi)

Istruzioni:

Iniziare sciogliendo il lievito in 1/4 di tazza (60 ml) di acqua tiepida in una piccola ciotola. Aggiungere il miele.

In una ciotola a parte, mescolare farina e sale. Aggiungere la miscela di lievito e miele, l'olio d'oliva e l'acqua rimanente. Se si utilizza un'impastatrice elettrica con gancio per impasto, mescolare a bassa velocità per circa 3-5 minuti fino a quando l'impasto si forma intorno al gancio. L'impasto dovrebbe staccarsi dalle pareti della ciotola quando è pronto.

Su una superficie infarinata, lavorare l'impasto fino a renderlo liscio, per circa 2 o 3 minuti. Formare una palla, riporla in una ciotola e coprirla con un asciugamano umido. Mettete in un luogo caldo e lasciate lievitare per 30 minuti.

Separare l'impasto in 2 palline. Lavorare di nuovo l'impasto per 4 o 5 volte, facendolo rotolare sul banco fino a renderlo liscio per circa un minuto. Rimettere nella ciotola e far riposare per 15 minuti.

Quando è pronto, stendere l'impasto sulla superficie, lasciando un bordo leggermente più spesso se si desidera contenere i condimenti. Aggiungere i condimenti e infornare a 225°C (450°F) finché il formaggio non è fuso, per circa 8-10 minuti a seconda della consistenza del formaggio e dei condimenti.

Se si utilizza una sola pallina di pasta, l'impasto in più si conserva in frigorifero per un massimo di 2 giorni.

Spero che queste ricette vi piacciano, mi piacerebbe vedere le vostre foto online. *Buon appetito*, amici miei!

SULL'AUTRICE

JAN MORAN è un'autrice di romanzi femminili romantici, tra i bestseller *di USA Today* e *Wall Street Journal*. Tra le sue cose preferite ci sono una buona tazza di caffè, il cioccolato fondente, i fiori freschi, le risate e la musica che le tocca l'anima. Ama viaggiare e i luoghi che preferisce per trarre ispirazione sono quelli ricchi di storia e di mistero, sullo sfondo di montagne innevate, spiagge ricoperte di palme o luci scintillanti delle città. Jan è originaria di Austin, in Texas, di cui mantiene un po' del particolare accento, anche se da anni vive nel sud della California, vicino alla spiaggia.

La maggior parte dei suoi libri sono disponibili come audiolibri, e la sua narrativa storica è tradotta in tedesco, italiano, polacco, olandese, turco, russo, bulgaro, portoghese, lituano e altre lingue.

Se vi è piaciuto questo libro, vi invitiamo a lasciare una breve recensione online per i vostri colleghi lettori dove avete acquistato il libro, o su Goodreads o Bookbub.

Per leggere gli altri romanzi storici e contemporanei di Jan, visitate JanMoran.com/Italiano. Iscrivetevi alla mailing list del Club dei lettori VIP e al Gruppo dei lettori di Facebook per conoscere le nuove uscite, le vendite e i concorsi.